書包裡的女巫

史上最神奇的50個魔法童話

羅婷婷 ◎ 編著

本書帶有幸運的魔法，
凡是閱讀此書的人
都將有一個月的好運氣陪伴

超快趁著這本書的魔力
在這一個月的期限裡
做一些你想做的事情吧！

THE WITCH IN THE
SATCHEL – WORLD'S
BEST 50 MAGIC STORIES

i-smart

智學堂
智慧是學習殿堂

國家圖書館出版品預行編目資料

書包裡的女巫：史上最神奇的50個魔法童話 / 羅婷婷編著.
-- 初版. -- 新北市：智學堂文化，民101.06
面； 公分. -- （青少年百科：1）
ISBN 978-986-87982-3-6(平裝)

815.94   101006600

青少年百科：01

書包裡的女巫：史上最神奇的50個魔法童話

編　著 ─ 羅婷婷
出 版 者 ─ 智學堂文化事業有限公司
執行編輯 ─ 劉孋瑩
美術編輯 ─ 翁敏貴
地　址 ─ 22103　新北市汐止區大同路三段一百九十四號九樓之一
　　　　　　 TEL　（02）8647-3663
　　　　　　 FAX　（02）8647-3660
總 經 銷 ─ 永續圖書有限公司
劃撥帳號 ─ 18669219
出 版 日 ─ 2012年06月

法律顧問 ─ 方圓法律事務所　涂成樞律師
cvs 代理 ─ 美璟文化有限公司
　　　　　　 TEL　（02）27239968
　　　　　　 FAX　（02）27239668

在黑森林的深處，有一座廢棄城堡。每當滿月之夜，整個黑森林都能聽到從城堡裡傳出來的哭泣聲—那是被巫婆施了魔咒的公主在哭泣。

每當月圓之夜，她才能現出美麗的真身，除此之外的時間裡，她會變成一朵水仙花，靜靜地待在巫婆的水仙盆中。城堡的外面有一條巨大的火龍，任何想要靠近城堡的人，都會被火龍吃掉！公主的父王和母后到處尋找自己的女兒，並貼出告示：任何能找到公主的人，都將得到重要的職位。

於是，無數青年男子為了謀得官位，開始尋找公主的旅程。其中有一個名叫雅罕的鐵匠，力大無比，一表人才，他早就聽說巫婆抓女孩的事情，心想公主也一定是被巫婆抓走了，便開始向恐怖的黑森林前進。一路上他遇到神奇的魔法石，奇異的巫師，淘氣的精靈，喜怒無常的仙女……最後，他利用智慧和魔法將公主救了出來，還成為國家新的主人……

這個故事是不是有點熟悉？不錯！很多著名的童話故事和動畫電影、暢銷圖書中都有類似的情節，魔法世界對我們來說並不陌生，如果你細心的話，還能從我們的日常生活中找到一些魔法世界的痕跡呢！

你能想像在望遠鏡、顯微鏡、DNA測試和X光、紅外線這些現代科學儀器發明之前，人們怎樣分辨常人與女巫嗎？你怎樣才能一眼看出周圍有邪惡的巫師偽裝成你的朋友？進入魔法學校需要怎樣的條件和資格？咒語怎樣才能消失法力？……就算你讀完七本《哈利‧波特》也不能解答這其中的問題吧。

沒關係，你將會在這本書裡面找到答案。

如果你著迷於魔法世界，這裡有全世界各國關於魔法的故事和傳說，你將看到各種魔力人物，知道他們曾經做過的好事或幹過的壞事；如果你想給自己增加一點「魔力」，這裡有各種各樣值得一試的妙方—前提是你能湊到一百種動物的尾巴或者是一籮筐千年靈芝。

由於這是一本魔力非凡的書，閱讀時有以下注意事項：

1‧請不要讓這本書靠近食物和飲料，因為它可能為了想嘗嘗味道，用魔法將你操控，讓你發笑或者捶胸頓足，最後書頁會嘗到美味！

2‧請不要對5歲以下的弟弟妹妹講你讀到的故事，這本書不適合幼童閱讀，其中驚險的情節不利於他們晚上睡覺。否則，後果自負。

3‧書本中的一些魔法僅供高級魔法師交流，如果你試驗之後沒有靈驗，可能是你的靈力還不夠哦！

4‧讀完此書，請默念咒語：古德奈特奈斯墜姆！這樣，你晚上就能有一個好夢了！

最後，告訴你一個好消息，這本書上帶有幸運的魔法，凡是閱讀此書的人，都將有一個月的好運氣陪伴，趕快趁著這本書的魔力，在這一個月的期限裡做一些你想做的事情吧！

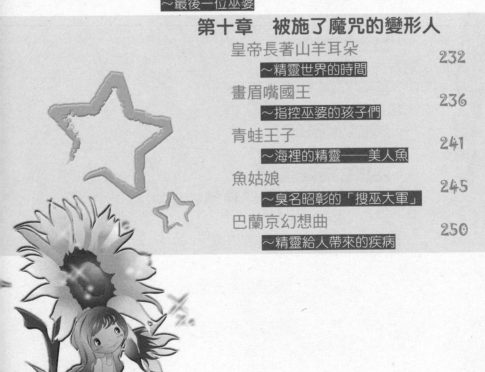

第一章　揮動魔杖的魔法師

小魔法師莫莉

　　從前，在德國與奧地利的交界處有一座神奇之城。這個城市的雷雨街777號是一座神祕大房子，裡面住著許多會不同魔法的人，包括聞名一時的老魔法師格魯爺爺、幾個世紀以來都是世界魔法冠軍的瑪爾塔阿姨，以及邪惡的大鼻子女巫特魯德等等。

　　大院裡一間孤零零的小屋裡，住著善良的小魔法師莫莉，陪伴她的是一隻聰明的烏鴉。莫莉已經77歲了，但她還只能算是個小孩子。雖然她非常希望能早日擁有神奇的魔力，可是按規定她還不能讀《百歲魔法書》。

　　有一天，莫莉忍不住好奇，偷偷地讀了那本書，結果雖然學會一些神奇的魔法，卻被魔法師首領發現，被罰一年內禁止使用魔法。

　　一年後的春天，莫莉騎著掃帚飛到布勞坎山，想去參加瓦普吉斯之夜舞會。可是魔法師首領不讓她參加，他說如果莫莉能通過明年的魔法師資格考試，成為一個好魔法師，才可以參加瓦普吉斯之夜舞會。莫莉記住首領的話，更認真地學習魔法，還做了許多好事。

　　星期五是魔法師的禁日，可是，小魔法師莫莉卻在這天違反規定：她使用魔法從獵人的槍口下救了一隻小白兔。莫莉很擔心自己會因此被取消魔法師資格，但烏鴉安慰她說：「你做了這麼多好事，不用擔心。」

　　終於到了魔法考試的那一天，以世界魔法冠軍瑪爾塔阿姨為首的魔法師委員會準備了許多難題，這些都沒有難倒小魔法師莫莉。她的表現特別棒！於是，魔法師首領終於決定允許她參加瓦普吉斯之夜舞會。可是，這時大鼻子女巫特魯德卻跳出來表示反對，她叫道：「用魔法幹壞事的魔法師才是好魔法師，小莫莉

的魔法全用在做好事上，她是個壞魔法師！」接著，她就把莫莉在星期五使用魔法的事說出來。這使許多邪惡的女魔法師都很生氣，她們憤怒地撲向莫莉，想要把她撕成碎片。就在這時，烏鴉帶著掃帚及時地飛過來，幫助莫莉逃出了重圍。

莫莉傷心地回到自己的小屋，她發誓一定要掌握更多的魔法來抵制那些壞女巫。不久，專門為國家培養世界級魔法大師的因特耐魔法學校要招生了，莫莉非常渴望去那學習。但是可惡的女巫特魯德又想出一個鬼主意來阻撓莫莉。

她騙烏鴉說：「要是莫莉去上學的話，她就會因為擔心同學笑話她和烏鴉住在一起而不要你了！」烏鴉信以為真，便把莫莉要它代繳的報名表燒掉了。結果，因特耐魔法學校都開學了，莫莉還沒有接到錄取通知。她去找校長老魔法師格魯爺爺詢問，才知道其中的緣由。

莫莉非常生氣，想要把烏鴉送給別人。在善良的格魯爺爺的幫助下，烏鴉知道自己被人利用了，非常後悔，便十分誠懇地向莫莉道歉，之後又把自己最為珍貴的一根羽毛捐獻給因特耐魔法學校，為莫莉換來入學通知書。莫莉得知後非常感動，她原諒了烏鴉，並帶著牠高高興興地去上學。

轉眼三年的學習時光過去，雖然大鼻子女巫特魯德想出種種詭計，經常給莫莉製造一些麻煩，但在烏鴉的幫助下，莫莉終於順利地完成學業。畢業考試時，平常學習魔法最努力的莫莉，以精彩的魔法表演奪得第一名。校長格魯爺爺親自為她頒獎，他激動地說：「相信你將來一定能成為世界級的大魔法師！」

春天來了，一年一度的瓦普吉斯之夜舞會又要舉辦了。已經擁有超強法力的小魔法師莫莉決定借這個機會教訓一下那些邪惡的女巫們。就在當天夜裡的十一點四十五分，莫莉帶著烏鴉悄悄地飛到布勞坎山。眼尖的大鼻子女巫特魯德第一個發現莫莉，想要從背後偷襲她。這時烏鴉猛地飛過去，一下子便啄瞎特魯德的雙眼，她慘叫著逃走了。接著，莫莉唸起第一條咒語，只見成

千上萬的掃帚頓時從四面八方飛過來，緊接著，她又念起第二條咒語，那些邪惡的女巫們手中的魔法書就像蝙蝠一樣，紛紛落到掃帚上。當她念起第三條咒語時，壞女巫們的魔力頓時全都消失了。

這時，十二點的鐘聲響了。舞會的熊熊煙火點了起來，炫麗的禮花在夜空中快樂綻放。莫莉將那些邪惡的掃帚點上火，把所有的壞女巫用的魔法書都燒光了。她和烏鴉與其他善良的魔法師們一起，在圍著火堆快樂地唱歌、跳舞，慶祝這個美好的夜晚。

（德國莫斯特）

魔法智慧

小魔法師莫莉在學習魔法的過程中經歷了許多挫折，但她始終沒有放棄自己的理想，也沒有改變自己善良的本質。經過一番努力後，她終於成為擁有超強魔法的魔法師，徹底打敗了那些邪惡的女巫。

在人生的道路上，我們會有許許多多的理想，還有要堅持的原則。在成就理想的路途中，我們會遭遇各種各樣的困難與挫折，也會因為這些苦難和挫折，動搖我們心中秉持的正義。但如果我們不努力堅持，輕言放棄的話，就永遠不會實現理想，我們的人生也會因此失去應有的原則。相反的，如果我們能面對這些困難與挫折，並盡力去克服它們，那麼我們就能一步步地邁向理想的彼岸，閃耀美好本質的燦爛光輝。困難和挫折其實並不可怕，每個困難和挫折，都是一個教訓和一筆財富，如果我們經常獲得這些財富，那麼我們終究會像小魔法師莫莉那樣，成為一個有用的人。

魔法課堂  巫師的四大特徵

1・奇特相貌

無論是在中國還是西方國家，人們普遍認為巫師都是長得極其難看的。在歐洲的一般人眼裡，巫師是居住在沼澤地帶穿著黑色斗篷的神祕人物，長期躲在幽暗潮濕的小屋中，進行種種神祕的研究工作。

他們面頰蒼白、形同骸骨，熬夜和過度的思考搞垮了他們的身體，使他們不堪一擊。當然，巫師這樣奇特的相貌，容易對人們產生威懾力，作起法來或者念起咒來更讓人膽顫心驚。

2・繁複行頭

如果一個巫師想逃跑，那實在是太困難了。

不說別的，單就那一身行頭就夠累贅了。因為巫師身上的「裝備」簡直可以與美國大兵的裝備相媲美。

你知道嗎？最初的巫師就像一個全身掛滿工藝品的展示架。後來他們還不遺餘力地往身上加東西，就連他們的住處也慢慢變成一個神祕大觀園，裡面塞滿各種奇形怪狀的儀器，非常有趣！

3・神祕咒語

巫師在作法時嘴裡總會叨念一些奇怪的玩意兒，只見他一會兒小聲囈語，一會兒高聲吟誦，如同一個出色的口技大師。

他的語氣有時像是在商量請求，有時又像是在怒言呵斥，他的那些唧唧呱呱的話，簡直是來自爪哇國的語言，我們根本聽不懂。

這些話究竟具有什麼意義呢？也許只有巫師自己清楚，或許他也是隨口說出來，天知道是什麼東西呢！沒想到，人們越是聽不懂越是感覺神祕，巫師也就投其所好，發明的咒語更是讓人雲山霧繞，摸不著頭腦。

要知道，直到今天依然流傳著許多古老而又神祕的咒語，真希望有一天，隨著科技的發展，人們能夠破解出它們的奧祕。

4・多重身份

一名出色的巫師，往往具有多重身份，他是個預言家、天文

學家和文化傳承者，又是醫學家、心理學家和演藝工作者，簡直就是個天才！也許你不會相信，其實現在的天文學家、醫生、文藝工作者都是從巫師這個行業裡衍生出來的呢！

與魔法師的交換

　　一天早晨，威爾士國王迪裴德、王后里亞諾、王子普賴德里和公主西格法登上附近的小山。他們非常開心，俯視美麗的國家：整齊的房舍、富饒的土地和森林、肥壯的牛羊和給人們帶來乾淨水源的清澈的河流。他們眺望遠方藍色的大海，聆聽空中飛鳥的歌聲。

　　突然，他們聽見一聲巨響，接著又看見一片強烈的紅光。隨後，太陽消失了，天空變得漆黑，他們彼此誰也看不見誰了。

　　後來，天空恢復藍色。他們向下看去，只見他們美麗的國家變了樣：供給他們食物的土地現在一片黑暗，塵土飛揚、黃沙漫天；牛、羊、鵝、雞和鴨統統不見了，連房屋都消失了。

　　他們非常恐懼地回到山下，發現宮殿已經損壞。大廳裡沒有僕人，所有的房間裡一個人也沒有。他們上上下下四處察看，竟連一個人也找不到。只有他們的狗還在，快快不樂地跑來跑去。

　　他們離開宮殿，到處去尋找百姓們，但所有的一切就像突然蒸發一樣，他們能夠聽到的，只有天空中鳥兒的哀鳴。

　　國王對王子普賴德里和公主西格法說：「我想這是魔法師勞埃德幹的。我記得他和我爭吵離去時曾說：『記住這一天，我將讓你和你所愛的百姓與國家都遭殃！』」

　　國家不見了，但生活還是要繼續。國王、王后、王子和公主四個人在廢墟裡找到一間勉強未倒塌的房子住下。一年後，他們找不到食物充饑，於是，決定到英格蘭去找工作，掙一些錢來改善生活。

　　他們到了英格蘭之後，非常勤奮地工作。王后和公主給英格蘭人縫衣服，國王和王子為英格蘭人做鞋。他們的手變得堅硬而粗糙，常常被針戳痛，但是，他們變得比較開心，賺到錢，能夠

買一切想吃的東西。

最後，國王對王后說：「工作幫助了我們。英格蘭是個幸福的國家，但是，威爾士是我們自己的祖國。」

他們想到未來會再回到威爾士去，都非常高興。

後來他們終於回到故鄉，從倒塌的大房屋中取來石頭，蓋起了一間小屋，在裡面住了很長一段時間。

有一天，國王迪裴德和王子普賴德里出去打野兔，在森林裡，他們的狗為追逐一隻野兔，跑進一棟高大的黑房子裡。

普賴德里要跑進房子裡去把狗救出來，國王說那是一間非常危險的魔屋，不允許他進去，但他還是不顧父親的勸阻，執意進去了，很久也沒有出來。

國王孤孤單單回家後，向王后和公主敘述這個不幸的遭遇。

王后聽後非常生氣，問：「你為什麼不跟著進去找他呢？」說完，她立即決定要去那個魔屋，救出她親愛的兒子和那隻可憐的狗。

她找到森林，很快就站在黑色大房子的前面，門是敞開著的，她進入房子的大廳，看見她兒子進來時也見過的東西：桌子上有一個美麗的金盆。

普賴德里曾經走到這個金盆邊，盆中有許多令人喜愛的花：紅花、藍花、黃花，都是魔花。普賴德里伸手一摸，他的手就黏在金盆上，無法移開。他不得不站在那裡。他能看見自己的母親，卻不能跟她說話。

王后叫了三遍他的名字，他仍然沒有說話。她向他走去：「普賴德里，我要把金盆拿走來救你。」她說。

可當王后碰到金盆，就發出一聲巨響，伴隨著一道紅光，王子、王后和黑房子都消失了。

這樣一來就只有公主和老國王兩個人仍住在漂亮的老房子附近。現在他們兩個人要找食物就困難了，到了冬天，該怎麼辦呢？國王考慮好久，決定到蘇格蘭買一些小麥來種，他想等到小

麥成熟後，可以用它們做麵包充饑。

小麥買回來後，他開墾了三塊田地。這些小麥長得很好，眼看就可以收穫了，可有一天，當國王來到第一塊田裡時，那裡連一顆麥粒也沒有了！

當他來到第二塊田裡時，也和第一塊地的情形一樣。

國王想：「這一定是魔法師勞埃德幹的！」於是他決定夜裡不睡覺，看看勞埃德在地裡幹了什麼。他來到第三塊田，躲在一棵樹後等待著。快到天亮的時候，一種奇怪的聲音響起，他從躲藏的地方向外張望。他看見成千上萬的老鼠從遠處跑來，經過他的身旁，到第三塊成熟的小麥田裡去。

每隻老鼠都飛快地向麥杆頂端爬去，一爬到頂端，就把所有的麥粒都吃光。轉眼之間，田裡一顆麥粒也沒有留下。

吃完小麥後，老鼠跑了，但還留下一隻，它沒有別的老鼠跑得快。國王抓住這隻老鼠，把牠裝進一隻小麻袋，決定把牠絞死。

第二天早晨，國王用三根木棍做了一個絞刑架，正準備打開麻袋把小老鼠絞死時，看見十幾個人騎著駿馬走來，走在最前面的是一個非常有錢的人。他下馬來到國王面前，求國王把這隻小老鼠放了。國王不肯，那人只得承認自己就是魔法師勞埃德，這隻老鼠是他懷孕的妻子，是他施了魔法使她變成這樣的。他承諾國王，只要把小老鼠放了，就會答應國王的一切要求。

國王提出要求：要王后和王子回來，並且恢復他的國家原貌，所有美好的房屋、花園、土地和百姓吃的食物，都要像過去那樣，他還要勞埃德保證不再作法害他們了。

儘管非常惱怒，但勞埃德還是不得不答應國王的要求。

於是在一聲巨響跟一片紅光之後，王后、王子和公主站在國王的身旁。他向下一看，只見土地、樹木和房屋和以往一樣了。

國王說：「你的妻子在這兒，把她帶走吧。願你的兒子是一個善良、勇敢的好人，是一個比他的父親好的人。」

　　勞埃德拿起那隻老鼠，老鼠變成了一個漂亮的女人。她說：「親愛的勞埃德，別再玩弄什麼魔法了，我會給你生一個善良、勇敢、漂亮的好兒子。」

魔法智慧

　　頃刻之間變得一無所有的國王一家，並沒有因為這個飛來橫禍而灰心喪氣，失去生存的勇氣，而是在斷壁殘垣間生活了一年。後來他們找不到食物充饑了，依然鼓起勇氣，一家人遠赴異國，靠自己的雙手來謀生。儘管他們的手都變得又粗又硬，但他們沒有絲毫抱怨，還為此感到快樂、幸福。被動享受到的幸福與快樂，永遠比不上付出收穫得到的。真正的快樂與幸福是真實內心的體會，勤勞付出後的收穫，總是能讓我們充滿喜悅，幸福、快樂之感，頓時湧上心頭，溢於言表。

　　故事中魔法師勞埃德用自己的魔法胡作非為，儘管一時達到自己惡毒的目的，但邪惡的東西永遠也無法戰勝正義和善良，最終他敗在自己的魔法和處心積慮的心機之下，就算有再大的本事也要受制於人。這就告訴我們，為人都不要自作聰明，目空一切，要存一顆善心，友善地對待他人。

魔法課堂　　神話中的巫師

1. 瑟西

　　瑟西是太陽神赫利俄斯的女兒，是古希臘神話中最有影響力的巫師。長著一頭火焰般紅髮的瑟西，居住在義大利附近一個叫做愛亞亞的小島上，擅長使用黑魔法，十分邪惡狠毒，所到之處讓人聞風喪膽。

　　她的法力十分高強，可以遮住太陽和月亮，讓大地變得一片

漆黑。她研製的毒藥，無色無味，是克敵制勝的法寶。她還精通幻影術，引誘人們踏進她事先佈置好的陷阱。她還會變形術，能把別人變形。你知道嗎？古希臘神話中的英雄奧德修斯就被瑟西的變形術狠狠地捉弄了一回。

2. 莫佳娜

莫佳娜是亞瑟王同父異母的妹妹，老師是名噪一時的巫師梅林。莫佳娜的本領可大了，她能夠施展魔法化身為各種動物，可以在天空中飛行，也能夠用草藥為人治病。作為一個傳奇的人物，她屢屢出現在法國、義大利和英國的神話故事中。在故事裡她時而是女神，時而是女巫，時而是仙女，無論她是什麼角色，都是作家筆下的寵兒。但可悲的是，莫佳娜永遠無法主宰自己的命運，誰也不知道下一個作家又會把她寫成什麼樣子。

3. 魯班

魯班是中國春秋時代的著名工匠，被人們尊稱為建築業的祖師爺。據說，在航太科技上，他發明飛鳶，是人類征服太空的第一人；在軍事科學上，他發明攻城的雲梯，是一位偉大的軍事科學家；在機械製造方面，他發明水車、活塞風箱，是著名的機械天才。他對人類的貢獻可以說是前無古人、後無來者，是中國當之無愧的科技發明之父。

因為魯班的智商超乎常人的想像，於是就有了巫師的嫌疑。人們認為，除了神賜予力量和才智的巫師，一個普通人不可能會做出這麼多了不起的事情。據說有一次，他僅僅因為由山上的一棵鋸齒草就發明了鋸，於是人們都懷疑他是不是成精了。後來，這個故事越傳越玄，他一不小心竟成大巫師啦！

阿拉丁和神燈

　　非洲有個叫曼蘇爾的魔法師，從魔法書中得知在中國的某處地洞裡藏著一盞神燈擁有無上的法力，誰要是擁有它就會成為世界的萬能主宰。曼蘇爾很想尋找到這個寶物並占為己有。

　　但是，魔法古書上說神燈必須由一個家境貧寒、聰明調皮的少年取出，否則就會發生不幸的事。於是，貪心的魔法師四處尋找合適的人選。最後，終於在中國一個小鎮上找到一位名叫阿拉丁的少年。

　　阿拉丁從小就很頑皮，由於父親很早過世，他與母親相依為命，家境貧寒。魔法師打聽清楚阿拉丁的情況後，就開始實施計畫，謊稱自己是阿拉丁失散多年的伯父，用花言巧語成功騙過阿拉丁母子二人，並贏得了他們的信任。

　　一天，魔法師把阿拉丁帶出小鎮，並將他引到藏著神燈的高山下。他用樹枝點起火焰，在上面撒上乳香，對著冒出來的青煙低聲念起咒語來。不一會兒，天空傳來一聲巨響，地面霎時裂開一道裂口。阿拉丁看到這種恐怖景象，大吃一驚，嚇得拔腿就跑。眼明手快的魔法師一把抓住阿拉丁的衣領，狠狠地打了他一巴掌。阿拉丁被打得暈頭轉向，昏倒在地上。

　　醒來後，阿拉丁非常害怕，一再試圖逃走。但在魔法師的哄騙下還是留下來，並答應幫忙取出神燈。

　　魔法師還給阿拉丁一個戒指說：「那個洞裡有危險，可能有妖怪會把你殺死。帶著這個戒指就能保證你的安全。」

　　阿拉丁到了洞裡，在洞底下看見一間小屋，燈就在屋裡的桌上，他拿了燈往回爬到洞口，只見門是關著的。

　　他大聲叫喊後，魔法師只把門打開一點兒，要阿拉丁先把神燈交給他。阿拉丁心想，他是一個可怕的壞人，如果他拿到神

燈，一定會把門關上，讓自己在裡面等死。於是，阿拉丁拒絕魔法師的要求，堅持要等自己出去後才要給他。

　　魔法師想：「我讓他在那兒待一夜，明天他就會聽我的了。」於是他把門關上，阿拉丁被關在洞裡。

　　阿拉丁只得走回到小屋裡，他感到非常害怕，也不知道該怎麼辦，他擦了擦戒指。

　　突然，一聲巨響，一個神站在他面前。「我是戒指神。」他說，「你一擦戒指，我就來到，你要我幹什麼？。」

　　「我要從這個地方出去」阿拉丁說，「送我出去，送我回家吧！」一瞬間，戒指神帶著阿拉丁，來到了他家門口。

　　阿拉丁回到家後，把這幾天的遭遇告訴母親，並將神燈交給母親保管。阿拉丁的母親看到這個精美的神燈非常高興，把它擦拭一番，準備到市場上去賣個好價錢，買些米。

　　被她這麼一擦，無意間開啟神燈，一個神站在了她面前，它說了和戒指神幾乎一模一樣的話。於是，他們請求燈神為他們準備一間大房子，還有一些金銀財寶。自此之後，母子二人就靠神燈過著幸福的日子。

　　一天，阿拉丁在大街上走，看見布都魯公主走過去。她長得非常美，阿拉丁從來沒有看見過這樣美的女人。每天在同一時間，他都出去看公主走過，深深愛上了公主。後來他回到家裡，請出燈神，告訴燈神他想娶公主，希望燈神把他變成這個國家最富有的人。燈神為他辦到了。

　　後來阿拉丁去見國王說：「我是本國最富有的人，我要娶您的女兒布都魯公主。」

　　布都魯公主接見了他，跟他說話，公主也愛上了他，她對國王說：「我願意嫁給阿拉丁，我想我們會非常幸福的。」

　　阿拉丁美夢成真，與美麗的公主結為夫妻，過著幸福的生活。此後，他利用神燈幫助了許許多多的人們，贏得全國上下一致稱讚。

　　過沒多久，那個計畫失敗的非洲魔法師在占卜中得知阿拉丁非但沒死，反而娶了公主，心中憤恨不平，就想出一個更惡毒的計謀，想奪回神燈，拿走阿拉丁的一切。

　　魔法師趁阿拉丁外出打獵的時候，從毫不知情的公主手中用一盞嶄新的油燈換走了那盞神燈。不久，魔法師就借助神燈的力量把公主連同他們的漂亮房子搬到非洲。

　　國王得知公主失蹤了，阿拉丁又變得一貧如洗，非常生氣，當下令要處死阿拉丁。那些曾經得到阿拉丁幫助的大臣、百姓們都一起進宮為他求情，國王於是答應暫時保住他的性命，但必須在四十天內找到公主，否則就將他和他的母親處死。

　　阿拉丁承受著從天堂墜落到地獄的沉重打擊，失去一切讓他六神無主，根本不知道要去哪裡尋找他的公主、房子。突然，他想起那枚魔戒。於是他把戒指擦了擦，戒指神就站在他面前，告訴他事情的來龍去脈。於是，阿拉丁暗下決心，一定要戰勝陰險惡毒的魔法師，把失去的一切奪回來。

　　他請戒指神把他送到非洲。在那裡，他看到他的房子。等魔法師出門，他就進屋去了。

　　在屋裡他見到公主，公主告訴他，神燈被魔法師白天黑夜隨身攜帶著。於是，阿拉丁給公主一些藥粉，交代她悄悄放到魔法師的食物裡，他自己在附近躲藏起來。

　　魔法師回來，公主把食物拿給他吃，他吃了就酣睡不醒。這時，阿拉丁走過來，取走他身上的神燈。

　　為了懲罰這個可惡的魔法師，阿拉丁請求燈神把他放到原先神燈所待的那個洞裡，關上門，讓他永遠出不來了。

　　幾年後，國王去世之後，阿拉丁繼承了王位。他秉持正義，深受百姓愛戴。而那法力無邊的神燈則成為國家的護國法器，一直保佑著那些善良的人們。

魔法智慧

　　擁有神燈後阿拉丁並沒有一個人獨享神燈帶來的好處，而是用它來幫助許許多多的人，因此，在他被國王下令處死的危難時刻，無論是宮中的大臣還是普通的平民百姓都紛紛為他求情，以致一諾千金的國王都不得不改變自己當初的決定。一個仁愛的人必定會得到眾人的支持與擁戴；一顆純善的心必定能感動天地，將一切邪惡剷除，使所有的美好實現。

　　另外，跌入地獄般的阿拉丁能夠將失去的一切重新找回來，靠的是自己的勇氣。勇氣是他前進的動力，是他戰勝邪惡的利器。一個有勇氣的人，往往能夠在陷入困境的時候，仍舊對未來充滿希望，勇敢地挑戰一切，衝出人生的灰色地帶，大步向前，推開成功的大門。

魔法課堂　　現代巫師的行頭

1. 魔法棒

　　它是巫師的入門裝備。魔法棒就像丐幫的打狗棒一樣普通，它的原料很容易取得，只要從橡樹、竹子、柳樹上砍掉一截沒有任何幼芽或分枝的樹枝，用砂紙打磨到完全光滑即可。即使是這樣簡單的木棒，也是威力無窮，它可不是用來打狗的喲！看看它的威力吧！巫師用它指著目標物，念叨咒語，就能夠使房門自動打開，物體懸浮起來，還會讓物件在莫名其妙的情況下著火。這些神奇的魔法棒還能儲存巫師的法力。魔法棒一定要妥善保存，在不用的時候要拿一塊白色或黑色的蠶絲布把它包好，以免沾染邪惡之氣。也許你還不知道吧？只有在經過嚴格的專業培訓後，才能使用魔法棒。使用魔法棒的咒語要嫻熟，並且發音準確，這樣才能發揮它的最大威力。

2. 掃帚和木叉

這兩樣家家都有的東西，在普通人的手裡只能掃掃地、挑挑乾草，可是一放到巫師的手裡就變成無污染、無能耗的交通工具了。當然，掃帚一般是女巫的交通工具，男巫想出門，多半乘坐乾草叉。你知道嗎？雖說掃帚和木叉不用燃油，可是想讓它飛起來，還得費一番工夫。巫師在飛行前要在掃帚和木叉的木柄前端塗上精油，這樣才會賦予掃帚和木叉靈性，而且使用的精油品質越好，它們的飛行速度也就越快。

3. 藥瓶

它是巫師常用的物品。巫師們除了擁有不可思議的魔法之外，還擁有高超的醫術，他們就是用自己煉製的靈藥救死扶傷。既然發明「靈丹妙藥」，那就少不了盛這些藥的瓶瓶罐罐，所以藥瓶就成了巫師的必備之物，日久天長，這些藥瓶也沾染上巫師的靈氣，真是幸運的瓶子呀！

4. 水晶球

晶瑩剔透、溫潤素淨的水晶球自古以來就被人們視為聖潔之物，它是「禦邪魔、斥鬼神」的吉祥象徵。據說，一個人聚精會神地凝視水晶球時，可以看到過去和未來，預知福禍和生死，因為水晶球裡隱藏著神靈。巫師們堅信水晶球的玄奧，認為「神靈隱藏在水晶球內」，他們以擁有一隻純潔潤澤的水晶球為榮，所以巫師在作法時，手裡往往拿著一隻水晶球。

5. 「小精靈」

據說，它們是巫師創造出來，作為巫師的忠實伴侶，必須世世代代為巫師主人服務。它們承擔一切家務，由主人管束，不能隨便違抗主人的命令，若違抗就會遭到懲罰。它們以勞動為榮，以自由閒逛為恥，為主人端茶敬酒，洗衣做飯，聊天解悶。沒有工資，沒有假日，一切都是無償勞動。當然，這些「小精靈」中也有一些怪胎，它們邪惡殘酷，一般會被封印在某一特定場所。

魔法書裡的黑字魔法

有一位大魔法師有一本常讀的大黑皮書，裡面記載著他會的全部魔法。這本書裡不僅記載著好魔法，也記載著壞魔法。壞魔法是用黑字寫的，好魔法是用紅字寫的。他經常會用裡面的好魔法做好事，當地的人們都十分敬仰他。

他有一個小徒弟叫彼得。彼得又胖又懶，既不努力工作，又不聽魔法師的話。

魔法師十分擔心，要是讓彼得看到書中的內容，他一定會經不住誘惑，做起那些壞魔法來。

於是，他每次離家時，都用一把金鑰匙把書鎖好，並把鑰匙隨身帶走。

一天，魔法師對彼得說：「今天我要到中國去，不過去的時間不長。」他很快地走了，可是走前卻忘記把書鎖上。

彼得想：「我要看看魔法師房間裡的大黑書中到底寫些什麼。以前我從沒看見過書的內容。魔法師不會很快回來的。」

他就進了魔法師的房間，找到了大黑書，發現書沒上鎖，他欣喜若狂。

「啊，我終於可以讀這本書了！」他說，「我馬上就變魔法了，而且會變得跟魔法師一樣好。我要變出新魔法來，他一定會高興的。」

他翻開書，用手指著書裡的兩三行字，那是用黑字寫的。他很吃力地讀這幾行字。「我想我會變這套魔法了。」他說，「在魔法師回來之前，我要變魔法。」

他慢慢地一字一字地念出這三行黑字，突然一聲巨響，他閉上雙眼，害怕極了。待他睜開眼睛時，嚇得差點兒摔倒。

一個醜陋的巨人站在他面前，嘴裡噴著火，眼睛像燃燒著的

燈。他叫比則巴，正是彼得讀那三行字，把他召喚來了。

「你有什麼吩咐？」比則巴問道。他說話時，聲音像一百塊大石頭從山上滾下來一樣。彼得什麼話也說不出來，他害怕極了。

「說！不然我就宰了你！」巨人吼道。這次他說話時，聲音像一千塊大石頭從山上滾下來。彼得還是說不出話來。

比則巴向他走來，把雙手放在他身上。彼得覺得渾身發熱，就像在火上烤。

「最後再問一遍。」巨人說，聲音像一萬塊大石頭從山上滾下來，「你到底有什麼事？」

彼得想：「如果我不說話，他會殺死我的。」他很快地說：「給我澆澆那棵樹苗！」

桌上魔法書旁的盆裡有一棵青樹苗。這棵青樹苗是魔法師魔法的一部分。魔法師經常用這棵青樹苗給人們帶來幸福。

巨人走了，但馬上又回來了。他抱著一大罐水，全都澆潑在樹苗上。

「別再澆啦！」彼得叫喊道。可是比則巴卻一次又一次地去取來滿罐的水。水灌滿了這個房間，又流到別的房間。水從窗口流出，漫過田野注滿小河，淹沒道路，灌滿田邊的溝渠，並開始流進高出河面以上的山洞……

「我要淹死了。」彼得想。他望著房間和房間裡仍然上漲的水。

「我得涉水到魔法書那裡，從書中找到另外的魔法告訴我怎樣使巨人離開。」

他涉水走進房間。巨人一直不停地往房間裡潑水，越潑越多。青樹苗已不在桌子上，它被水沖走了。他好不容易拿到書，發愁地看著它。

「我再也讀不出來。」他說，「唉，魔法師教我做魔法時，我為什麼不好好學習呢？」

水繼續上漲。他的身子被淹沒，水向他的頭頂漲上來。他雙手抓住大桌子爬上去。他首先把魔法師的可憐的黑貓放在桌子上面的椅子上。他在變成一個好孩子呢！

　　這時，魔法師正在從中國回家的路上，但路程還遠得很。在路上他找金鑰匙，卻找不到，於是想起他沒有把黑皮魔法書鎖住。

　　「哎呀，真是糟糕！彼得那個傢伙可能在做壞魔法了！」他急匆匆地朝家的方向飛行著。

　　他朝下望去，看見到處是水，而且越來越多，彼得真的做了壞魔法！他證實了自己的擔憂。

　　現在，他離家很近了。他飛到房子上方，看見花園淹沒在水裡，已經無法從大門走進去。水正從上面的窗戶裡流出來。他聽到哀號的聲音。

　　他飛下來，從做魔法的房間的窗戶往裡看。房間裡全是水。他看見在房間裡，他那隻黑貓嚇得要死，待在桌子上面的椅子上。

　　房間裡，他做魔法用的所有書本還有盆罐、書本及衣服全都漂在水上或沈在水中。他那棵能把黑夜變成白天，把冬天變成夏天，把悲哀的人變成愉快的人的青樹苗不見了。

　　彼得站在桌子上，他為了救魔法師的黑貓，用手把它舉的高高的。魔法師看見，水馬上就要淹沒彼得的嘴了。

　　魔法師看到這一切。比則巴提著大罐子涉水走進房間，仍向原先放樹苗的地方潑水。

　　魔法師大喊一聲從大窗戶走進去。他知道該說什麼，便大聲喊出用紅字寫的咒語。比則巴走了，再也沒有回來。

　　水立即退下去。魔法師走出房屋尋找青樹苗，最後終於把它找到了。他說：「噢，重新給人們帶來幸福的青樹苗在這兒！」

　　水最後都退去了，所有的一切都恢復了原貌。

　　彼得從桌子上跳下來。「師父，你回來了，我非常高興！」

他對魔法師說，「我以為我要死了！請幫助我，我再也不偷懶了，我要努力學習，每天你做什麼我都看著，你說什麼，我都聽著。」

「我知道你會這樣做的。」魔法師回答說，他是一個善良的人，「現在，我們可以一起工作了。」

徒弟說到做到。

許多年過去了。魔法師老了，他把魔法書、青樹苗和魔法衣都傳給彼得，彼得成為一個很好的魔法師。

後來，彼得娶了一個好太太，她幫他變魔法。彼得說：「將來有一天，我們要寫出一本新魔法書，把用黑字寫的東西刪掉。我要告訴我的小孩，要用好的魔法為人們造福！」

（英國赫米翁·奧拉姆邁克爾·韋斯特）

魔法智慧

小徒弟彼得因為沒有聽從魔法師的告誡，偷偷地打開了大黑皮書，學習裡面的壞魔法，闖下大禍。但就在那個危險的時刻，擁有善良本性的他卻盡力營救魔法師的貓。等魔法師趕到，將一切恢復原貌後，他立刻承認自己的錯誤，並保證自己以後聽從魔法師的教導，認真學習。最後，他得到魔法師的真傳，成為一個很好的魔法師。

人的一生中難免會犯各種各樣的錯誤，更何況是在我們年少懵懂的時候。錯誤一旦犯下，就像射出去的箭，不可能回頭，我們只有坦白地承認它，並努力改正，才可以避免下次犯同樣的錯誤。有時候，承認錯誤並不困難，只要你做到了，你會發現承認錯誤會帶給你更多的諒解和輕鬆，你也會贏得他人的信任，收穫更多，正如故事中的彼得，得到魔法師的真傳，成就人生的輝煌。

魔法課堂　　巫師的長袍

　　別看巫師成年累月穿著一件拖地的長袍，可是這個簡單的裝束裡面卻蘊涵著無窮的玄妙。長袍雖簡單，可是不同的顏色卻代表著不同的含義。一起來認識一下吧！

　　1. **金色長袍**：太陽神巫師，自由在他們的心目中至高無上，他們特立獨行，在各個領域都獨佔鰲頭。

　　2. **銀色長袍**：月亮神巫師，是智者的代表，時刻保持清醒的頭腦，保持獨立的個性。

　　3. **靛色長袍**：星星巫師，冷靜與溫柔並存的混合體，擁有很強的包容力，美妙的創意層出不窮。

　　4. **綠色長袍**：屬於大自然的巫師，充滿著協調性，最擅長撫慰人心，總是把愛和溫暖悄悄帶給大家。

　　5. **黃色長袍**：土系巫師，天生具有緩和矛盾的能力，為人隨和，值得信任。

　　6. **藍色長袍**：水系巫師，藍色是大海的象徵，他們是冷靜沉著的現實主義者，一般以哲學家的形象出現。

　　7. **紅色長袍**：熱情洋溢的一群人，極具正義感，做事堅持到底，絕不半途而廢。同時也是暴躁和殘酷的象徵，尤其當遭到背叛的時候。

　　8. **橘色長袍**：橘色是熱情的象徵，穿著這種顏色的巫師性格單純，個性活潑，具有活力，集體意識很強，往往是巫師隊伍裡的開心果。

　　9. **紫色長袍**：紫色，是高貴的顏色，穿紫色長袍的巫師是巫師中的貴族。他既有「藍色」的冷靜，又有「紅色」的熱情，思慮周密、溫柔體貼、與人為善，頗受他人青睞。

魔法仙人掌

「哎喲！」魔法師赫伯特走在路上，被石頭絆倒在地，臉上沾滿泥土。他一邊呻吟，一邊從地上爬起來，拍了拍他那寬大的魔法長袍，整了整他的魔法帽子。

「嘎，喝！還變魔法呢！」光頭烏鴉在他頭上大笑道，「你連自己的腳都指揮不了，嘎！」

「是石頭絆倒的，我的寶貝鳥。」赫伯特說，「我是一個偉大的魔法師！剛才我正在低頭研究魔法。」

「哈！」光頭烏鴉說，「你在研究魔法？你還是別讓長袍絆住你的腳吧，你的魔棍也要抓緊。」

赫伯特狠狠地瞪了光頭烏鴉一眼。「你小看我！」他說，「等到了下一個小鎮，我讓你好好瞧瞧！」

當他們到達小鎮廣場時，並沒有人注意這位渾身泥土、身材像梨的魔法師和這隻光頭烏鴉。

「快表演精彩的節目！」光頭鳥哇哇地說。

「好！」赫伯特回答，他從布包裡掏出一個陶罐擺在地上。

「哦！」他大聲叫道，「快來看哪！精彩的魔法表演，我要從這個陶罐裡變出一束藍色的玫瑰花！」小鎮上的人紛紛圍過來，赫伯特瘋狂地揮舞著魔棍，大聲念著咒語。

一不小心，他的魔棍纏在寬大的袖子上，他用力抽魔棍，魔棍卻一下打在他的帽子上，他慌忙去扶帽子，長袍又把他絆倒了，「噹」的一聲，魔棍碰在陶罐上。圍觀的人大聲哄笑起來。

當人們笑完了，陶罐裡冒出一顆小小的植物。

「哈！我變出來啦！」赫伯特大聲宣佈。

「你得意得太早了。」光頭烏鴉說，「你變出的又不是藍色的玫瑰，只是菊花。」

　　赫伯特走過去仔細瞧了瞧。「真的是菊花！」他說，「這朵傻菊花！」

　　「等一等！」赫伯特重新振作精神，「讓我再變一次！」他更加瘋狂地舞動魔棍，嘴裡還念念有詞。

　　可是當他要用魔棍去碰陶罐時，魔棍一下飛了出去，碰在一個老太太的鼻子上。

　　「噗！」老太太的鼻孔裡開出兩朵黃色的菊花。

　　這下老太太氣壞了，她大聲叫道：「快把它變掉！」

　　赫伯特自己也嚇了一跳。他揀起地上的魔棍，嘴裡念著咒語，用魔棍點一下菊花。砰！菊花又變成了仙人掌。

　　「嘎！」光頭烏鴉說，「瞧瞧我們這精彩的魔法！」

　　「你這個大笨蛋！」老太太尖聲大叫，「如果你不把它變掉，我要到法院去告你！」她一把揪住赫伯特的衣領，還在他的眼前揮舞著粗糙的拳頭。

　　赫伯特臉色蒼白。「我馬上把它變掉。」他向老太太保證，「再堅持一會兒……」他深呼吸了一下，然後，他慢慢地、小心謹慎地念著咒語，用魔棍輕輕點了一下仙人掌。

　　呼！仙人掌消失了。

　　「感謝上帝！」光頭烏鴉說完，從牠站著的雨篷上飛到赫伯特的肩膀上，「你們瞧，這麼一會兒工夫就變出這麼精彩的魔法。」

　　老太太盯著赫伯特說：「如果我是你，就趕快離開這裡；不然，一定會有人叫警察來抓你！」

　　「那……那好吧。」赫伯特結結巴巴地說。他把陶罐收進包裡，領著光頭烏鴉快向鎮外跑去，不小心他又被長袍絆了一下。

　　出了小鎮，他停下來休息。「下一步我們怎麼辦？」他問烏鴉，「如果我們沒工作就得餓肚子！」

　　光頭烏鴉抖了抖翅膀。「別問我，」他說，「我只是一隻烏鴉。」

這時，一個衣著華麗的紳士向他們走來。

「你就是那個在老太太鼻孔裡變出仙人掌的魔法師？」他問。

「是，是的。」赫伯特緊張地點點頭。

「好極了！」紳士說，「我是國王的大臣。國王叫你馬上到王宮去，在他的花園裡變仙人掌。」

「我？」赫伯特半信半疑地說，「變仙人掌？」

「當然，你還可以變別的魔法，」大臣接著說，「國王需要仙人掌，你知道我們國家沒有仙人掌。剛才國王看見你在老太太的鼻孔裡變出仙人掌，他笑得從馬背上掉下來。現在，他要一個魔法仙人掌，還要讓他的花園裡長出許多不同品種的仙人掌。」

「太好了！」赫伯特高興得跳了起來，順手抓起布包，「好了，我們走吧！」

赫伯特頭頂上的光頭烏鴉也哇哇地笑了：「嘎！太好了。」他們快活地向王宮走去。

（美國特琳卡‧艾納爾）

魔法智慧

　　儘管魔法師赫伯特在表演魔法的時候，總是會出現錯誤，鬧出一連串的笑話，遭到烏鴉和圍看的人的嘲笑。但面對一次次的失敗，魔法師並沒有沮喪，仍然沉著冷靜地進行自己的魔法表演，以致能讓國王看到整個表演的過程，從而幸運地被國王召見，為王宮變出魔法仙人掌。

　　魔法師之所以被國王召進王宮，與其說靠的是他的運氣，不如說是他面對失敗毫不氣餒的精神，為他贏得這個機會。其實，失敗並不可怕，可怕的是我們拒絕接受它、面對它。對於一個能夠正確面對失敗的人來說，教訓一樣可以激勵自己不斷去拼搏進取，取得最終的勝利。

魔法課堂  **由巫師帶動的節日**

　　遠古時代，巫師作為可以和神靈溝通的人物，創造出許多複雜的祭神驅鬼儀式。這些儀式後來就變成人們共同認可的節日，例如歐洲的煙火節就是這樣產生的。歐洲的農民每年都要選出幾天，點起煙火，圍著火跳舞，或者在火上跳來跳去。從春天開始，可以舉辦四旬齋煙火、復活節煙火、貝爾坦煙火、仲夏節煙火、萬聖節前期煙火、仲冬節煙火。這些煙火節還真是不少啊！

　　收穫節也是最快樂的節日之一，同時它還是現代女巫一個重要節日。收穫節是由女巫的一種獻祭儀式演變而來的，祭品是獻給植物的精靈JohnBalycom的。

　　巫師不光為我們創造了很多有趣的節日，同時也毫不吝嗇地為自己創造一些節日。下面就告訴大家幾個吧！

　　1. 聖燭節：（2月2日）這是一個令人興奮的大型夜半集會，它是一個火的節日，強調光明重回大地。

　　2. 古春分日：（3月21或22日）在這一天，光明和黑暗達到完美的平衡，光明開始控制黑暗，白天會變得越來越長。在這一天，女巫們通常會製作能夠得到再生力量的護身符。

　　3. 靈魂節：（10月31日）這是凱爾特族的新年除夕夜。據說在節日的晚上，人類和神靈變得很容易溝通。靈性之光也會聚集在煙火周圍去取暖，並和他們在世的親屬交流。

　　4. 古聖誕：（12月21或22日）冬至日之夜的標記，女巫在這一天慶祝一年之中最長的黑夜。這個夜裡，神會重生，會把光和溫暖帶回地球。

第二章　騎著掃帚的女巫

紅色女巫

　　從前，有位英明的國王統治著斯里蘭卡。他有七個兒子，當七個兒子都長成英俊的青年時，國王便想為兒子們娶親。他叫人給七個王子畫像，然後慎重地交給首相，讓他負責去物色七個公主。

　　首相遵照國王的旨意周遊列國，離開斯里蘭卡已經有好多年了。一天，他訪問一個國王，他正好也有七個美麗的女兒。首相說明來意後，將七個王子的畫像拿出來。國王看後，讚歎不已，覺得這些王子完全配得上他的女兒們。

　　於是他也準備女兒們的七張畫像，讓首相帶著它們回到斯里蘭卡，交給國王。

　　斯里蘭卡國王和七個王子看了這些畫像讚不絕口。國王當即宣佈要開始籌備婚禮。

　　不久，斯里蘭卡國王偕同王后、七個王子，每人騎著一頭大象，連同隨行人員組成龐大的迎親隊伍，浩浩蕩蕩地向那個國家進發。經過幾天的長途跋涉，他們終於安抵那個國家。經過一番籌備，七個王子與七個公主結婚了。

　　過了幾天，他們開始回國，在路上，天氣十分炎熱，他們發現一個池塘，取水喝完後，又踏上旅途。

　　「站住！站住！你們喝了水，還沒給報酬哩。」

　　一條惡龍截住他們的去路。

　　「你是什麼東西？」國王生氣地問。

　　惡龍咆哮了一聲，一股濃煙和火舌從它口中噴射而出，齜著牠那又黃又黑的長牙，兇相畢露，十分可怕。

　　「我是池塘的主人。凡是飲水的人必須付給報酬。」

　　「你要多少錢？」國王問道。

「我不要錢，我的國王。」惡龍惡狠狠地回答說，「我要你的一個兒子。」

國王進退兩難，一籌莫展。他的最小的兒子見到這個情形，挺身而出對父親說：「父王，我願留下來。我是您最小的兒子，留我比留我比留哥哥他們更為合適。」

年輕的王子請求父母、兄長和他的妻子撇下他趕緊回家去。他的妻子痛哭流涕，悲痛萬分，可王子還是執意勸她同眾人一同回國，等候他的歸來。

許多日子過去了，年輕的王子一直陪著惡龍待在池塘邊。惡龍大部分時間是在睡覺。他用粗繩子把王子捆在樹上，打算找個適當的時候吃掉王子。

可是有一天，惡龍突然呻吟起來，他對王子說道：「我患了頭痛症，如果你能治癒我的病，我就放你回家。據說有一個女巫，她有一種藥，可以治好我的頭痛症。你馬上去取這種藥，如果治不好我的病，我還是要把你吃掉。」

王子胸有成竹地答道：「那好，讓我去找她，替你把藥弄來。」

王子日復一日地在森林中走著。一天他來到一條小河邊，看見河面上漂來一根枯樹枝，樹枝上趴著幾隻老鼠，情況十分危急，老鼠隨時都有被河水淹沒的危險。

王子立即跳進水中，把它們救上岸來。鼠王對他說：「你救了我們的性命，我們該怎麼報答你呢？」

王子說：「我正想找一個女巫，她有一種能治好頭痛的藥劑。你們能不能幫我找到她？」

鼠王說：「我們認識那個女巫。她就住在不遠的地方，我們可以給你帶路。不過你一定要小心謹慎，任何人在獲得藥物之前，必須經受兩次大的考驗。第一，你得在沸騰的油桶中洗澡；第二，你得把一棵鐵樹鋸成兩半。」

「我恐怕做不到那些事！」王子憂心忡忡地說。

　　「哎呀，別害怕，只要照我的話去做，你不費吹灰之力就能辦到。」鼠王說，「帶上我這個戒指吧！當女巫叫你在沸騰的油桶中洗澡時，把它放到油裡，你就不會燙傷。我再送你幾根尾巴上的毛，你可以毫不費力地把鐵樹鋸成兩半。」王子聽了，臉上的愁容頓時消失，眉開眼笑，感恩不盡。

　　不久，他們找到女巫，只見她長著一頭的紅髮和一雙粉紅色的眼睛，身上穿著一件黑色的外衣，和斗篷一樣長，手中還握著一根長竿。

　　「你想幹什麼？」女巫陰陽怪氣地叫道。

　　王子說明他的來意，並誠懇地請求女巫幫這個忙。

　　「可以呀，不過，在我給你藥之前，你要經受一些考驗。首先你必須在沸騰的油桶中洗澡。」女巫恐怖地笑了笑，她以為王子絕不敢那樣做。

　　然而，不到一秒鐘的工夫，王子便跳入沸騰的油桶中去了，自然，女巫不知道他手指上戴了鼠王贈送的戒指。

　　女巫看見他泡在油桶裡是那麼泰然自若，不由得火冒三丈。

　　「你既然這樣聰明，」她不懷好意地說，「你就去把我屋前的鐵樹鋸成兩半吧。」

　　「我馬上去辦。」王子從容不迫地說。他從油桶中跳將出來，用鼠王贈給他的尾毛，開始鋸鐵樹。女巫眼看著鐵樹慢慢往下傾斜，嚇得目瞪口呆，張口結舌。啪啦！啪啦！轟的一聲，鋸斷的鐵樹突然從她頭頂上壓下來。只聽「哎喲！」一聲，女巫就此送了性命。

　　王子飛快地奔入女巫的住房，四處尋找頭痛藥，最後在廚房的大桶子裡找到了，上面寫著「頭痛粉」。

　　王子拿著藥粉，一路趕到巨龍跟前。「啊，巨龍！」他高興地喊道，「這就是你要的藥粉。」

　　巨龍坐在地上，用兩隻前腳抱著自己的頭。「我頭痛得要命！」巨龍苦苦哀求道，「彷彿有人用錘子敲我頭似的，趕快給

我服藥吧。」

　　王子用一匙的藥粉，放在一杯水中攪和，然後送給巨龍飲用。巨龍一口吞下去。天崩地裂似的一聲巨響，伴隨著一道閃光，巨龍不見了。在它坐的地上，只留下一段龍尾巴的殘骸。

　　後來王子得知，女巫的「頭痛粉」實際上是一種烈性毒藥。

　　王子勝利凱旋，在斯里蘭卡與妻子重新團圓。一家人共聚一堂，享受天倫之樂。

（斯里蘭卡民間童話）

魔法智慧

　　為了營救大家，小王子挺身而出，答應留在兇狠的惡龍身邊。後來，為了幫助惡龍治好頭痛症，換得回家的機會，他又不顧生命危險，去惡毒的紅色女巫那兒取藥。最後，在鼠王的幫助下，小王子終於戰勝女巫和惡龍，獲得自由，重新回到親人的身邊。

　　在小王子的身上閃耀著善良、勇敢、熱心助人的光芒，但最感人的是他的那種無私奉獻、犧牲自我的精神。捫心自問，我們為身邊的人，特別是我們的親人做過些什麼呢？是否主動地關心過他們，瞭解過他們的內心的感受？從現在起，讓我們用心地對待周圍的每一個人，發自內心地付出我們的愛，奉獻出我們的一片真摯的熱情吧！

魔法課堂　　怎樣識別巫婆

　　「巫婆」這個詞可能來源於古英語中的單詞「wicce」，意思就是「有智慧的人」。也有人說是來源於「wik」一詞，意思就是「彎曲的」。但是現在我們普遍的認識是：「巫婆」是指一個會搬弄魔力的人。

在古代，人們有很多識別巫婆的方法：

1. 有體臭

一個生活在17世紀末期，名叫路德維科‧斯尼斯塔里的義大利修道士說：「我一聞氣味就會知道那人是不是巫婆，巫婆的身體特別臭。」他還解釋巫婆為什麼聞起來那麼臭的原因。他說每個巫婆都帶著一個「相似體」，是魔鬼賦予她們的靈魂。魔鬼把靈魂附在死屍的身上，屍體發臭後，臭味就留在巫婆的身上，所以巫婆就會很臭很臭。

2. 有額外的手指頭

據說亨利八世的皇后安妮‧博林是個巫婆，因為她的一隻手上有六個指頭。但是這個說話的人沒有見過她，不知是不是真的，也許她的一隻手上還不止六個指頭呢！

3. 脖子上有個腫塊

在安妮‧博林的脖子上就有一個腫塊，不過，她被砍頭的時候，這個腫塊也沒有幫她阻擋住那把砍頭的大刀。

4. 掃帚

去參加巫婆大會的女人都會帶著掃帚。她們騎著掃帚就像騎著寵物馬一樣，擺出騎士的架勢出去的時候，掃帚帶刷的一端朝前，柄那端朝著地面。

5. 大鍋

巫婆在煮神湯的時候要用一種大鍋。傳說在14世紀，蘇格蘭有個名叫威廉‧洛德‧索裡斯的人就是一個巫師。他被處死的方法就是在他自己的大鍋裡被煮死。

綠野仙蹤

　　小姑娘桃樂絲是個孤兒，跟叔叔嬸嬸生活在堪薩斯草原上。

　　一天，風暴襲來，小木屋拔地而起，帶著桃樂絲和小狗托托向遠方飛去。小木屋飛到一個美麗的地方才落下來。桃樂絲跑出來，見從果樹後面出來三男一女。

　　那女的是巫婆，對桃樂絲說：「孩子，感謝你的小木屋壓死惡女巫，我們芒奇金人完全自由了！」

　　從女巫口裡，桃樂絲知道自己來到奧芝，周圍都是大沙漠，沒辦法回家。她急得哭了起來。

　　女巫想一想，對桃樂絲說：「你去翡翠城請男巫奧芝幫助吧。」她在桃樂絲前額吻了一下，「記住，誰也不敢傷害被我吻過的人。」

　　桃樂絲道謝，穿上那個女巫的銀鞋，帶著小狗托托上路了。一路上她結識三個同伴：想請奧芝給它安裝腦子的稻草人，想有一顆心的鐵皮人，需要奧芝給它膽量的獅子。

　　一道又寬又深的峽谷攔住他們的去路。這時膽小的獅子忽然有了勇氣，說：「讓我載你們過去。」稻草人怕出事，說：「我摔不死，你先載我吧。」

　　大家安全過去了。不久，他們聽到一種奇異的聲音，獅子說那是「凱利德」的吼叫聲。「凱利德」身體像熊，頭像老虎，能輕而易舉地把獅子一撕兩半。大家怕極了，說快跑。可是，前面是更加寬的深谷。怎麼辦呢？稻草人急中生智，對鐵皮人說：「你把谷邊的大樹砍倒，不就能架成一座橋嗎？」獅子讚揚稻草人：「你已經有腦子啦。」他們架起橋，剛剛走過去，只見兩個「凱利德」追到橋上來，稻草人叫鐵皮人砍斷橋，兩隻怪獸摔死了。

桃樂絲和她的朋友們經過許多艱難險阻，才來到翡翠城。

奧芝說願意幫助他們，但有個條件：他們得先把統治溫基國的西方惡巫殺死。他們只好去找西方惡巫。

西方惡巫只有一隻眼睛，見他們來，馬上用銀笛招來一群惡狼。鐵皮人揮起斧頭，把狼都殺死。惡巫又用銀笛喚來一群烏鴉，結果也被稻草人一個個勒死。經過一場惡鬥，最後，桃樂絲往惡巫身上潑了一桶水，竟意外地使惡巫溶化了。

溫基國的人們獲得解放，想請鐵皮人當國王，可鐵皮人說：「我得去找偉大的奧芝呢。」

其實，奧芝並不偉大，而是個極普通的魔法師。那時候他駕駛氣球掉在這裡，人們見他是從雲彩裡下來的，都非常怕他，就叫他當國王。桃樂絲聽完奧芝的話，失望極了：「那我怎麼回去呢？」

奧芝說：「我家離你們草原不遠，讓我們一起坐氣球回去吧。我也不想過這種騙人的生活了。」

桃樂絲說：「好呀！」

不料，她還沒來得及上去，氣球就帶著奧芝飛走了。有個衛兵見桃樂絲發急的樣子，就想出一個主意，說住在桂特林的南方女巫甘林達，也許能幫助她。

於是，桃樂絲決定去找甘林達。翡翠城的人們要稻草人當國王，他說等把桃樂絲送到目的地再回來。鐵皮人和獅子也決定陪桃樂絲一道去。

要找女巫甘林達，可真是不容易呀！碰到的第一道難關，是可怕的魔樹。它們把人纏起來摔回去，不讓人過去。多虧鐵皮人斬斷它們。接著又遇見一隻像大蜘蛛的怪物，它吃起大老虎來，如同吃小蒼蠅一般，獅子跳到怪物的背上，猛擊怪物的頭，把它打死了。這裡的野獸們要獅子當大王，獅子說等桃樂絲安全地找到甘林達才能回來。

桃樂絲還遇見射頭人，他們的頭能離開身體打人，然後又回

到自己身上……桃樂絲多次在朋友的幫助下絕境逢生，才找到女巫甘林達。

甘林達聽完桃樂絲的請求，指指桃樂絲穿的銀鞋說：

「難道你不知道嗎？這雙銀鞋有神奇的魔力，它能帶你到想去的地方，你看你，白白經歷了這麼多艱險。」

「可是，」稻草人說，「不然的話，我就不會有神奇的頭腦了。」

「是啊，」鐵皮人說，「我也得不到我可愛的心。」

「還有我，也得要永遠膽小地生活著！」獅子激動地補上一句。

桃樂絲說：「看見朋友們如願以償，太高興啦！」她謝過女巫，同朋友們擁抱接吻後，便抱著小狗托托飛走了。稻草人、鐵皮人和獅子，也同女巫告別，當大王去了。

（美國弗蘭克‧鮑姆）

魔法智慧

小姑娘桃樂絲和她的朋友為了實現願望，不怕困難，互相幫助，最終打敗了敵人。朋友們因此先後實現願望，桃樂絲最後也回到家鄉，結束這漫長的旅程。

這個故事吸引我們的，不僅是它扣人心弦的情節，還帶給我們許多啟發，其中最重要的一點就是：每個人都有自己的優點和缺點，不要太在意自己的缺點，而要多努力發掘自己的優點，給自己信心和希望。故事中的稻草人希望擁有一顆智慧的頭腦，而實際上在緊急的時刻他腦子比誰轉得都快，總能想出一個個機靈的點子；鐵皮人希望自己有一顆跳動的心臟，而他卻很有愛「心」，時時助人為樂；獅子希望自己擁有膽量，但在危險的時候，他也會膽大起來，甚至敢與怪獸奮力搏鬥。其實，我們最大的敵人就是自己，如果打破自己不敢戰勝的東西，那麼就會越來

越會超越自己！

魔法課堂 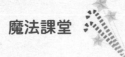 檢驗巫婆的方法

在歷史上有許多檢驗人是不是巫婆的測試方法，那些方法真是很可怕喲！

1. 扎巫婆

有些人相信巫婆是被魔鬼觸摸了，而巫婆身上那個被魔鬼觸摸的點是不會流血的。所以，搜巫人在巫婆的身上找到那個點，然後扎那個地方，如果不流血，那她就會被絞死。蘇格蘭達爾凱斯有個叫約翰·金凱德的人，他就是一個扎巫婆的老手。他只要測試一個巫婆就能獲得6英鎊的回報。他曾說有個叫珍妮特·皮斯頓的人是個巫婆，他說他用針扎珍妮特·皮斯頓的時候，她沒有流血。珍妮特因此而被燒死，金凱德為此獲得6英鎊的回報。但金凱德測試的時候有沒有作弊，別人都不清楚。

2. 捆綁游泳

把被指控為巫婆的人的右手拇指跟左腳大腳趾綁在一起，左手拇指跟右腳大腳趾綁在一起，然後把她扔進水裡。如果她浮起來，那說明魔鬼在幫她們，測試的人就會把她撈起來殺了；如果她沉下去，那說明她是清白的，但是她沉下去後就會死在水裡。

3.「涮鴨子」

1595年，尼德蘭的米爾洛村有個叫朱特·凡·多倫的人被指控為巫婆。當檢驗者給她做「涮鴨子」的測試，她沒有通過測試，就被逮捕了。當時的一個作家寫道：「當被抓住扔進監獄的時候，她既不尖叫，看起來也不憂傷。」這個作家還寫道：「朱特『看起來』有罪，所以她當然有罪！」可憐的朱特最後被燒死。

4. 殘暴的審判

撒克遜人很相信「殘暴的審判」，他們認為被指控為巫婆的

人，如果能通過痛苦的測試，就可以被無罪釋放。在1209年，一個名叫阿格尼絲的人接受這種測試，她是英格蘭第一個被指控為巫婆而受這種審判的人。當時，測試者把一個鐵棒放進火裡燒滾燙後，讓阿格尼絲手握著鐵棒走了九步，然後簡單地把她燒傷的手包紮起來，過了一陣時間，測試者再把包紮的紗布取下來，發現她的手已經痊癒，於是便宣佈她無罪。

5. 觸碰後的屍體會流血

一個叫克莉絲蒂娜・威爾遜的人在蘇格蘭的達爾凱斯被指控為巫婆而被執行死刑。她被定的罪行就是用巫術殺了一個人。當測試的人把她拉到被殺人的屍體前面，當她碰到那個屍體的時候，屍體就開始流血。他們說這就能證明她是個殺人犯，並判定她就是巫婆。

6. 吃果醬和麵包

愛爾蘭人相信巫婆借用人的身體，但是不吃人的食物。一個叫邁克爾・克萊瑞的人要看他的妻子是不是巫婆，就逼她吃果醬和麵包。他的妻子吃了，但是邁克爾・克萊瑞還是殺了她。

7. 瘋狂的尖叫

有些人說，自己只要被巫婆碰到，就會尖叫。1664年，一個叫薩福克・羅絲・卡蘭德的人說只要巫婆艾米・唐尼一碰她，她就會尖叫。於是，一個律政官給她做一個測試。測試的人讓她們倆面對面站著，然後把一個圍裙擋在羅絲的前面，緊接著碰一下她，羅絲發出了尖叫，說是艾米・唐尼碰到她。專員測試的人告訴法官羅絲說謊，但不管怎麼說法官還是判定艾米・唐尼有罪，並判她處以絞刑，她最後被絞死了。

8. 拔指甲

如果某個人被指控為巫婆，但她不承認自己是巫婆的身分，測試者就會用指甲鉗拔她的手指甲，直到她承認為止。

人魚公主的交易

　　從前，在蔚藍的大海中有一位海國王，他和他的家人住在海底最深處，那裡是一座華麗的宮殿。海國王有六個女兒，個個都非常漂亮。她們上身是人身，下身是漂亮的魚尾巴，這樣她們就可以在海中自由自在地生活。

　　六個公主中，小公主最漂亮，還有動聽的聲音，但她並不喜歡說話，只喜歡聽祖母所說地人類世界的故事。她聽祖母說，海上面的世界——人間世界可美了：花兒能散發出香氣，而海底下的花兒卻不能；那裡的森林是綠的，在樹枝之間游來遊去的「魚兒」會唱出清脆動聽的歌……小公主要求祖母放她到海面上去。但祖母說：「等你滿了十五歲才可以上去。」

　　等啊等，小美人魚終於十五歲了。這天，她浮上海面，看到一艘大船，船艙裡燈火輝煌，漂亮的王子和大家在一起跳舞。她越看越羨慕，再也捨不得離去。到了深夜，海上突然起了大風，海浪把船打得粉碎，王子也落到海裡。小美人魚急忙游到王子身邊，托著王子漂呀漂的，一直把他送到海邊的沙灘上。

　　王子得救了。這時正好有個姑娘經過這裡，吃驚地望著王子，王子醒來後對她報以感激的微笑，原來王子誤以為她是自己的救命恩人。而小美人魚就在岩石後面看著，王子竟然一點也不知道。小美人魚傷心極了。

　　一連幾天，小美人魚幾次浮上海面，想看看王子，可是一次也沒看到。她把心事告訴給姐姐們，有一個姐姐知道王子在哪裡，於是，他們一起來到王子的國家，找到王子的宮殿。後來，小美人魚常游到王子的住處來，躲在陽臺下面看王子，當然王子不知道下面有誰在看他。

　　小美人魚多麼嚮往人間啊，真想自己變成人。於是她去找

海巫婆。海巫婆說：「我可以幫你忙，不過你要丟掉三百年的生命，還要吃一帖藥，讓尾巴變成兩條腿。變了腿可苦哩，走路像走在刀尖上，痛死了！」

小美人魚說：「我能忍受。」海巫婆還告訴她，如果王子不愛她，她將成為泡沫，再不能回到宮殿裡。還要把舌頭割下來，把聲音送給她，算是報答。小美人魚都答應了。

第二天，小美人魚來到王子宮殿前的石階上，吃下藥，她馬上感覺像被刀子刺進身體，當場暈倒，果然，她的尾巴變成兩條腿。

她醒過來時，看見王子就站在身邊。王子問她是誰，由於小美人魚還沒得到王子的愛情，她想說話，可沒有舌頭，不能發聲，只能默默地望著王子。王子攙她站起來，她像站在刀尖上一樣痛徹心扉，但是她忍受住了。

宮殿裡在舉行舞會，她想唱歌，但唱不出來。王子跟她跳舞，她的舞跳得比誰都好。王子很愛小美人魚，只覺得那天救他的人像眼前這位姑娘。可惜他不知道救他的正是面前的姑娘。

國王不知道小美人魚的心事，為王子定了另一門親，那是鄰國的公主。國王要王子去看那位公主。王子乘船出發了。

在船上，王子對小美人魚說：「那位公主不可能像救過我的那位姑娘。你像那位姑娘，讓我選擇，一定選擇你。」

小美人魚聽著，心裡非常幸福。可是，當王子見到鄰國公主時，卻說：「救我的就是你，我太幸福了！」於是，他們成婚了。原來，這位公主就是王子被救起醒來後所見的那位姑娘。

婚禮之後，王子帶新娘以及小美人魚等乘船回國。晚上，全船燈火輝煌，大家跳起舞來。小美人魚知道，她沒有得到王子的愛情，今天是她生命的最後一晚。明天，當太陽第一道光芒射來的時候，她就要變成泡沫。可是她不後悔，她忍著腳像踩在刀尖上一樣的疼痛，還是和王子一起跳著舞。

夜深了，小美人魚向東凝望。她知道，頭一道太陽光出現

她就會死。忽然，姐姐們出現在海面上，她們對她說：「我們都把自己的頭髮給了海巫婆，她給我們一把刀子，說你只要拿這把刀子插進王子的心窩，讓他的血流在你的腿上，你就能恢復魚尾巴，可以回到大海裡來。」說完，她們丟下刀子，沉到海底去了。

小美人魚捧著姐姐們給的刀來到王子的房間。她心愛的王子正在熟睡，臉上掛著幸福的微笑。小美人魚看著他，忍不住流下眼淚，她太愛他了，寧可自己死掉也不願意傷害他一絲一毫。最後，她把刀扔進大海。

在刀子落水的地方，浪花發出一道紅光。小美人魚再一次迷迷糊糊地朝王子看了一眼，就飛快地走出船艙，縱身跳到海裡，立刻，她覺得自己的身軀正融化成泡沫。

此刻，大海上升起一輪紅日，陽光柔和而溫暖地照在這些泡沫上，小美人魚看到光明，看到海上飛翔的小鳥、船上的白帆和天空的雲朵，覺得自己漸漸地從泡沫中升起來。就在那一瞬間，她感受到從未有過的幸福，她的靈魂得到了永生。

魔法智慧

這是一個淒美而崇高的愛情故事：美麗的小人魚為了追求王子的愛情，不惜犧牲安逸舒適的生活和300年長壽的生命，把動聽的聲音送給惡毒的巫婆，忍受著把魚尾變成人腿後所帶來的巨大痛苦。雖然王子並不愛她，但她仍然感到非常幸福。最終，她用自己的生命詮釋對王子的愛，讓靈魂得到永生。

小人魚犧牲自己成全他人的胸襟令人感動，她那種以別人的幸福為幸福的精神深深地感染我們千千萬萬的讀者。她的愛是無私的、偉大的、永恆的，早已超越時間和空間的界限，讓我們銘刻於心。其實，真正的幸福並不只是來自對愛的收穫，更是來自

對愛的付出，這也就是幸福的真諦所在。

魔法課堂　　巫婆的咒語

歷史上有很多巫婆的咒語都很有智慧，下面幾個是非常有用的：

1. 阿布拉卡達布拉

這是中世紀的一個魔法咒語。據說希伯來咒語，是聖父、聖子和聖靈的名字開頭字母的組合。人們把這個詞寫在紙上，用亞麻穿上掛在脖子祈求帶來好運。

2. 火拉諾拉馬薩

這也是一個咒語，能保護你不受邪惡勢力的侵害。念這個咒語的時候，如果你單腳站立，像飛機的螺旋槳那樣揮動手臂，效果會更好。當然，這並不能讓魔法本身更有效，但是一定能讓那些你不喜歡的邪惡的東西無法靠近你，比如那些該死的黑夜魔鬼。呵呵，沒事的時候擺好這個姿勢，多多念一下這個咒語吧！你會發現自己會變得越來越勇敢。

3. 猴卡斯潑卡斯

這是一個特別邪惡的咒語，如果你想把那些最可惡的敵人變成一隻奇醜癩蛤蟆，或者一隻悲慘的烏鴉，那你就來念念這個咒語，來解除一下心中的仇恨。關於這個咒語的來源有著兩種不同的說法。一種說法認為，它來自北歐一個古老的神的名字：歐儲斯波卡斯；另一種說法則認為，它來自羅馬天主教教堂禮拜的用語。是Hocestcorpusmeum—「這是我的身體」的縮語。

4. 阿基拉

這個咒語是希伯來語「萬能的主，上帝之舉」的簡稱。有人認為它有驅邪的作用哦！如果你家的櫥櫃裡有敲擊做聲，鬧惡作劇的鬼，或者在一個空房裡有魂魄在游離，說出「阿基拉」這個咒語就能把它們趕走，如果你發現這些鬼，就用這個咒語試一試

吧！

5. 安娜尼薩普塔

這個咒語具有醫治作用喲！聽說如果你的鼻子上長膿包，念這個咒語可以使膿包消掉，不過你還要把它寫在羊皮紙上掛在脖子上。千萬要記住，它可不是什麼神奇的消炎藥膏，並且只是一個小小的咒語。如果一周之內，還不見好轉的話，你還是去看醫生吧！

6. 派茲其新格

這個咒語是由故事《綠野仙蹤》的作者萊曼·弗蘭克·鮑姆發明的。它是一個令人快樂的咒語，如果你不喜歡自己的模樣，想嘗試改變一下；或者你希望上課的老師個個都長得像明星，那你就快快來念這個咒語吧！不過，不要抱太大的希望哦，否則你會失望的！

萵苣姑娘

有對夫妻結婚很多年，卻沒有生下孩子，他們十分盼望能有個孩子，於是他們就天天祈求上帝滿足他們的願望。他們的誠心感動上帝，妻子終於懷孕了。

他們房子的後窗正對著一個女巫的花園，那個巫婆會許多邪惡的咒語，平時根本就沒有人敢靠近這個花園。

一天，懷孕的妻子發現巫婆的花園裡長著許多綠油油的萵苣，頓時饞的口水直流，很想吃到那些萵苣。她想吃萵苣的欲望一天比一天強烈，可是吃不到，於是越來越消瘦，看上去臉色又蒼白又憔悴。丈夫吃驚地問她：「你怎麼啦，親愛的？」

「唉……」妻子回答說，「要是我吃不到屋後園子裡的萵苣，我就要死啦！」

丈夫很愛妻子，聽她這麼說後，他感到非常傷心，決定要實現她的願望。於是在黃昏時分，他翻牆來到巫婆的園子裡，急急忙忙割了一大把萵苣，拿給他的妻子。妻子立刻用這些萵苣做成沙拉，狼吞虎嚥地吃下去。她覺得味道非常非常鮮美，第二天就更想吃了。

於是黃昏時分，丈夫又到園子裡去了，但他剛剛翻過牆就大吃一驚，因為他看見巫婆站在他的面前。巫婆目露凶光，惡狠狠地說：「你怎麼敢到我的園子裡來，像賊一樣偷我的萵苣？你這樣做會後悔的。」

「啊！」他回答說，「你饒了我吧，我是迫不得已才決定這麼做的：我妻子從窗子裡看見你的萵苣，她非常想吃，要是吃不到，她就會死的。」

巫婆息了怒，對他說：「如果你說的是真的，我允許你拿走萵苣，你能拿多少就拿多少。不過有一個條件：將來你妻子生了

孩子，你得把孩子送給我。我會像一個母親那樣照料他，讓她過好日子。」丈夫很害怕，什麼都答應。當他妻子生孩子的時候，巫婆立刻來了，給孩子取個名字叫「萵苣」，就把她帶走了。

　　萵苣長成世界上最漂亮的女孩。她十二歲的時候，巫婆把她送進一座塔裡，這座塔在一片樹林中，既沒有梯子也沒有門，只塔頂有一個小窗戶。巫婆如果要上去，就得站在下面喊：

　　「萵苣，萵苣，放下你的頭髮讓我上去。」

　　萵苣有一頭漂亮的長髮，細得像紡好中的金絲。萵苣一聽到巫婆的聲音，就把她的辮子解開，繞在一個窗鉤上，然後把頭髮放下兩丈來，讓巫婆抓住爬上去。

　　幾年後有一天，一個王子騎馬穿過樹林，從塔旁經過。他聽到一陣悅耳動聽的歌聲，就停下來靜靜地傾聽。這是萵苣在用她那甜美的歌聲消磨寂寞的時光。王子想上去看她，於是找塔門，但是沒有找著。他只好騎馬回去，然而那歌聲深深地打動了他，他便每天騎馬到樹林裡去聽。有一次他站在一棵樹後，看見一個巫婆走來，朝上面喊：

　　「萵苣，萵苣，放下你的頭髮讓我上去。」

　　萵苣放下辮子，巫婆爬了上去。王子想：「如果這就是爬上去的梯子，那我也要試試我的運氣。」第二天，當天快黑的時候，他來到塔下，向上喊道：

　　「萵苣，萵苣，放下你的頭髮讓我上去。」

　　很快，頭髮垂下來，王子爬了上去。

　　起初，萵苣看見來了一個男人，大吃一驚，因為她還從來沒有見過男人。不過，王子同她談話非常和氣，他告訴她，他的心被她的歌聲深深地打動，如果不見見她本人，他的心就安靜不下來。於是萵苣不害怕了。

　　當他問她願不願意嫁給他時，她看見他長得又年輕又帥，心想：「他一定會比老巫婆戈特爾更愛我。」便把她的手放在他的手上，表示願意跟王子走，並要王子每次來時要帶上一把絲帶，

她要用來編一架梯子。

他們約定，在梯子編好之前，王子每天晚上來找她，因為老巫婆白天才來。一點也不知道這件事，直到有一次萵苣對她說：「戈特爾太太，我覺得拉你上來比拉年輕的王子重多了，他一眨眼工夫就上來了，這是怎麼回事？」

「啊，你這無法無天的孩子，」巫婆叫道，「你說的什麼話！我原以為我把你跟世人隔絕了，結果你騙我！」她氣得抓住萵苣漂亮的頭髮，在她的左手上繞了幾道，右手拿起一把剪刀，喀嚓一聲，頭髮被剪斷了，美麗的髮絲掉在了地上。她十分殘忍，還把可憐的萵苣帶到一個荒無人煙的地方，讓她過著痛苦悲慘的生活。

在萵苣被趕走的那天晚上，巫婆把剪下來的辮子拴在窗鉤上。王子走來，喊道：

「萵苣，萵苣，放下你的頭髮讓我上去。」

巫婆就把頭髮放下來。王子爬了上去，可是他看見的不是他親愛的萵苣，而是巫婆；她目露凶光，惡狠狠地看著他。「啊哈！」她幸災樂禍地叫道，「你要接你最最親愛的妻子，但是那隻漂亮的鳥兒不在窩裡，也不再歌唱了，貓把她捉走了，而且還要摳掉你的眼睛，你失去了你的萵苣，永遠也見不到她了。」

王子萬分悲痛，絕望地從塔上跳下去，雖然保住性命，但是跳到荊棘叢裡，刺瞎了眼睛。他瞎著眼在樹林裡到處亂走，餓了就吃草根和漿果，終日痛哭失去最親愛的妻子。

他就這樣在困苦中流浪了好幾年，最後終於來到萵苣所在的那個荒涼的地方。萵苣生了一對雙胞胎，一個男孩一個女孩，過著貧困的生活。他聽到一個聲音，覺得很熟悉，於是朝著聲音走去；他走到跟前，萵苣認出他，抱著他的脖子哭起來。她的兩滴眼淚潤濕了他的眼睛，他的眼睛又明亮了，他又能像往常一樣看東西了。

王子把萵苣和他們的孩子帶回了王國，從此過著幸福美滿的

生活。

魔法智慧

　　懷孕的妻子對女巫花園裡的萵苣垂涎三尺，一時不能自制，心疼她的丈夫便冒險去為她偷來吃。誰知她吃完之後並不滿足，丈夫只有再次冒險，可這次他並沒有像上次那麼走運，被巫婆撞見了。最後，他們不得不答應巫婆的條件，將剛生下來唯一的孩子交給巫婆。

　　夫妻倆的遭遇真是很殘酷，它告訴我們一個需要深深記取的教訓：貪小便宜往往會吃大虧。先賢教導我們：「勿以惡小而為之。」有時，我們偶爾做錯事撿了一個大便宜，別人又沒發現，可能就會存著僥倖心理不去改正，結果養成了壞習慣，最終犯下不可原諒的大錯。在日常生活中，我們要學會自我約束，不要隨便貪小便宜。我們只有大大方方、堂堂正正做人，才會贏得他人的尊重，生活得踏實。

魔法課堂　　巫婆的結局

　　並不是所有的巫婆最終都被殺死了，但是被送去做巫婆測試的，結局都很悲慘。悲慘得讓你都不敢去瞭解，如果你還是很想知道，那就借個膽子往下看吧！

1. 佩特羅內拉的痛苦

　　佩特羅內拉是不列顛群島一個被當做巫婆燒死的人。她是一個女僕，主人叫愛麗絲·凱特勒夫人，住在愛爾蘭基爾肯尼。愛麗絲的前三任丈夫都死了，給她留下巨額的財產。她的第四個丈夫搜查她的房間，發現很多的魔法器具。據說她調製毒藥毒死她

的三個丈夫，於是被以使用魔法的罪名抓起來了。當時被送進審判庭的還有她的兒子威廉・奧特羅以及女僕佩特羅內拉。愛麗絲用錢賄賂法官，法官放她逃亡到英格蘭。威廉也因付錢修了大教堂的鉛質屋頂，而得到無罪釋放。可憐的佩特羅內拉沒有錢，在拷問者的殘酷鞭打下屈打成招，承認自己是個巫婆。於是，1324年11月3日，她被拉到市中心被活活燒死了。

2. 艾榮格瑞的巫婆

大約在詹姆斯一世的統治下（1603～1625），或者他的兒子查理斯統治的早期（1625～1649），一位老婦人在蘇格蘭艾榮格瑞的教區被當成巫婆放在焦油筒裡被活活燒死。這個老婦人單獨一個人生活，她住在一座泥土砌起來的農舍裡，僅靠紡羊毛和織襪子賺點錢過日子。她的行為比較詭祕。人們經常會看到，天黑以後，她會去撿一些花楸樹的樹枝。她經常把一本黑色的《聖經》放在窗臺上，用兩個奇形怪狀的銅夾子夾住。當她去教堂，她的嘴唇一直在動⋯⋯傳說她還能準確預測什麼時候天晴或下雨。

加洛韋的大主教迫於壓力要懲罰這個老婦人。如果他沒有處理這個老婦人的話，有人就會在國王面前告他狀，所以他下令將老婦人淹死在羅丁小溪。當老婦人被殘暴地拖到小溪裡時，圍觀的人都不贊成這個處罰，都堅持要把她塞進焦油桶裡，然後扔進克魯登河。儘管不太情願，但主教還是被迫同意了。於是，這個不幸的老婦人被強塞進焦油桶裡，上面點著火，在熊熊烈火中被推進河裡⋯⋯

傑克和他的父親

很久以前，有一對老夫婦，他們有一個獨生子名叫傑克。老婦人認為兒子已經到了該出門學藝的年齡，於是便讓自己的丈夫帶著傑克去訪師學藝。

他們倆走了好一段路，來到冰上。在那兒他們看到有一個人駕著一匹黑馬拉著的雪橇，飛馳而來。

「你們上哪兒去啊？」那個人問道。

「啊！」父親說，「我正帶著兒子去找一個傳授手藝的好師傅。」

「那你可算是碰巧了！」那個駕車的人說，「我就是那個師傅，我也正好要找這麼一個徒弟。快上雪橇來！」他轉過身對傑克說了一聲。於是呼的一下，雪橇載著他們倆飛快地向天邊駛去。

「不，不！」傑克的父親突然想起了什麼，「還沒有告訴我你的姓名，住在什麼地方。」

「噢，」那人說，「我四海為家，我的名字叫維思卡。」說著他們穿過天空，很快消失了蹤影。

傑克的父親回到家裡，老婦人問他兒子怎麼不見了。

「天曉得，」老頭說，「我只知道他們升到天上去了。」老婦人聽丈夫說不出個究竟來，就又急著打發丈夫外出去打聽，她給丈夫另外準備一袋食物和一捲煙葉。

傑克的父親走了好久，來到一大片樹林前。那片樹林又大又深，他走了一整天也沒走到盡頭。天黑了，他看見遠處有很亮的燈光，就朝著燈光走去。

他又走了很久，終於來到山岩下一間小屋。小屋門外面站著一個老巫婆，正用鼻子從井裡吸水。

「晚安，老婆婆！」傑克的父親說。

「晚安！」巫婆回答道，「好幾百年以來還是頭一次聽到有人叫我老婆婆。」

「你能讓我在這兒過夜嗎？」

「不，不行。」女巫回答道。

老頭兒從包裡掏出他的煙草，點起了煙斗，他讓女巫吸了一口，還給女巫一撮煙草。女巫高興得手舞足蹈，於是同意讓他過夜了。

第二天一大早，他向女巫打聽起維思卡來，女巫說她從沒有聽說過這個人，不過這兒所有四隻腳的野獸都由她管。於是她吹起笛子，召喚牠們到家裡來，問牠們是否知道這個人，可是牠們誰也不知道。

「那好吧！」女巫說，「我還有兩個姐姐，或許她們中有一個知道那個人住在哪裡。」

傑克的父親又出發了，天黑以後他到達另一個女巫的小屋，老巫婆站在小屋門前，也正在用鼻子從井裡吸水。

他親切地問候這位女巫，並取出煙草，點上煙斗，給女巫吸了一口，又給她一大撮煙草。女巫高興得跳起來，也同意讓傑克的父親住上一夜。

天亮後，傑克的父親向她打聽起維思卡來，可女巫說她從來沒聽說過這個人，不過海裡所有的魚全歸她管。於是她吹起笛子召來海中所有的魚，問牠們有誰知道維思卡，可是魚兒也都不知道。

「好吧，好吧！」女巫說，「我還有一個姐姐，說不定她知道那個人。」

傑克的父親上路了，天黑之前來到那個女巫住的小屋。女巫站在門口，正用她的鼻子在鼓風扇火。

他又像對待前面兩個女巫那樣，對待這個女巫，這個女巫也欣然答應讓他住上一晚。

　　天亮以後，傑克的父親向女巫打聽起維思卡來，可是女巫說從沒聽說過這個人。

　　女巫吹起笛子，召來天空中所有的鳥，其中有只老鷹來晚了。女巫問老鷹，老鷹說他剛從維思卡那兒飛回來。巫婆要老鷹把傑克的父親帶到維思卡那兒去。

　　老鷹帶著傑克的父親飛呀飛呀，直到午夜之前才到達維思卡住的屋子。老鷹停下來對傑克的父親說：「屋子外面堆著許多死鳥，你不用去管它們。你得直接走到桌子那裡去，從抽屜中拿出三個麵包心。你還得仔細聽著，有人大聲打鼾，他就是維思卡，你必須從他頭上拔下三根頭髮，這樣就不會驚醒他了。」

　　按照老鷹教的方法，傑克的父親都做到了。

　　之後，老鷹又告訴傑克的父親下一步該怎麼辦。傑克的父親朝著院子走去，他在馬棚門口被一塊灰色的大石頭絆了一跤，他撿起石頭，又撿起石頭下的三根木頭。然後敲敲馬棚的門，門自動打開了，一隻野兔跑來把麵包心吃了，傑克的父親抓住野兔放在包裡帶走。老鷹就帶著傑克的父親、野兔和那些東西飛離了維思卡住的地方。

　　老鷹飛了很長一段路，問傑克的父親：「你看到什麼沒有？」

　　「有一大群烏鴉在我們後面飛。」

　　「那快把從維思卡頭上拔下來的三根頭髮扔下去。」老鷹說道。傑克的父親把那三根頭髮扔了下去，它們立刻變成一群海鷗把那些烏鴉趕了回去。於是老鷹又帶著傑克的父親飛了很長一段路，最後落在一塊岩石上休息。

　　傑克的父親突然大聲說：「維思卡在追我們。」

　　「現在把你從馬棚門口灰色石頭下撿來的那些木頭扔下去。」老鷹命令道。

　　傑克的父親把那三根木頭扔了下去，它們立刻變成又高又密的樹林，擋住維思卡的路。他不得不回家斧頭取來開道。藉此機

058

會，老鷹又遠遠地飛走了。不一會兒，維思卡又拼命趕上來了。

「聽著！」老鷹說，「你趕快把馬棚門口撿來的石頭扔下去。」傑克的父親立刻照辦，那塊大石頭一落地，就變成一座高山，擋住了維思卡的道路。

趁這個機會，老鷹帶著傑克的父親和野兔終於飛回家了。一到家，傑克的父親就走向教堂，取來基督徒墳前的泥土，把它灑在野兔的頭上，嗨！看哪！野兔居然變成了他的兒子——傑克。

不用說你也可以想像到，老婦人重新得到兒子有多麼高興。

（英國安・朗格）

魔法智慧

傑克的父親在去尋找傑克的路上，遇到三個女巫，他友善、親切地向她們問好，並拿出所帶的煙草和她們分享。女巫們十分高興，都給他很大的幫助。最後他終於找到傑克，一家人得到團聚。

心懷善意、真誠待人的人，他的生命是有回聲的，你送去什麼它就送回什麼，你給予什麼就會得到什麼。與人相處，就像面對一面鏡子，你笑他就笑，你哭他就哭。善待他人，也就是在善待自己；關愛他人，也就是在關愛自己。傑克的父親對女巫們友善的舉動，換來她們真誠的回報，這就是生命的美麗回聲。怎麼樣，孩子們你也想擁有這樣美麗的回聲吧？那麼，就從現在起，對周圍的人張開友善的雙手吧！

魔法課堂　　瘋狂的獵巫行動

歷史上有段時期，人們似乎都發瘋了，大家看誰都像巫婆，哪怕是身邊親愛的朋友和隔壁友好的鄰居，真是令人恐慌到了極點！於是，大規模的獵巫活動就此開始，許多人死於其中。

　　那些被指控為巫婆或巫師的人被獵住後，將會遭受殘酷的折磨，直到他們承認自己的罪行，可是一旦他們承認了，面臨的就是被判處更殘酷的死刑。17世紀20年代，在德國貝姆伯格有幾百個德國人受到審判，他們遭受如此令人慘不忍睹的折磨：在滾燙的浴池中洗澡；在燒紅的鐵椅上烤；跪在尖刺板上。在去刑場的路上，每個犯人的手都被剁掉了。當時，被折磨而死的年齡最小只有六個月大。

　　其中，有一個名叫約翰內斯·朱尼烏斯的受害人，想辦法給自己的女兒寫了一封信，信的內容是這樣的：

　　任何以巫師之罪被關進監獄的人必須變成一個巫師，或者被折磨到最後，他得在自己的腦子裡編造一些不存在的東西。施刑人給我戴了拇指夾，鮮血從我的指甲裡、從我的身上四處噴出。整整四個星期我都沒法用我的手。

　　然後他們扒光我，反綁住我的手，把我吊到一根樑上。他們先用一個梯子把我吊上去，然後把梯子搬走。他們前後八次把我拉上去再讓我墜下來，就是要讓我受極其痛苦的折磨。

　　在上帝的幫助下，我忍受住折磨。最後施刑的人讓我回到監獄裡，他對我說，先生，我求你了，看在上帝的分上，承認一點什麼吧，不管是真的還是假的，編造點什麼。即使你能熬得過酷刑你也逃不了，即使你是一個伯爵也逃不了。你會承受一個接一個的酷刑，直到你承認你是一個巫師。

　　親愛的孩子，把這封信藏起來，不要讓人發現，不然我就會受到更殘酷的酷刑，監獄長也會被砍頭的。親愛的孩子，給送信的人一個泰勒……我花了幾天的時間寫這封信—我的雙手都殘廢了。我的境況很悲慘。晚安，你的父親約翰內斯·朱尼烏斯再也見不到你了。在殘酷的刑罰的折磨下，約翰內斯·朱尼烏斯不得不承認自己是一個巫師，最終被綁在柱子上被燒死。

　　　　　　　　　　（注：一個泰勒是中世紀的一個銀硬幣。）

第三章 神妙莫測的法術

月亮婆婆

　　從前有一個織布匠，他有兩個老婆。大老婆生了一個女兒，名叫蘇克婭，小老婆也生了一個女兒，名叫杜克婭。織布匠的心向著大老婆，事事都聽她的，所以她們母女倆衣來伸手，飯來張口，什麼事也不做。挑水打柴，推磨煮飯、洗衣掃地，所有的家事一股腦兒全落在杜克婭和她母親的身上。

　　一天，織布匠突然不見了，不知他跑到哪兒去了。大老婆獨吞了家裡所有的財產，把杜克婭和她母親趕出了家門。

　　這樣母女倆的日子過得更艱難了。她們日夜不停地紡紗織布，今天織出一塊手巾，拿去賣了買點兒吃的，過幾天織成一條裙子，拿去賣了買點家用品。

　　這一天，媽媽把棉花曬在太陽下，叫女兒杜克婭坐在那裡看著，自己去洗澡。她剛去不久，一陣大風把棉花全刮走了。家中唯一這點本錢現在也沒了，急得杜克婭大哭起來。風看見杜克婭哭了，對她說：「杜克婭，別哭，跟我來，我給你棉絮。」

　　杜克婭不哭了，跟著風往前走。

　　在路上她先後遇上一頭牛、一棵香蕉樹、一棵賽胡勒樹、一匹馬，它們都請她幫忙。杜克婭熱心地幫牛把槽洗乾淨了，幫香蕉樹拔除了纏在它身上的雜草野藤，幫賽胡勒樹搬走了腳下的石塊瓦礫，給馬餵了青草。然後，她又跟著風繼續往前趕，不知走了多少路，拐了多少彎，最後來到一座神奇的房子面前。

　　這一座房子像雪一樣光潔，像牛奶一樣白淨，屋裡屋外銀光閃閃、一片通明，可是房子裡空蕩蕩的，只有一位老婆婆坐在臺階上紡紗。真奇怪，她紡的紗轉眼間就變成一匹匹的布。

　　她不是別人，正是月亮婆婆。風對杜克婭說：「你去向老婆婆討棉花吧。」

　　杜克婭上前給老婆婆磕頭行禮。

　　老婆婆用手撩開披在額前的像銀絲似的長髮一看：喲，好漂亮的一個小姑娘！她說：「孩子，你有什麼事情？」

　　杜克婭說：「老奶奶，大風把我的棉花都刮到這裡來了，請您把棉花還給我吧。」

　　老婆婆說：「那間房子裡有衣服，你去把一件衣服浸在河裡，用手往水中漂兩下，然後到這間房子裡來吃東西，吃飽了我就還給你棉花。」

　　杜克婭走進那間房子，只見裡面裝滿首飾和抹頭的香油；堆滿各種各樣的衣服，一件比一件漂亮，一件比一件貴重。杜克婭從來沒有看見過這麼好看、值錢的衣服。她挑呀挑呀，最後挑了一條普通的紗麗（印度婦女披在身上的外衣）來到河邊。

　　當杜克婭把紗麗往河裡一漂，她的容貌變得更加美麗，再一漂，她渾身上下戴滿金銀首飾。杜克婭來到那間吃飯的房子，裡面擺滿山珍海味，整個房間都充滿著香味。杜克婭吃了一些最平常的東西，就來到老婆婆的身邊。老婆婆聽見腳步聲，說：「來啦，我的孩子！那間房子裡有裝著棉花的匣子，你自己去拿吧。」

　　杜克婭走進房子一看，只見裡面堆滿了大大小小各式各樣的匣子，簡直是一個匣子鋪！她挑了一隻最小的匣子來到老婆婆跟前。老婆婆說：「現在你快回家去吧！」

　　杜克婭向老婆婆磕頭道謝，拿著匣子回家去了。在回家的路上，馬送給她一隻小馬駒，賽胡勒樹送給她一罐金幣，香蕉樹送給她一串金香蕉，牛給她一頭小牛犢。

　　杜克婭帶著大家送的禮物回到家裡。正在著急的媽媽看到她後呆住了：女兒變得這麼漂亮，身上戴著這麼多首飾，還帶了這麼多東西回來！這到底是怎麼事？

　　杜克婭把所有的一切都告訴媽媽。最後，她們母女倆打開那只匣子一看，裡面裝的不是棉花，而是一個英俊的小夥子──杜

克婭的未婚夫！

這件事被蘇克婭的母親知道後非常忌妒，她也把棉花曬在太陽下，讓女兒蘇克婭看著，自己去洗澡。事情跟杜克婭遇到的一樣，風把棉花吹走了，蘇克婭就跟著風跑。

在路上牛、香蕉樹、賽胡勒樹和馬也都請她幫忙，可是蘇克婭並沒有理睬他們。

她急急忙忙地趕到月亮婆婆跟前，一邊喘氣一邊說：「喂，老太婆，停一停，等一會兒再紡紗，你先給我東西。你給杜克婭什麼，也得給我什麼！」

老婆婆說：「你先幫我把一件衣服泡在河裡，然後吃飯。吃了飯，你要什麼就拿什麼。」

蘇克婭走進那間房子，把芬芳的頭油抹在自己的頭髮上，對著鏡子照了又照，然後挑了一條最好的紗麗往河邊走去。

蘇克婭把紗麗往水裡一漂，她立即變成了一個醜姑娘，再一漂，她身上的首飾全不見了，她不停地把紗麗往水裡漂，可是越漂越糟糕。

一會兒的工夫，蘇克婭全身長滿疙瘩和膿包，指甲長長的，滿頭黑髮變得像亂麻一樣，簡直成了一個醜八怪。她哭喊著跑到老婆婆面前，把老婆婆臭罵一頓。最後，她扛起一個最大的匣子回家去了。

一路上，誰見了蘇克婭都躲得遠遠的，誰都討厭她那副醜模樣。那匹馬狠狠地踢她一腳，她爬起來跌跌撞撞地剛要往前走，賽胡勒樹掉下一根樹枝打在她的身上，香蕉樹把整串的香蕉狠狠地砸在她的頭上，那頭牛奔跑著追來，要用巨大的犄角撞她，嚇得她哭爹喊娘。

她一路上踉踉蹌蹌，好不容易才趕到家。她的母親正興沖沖地等著她，一見女兒這副模樣，好似當頭挨了一棒。

蘇克婭跑到自己的屋裡，迫不及待地要打開那個大匣子，她想裡面應該也有個漂亮丈夫，她真的打開了……

等她母親跑過來一看，屋裡空無一人，只見地上有一些人的骨頭和一張大蟒蛇脫下的皮。她悲痛萬分，舉起一根大木棍把自己砸死了。

（印度民間童話）

魔法智慧

　　杜克婭、蘇克婭兩姐妹同樣去月亮婆婆那找被大風吹走的棉花，杜克婭在路上幫助一頭牛、一棵香蕉樹、一棵賽胡勒樹、一匹馬，蘇克婭卻沒有。

　　到了月亮婆婆那，杜克婭友善有禮，面對月亮婆婆的賜予，她只挑最普通的紗麗、最小的匣子，吃最普通的食物，而蘇克婭卻正好相反，她對月亮婆婆十分無禮，對於月亮婆婆的賜予，她挑最好的拿，撿最好的吃。最後，杜克婭得到月亮婆婆賜予的美麗容貌、金銀首飾、英俊丈夫，也得到牛、香蕉樹、賽胡勒樹、馬送給她的禮物。而蘇克婭不僅沒有得到什麼好處，還變成醜八怪，牛、香蕉樹、賽胡勒樹、馬也在路上將她懲罰了一番，後來她也被匣子裡的蟒蛇吃掉了。

　　蘇克婭的悲慘遭遇，並沒有帶給我們任何的痛快感，反而多了一些同情。她之所以會這樣，貪心和不友善是其中的重要原因。此外，她那不禮貌的言行也是一個致命的要害。禮貌是我們交往的名片，禮貌不用花錢，卻能贏得很多。「良言一句三冬暖，惡語傷人三月寒」。得體的語言，無聲的微笑，關注眼神，真心的尊重均是禮貌的表現。你投之以桃，別人就會報之以李，如此一來你將收穫許多。可是蘇克婭就是不懂這個道理，想想，要是她當時對月亮婆婆有點禮貌；對月亮婆婆的賜予，不是那麼無禮地貪心佔有；對香蕉樹它們的求助，能以禮貌的態度對待之，她又怎麼會有這樣的結局呢？

魔法課堂　　　　巫術都有哪些呢？

中國巫術大致可以分為模仿巫術和接觸巫術。

1. **模仿巫術**：紮小人就是最常見的模仿巫術。如果憎恨某人，就把他做成人形玩偶，在上面寫上這個人的生辰八字。然後，就隨便懲罰它了，可以拿火燒，可以扔進水中，還可以針刺刀砍，怎樣消氣就怎樣做，被詛咒的人便會相應地有所反應，從而達到復仇的目的。

2. **接觸巫術**：這種巫術主要是通過搜集某人的指甲、頭髮、衣物、鬍鬚或心愛之物，並且利用這些東西來加害他。在中國涼山彝族，巫師們就十分普遍地運用這種巫術。

西方巫術可以分為黑巫術、白巫術和灰巫術。

1. **白巫術**：好的巫術。使用白巫術的巫師把巫術當做自己的一種興趣愛好，在運用巫術時都出於好心，他們總是會去治病救人、扶危濟困等。

2. **黑巫術**：也叫做黑魔法，是對人有害的巫術。使用黑巫術的巫師往往會去傷害別人和控制別人，為自己謀取私利。這些黑巫師有的也會為了利益而出售符咒，這些符咒一旦被居心叵測的人利用就成為黑巫術。

3. **灰巫術**：處於黑白巫術之間，是中立的一派巫術，也是最常見的巫術。巫師會根據自己的好惡向別人施出法術，這種法術的界限難以界定，亦黑亦白，亦正亦邪，因此被稱為灰巫術。

心靈的魔法

古代的一個時期，祕魯由一位強悍的國王統治著，它的疆界延伸出很遠很遠。為了傳遞國王的命令，宮廷裡專門成立了一個使者隊。

胡拉奇是這個使者隊的頭目，國王對他非常信任。如果國王有什麼重要文件或機密文件要送，他一定讓胡拉奇去。

胡拉奇是個非常勇敢和善良的人，但現在他的善良的天性成為他工作上的障礙。如果他在路上看到哪個窮人在受苦，他就會放下工作去照顧，以致耽誤不少時間，犯下不少錯誤。

國王對此大為生氣，他狠狠地揍了胡拉奇一頓，並且警告他如果再誤事，將會受到更嚴厲的懲罰。

胡拉奇低頭聽著，但他並沒改變自己的天性。有一次他帶著國王的命令趕路，看到一個人昏倒在地，便立即停在那兒。可是他想起了國王的警告，於是狠下心向前走了，但一路上他的心猶如針刺一般。

又有一次，他帶了國王的信件向山區進發。天空烏雲密佈，下起雨來，這時他看到一位老婆婆正要滑倒，他立即跑去扶住。如果這時他未及時趕到，老婆婆就會墜下深淵。

但老婆婆還是受了重傷，她的頭被撞破，流著鮮血，昏厥過去了。胡拉奇十分為難：照看老婆婆，就要耽擱送信，國王一定會發怒；只顧著送信，不照顧老婆婆，又不知她會發生什麼情況。他猶豫再三，最後終於下定決心：不管怎麼樣，等老婆婆康復後他再去送信。

胡拉奇就在那裡給老婆婆蓋一間草房，他給老婆婆包紮好傷口，等她好了，把老婆婆送到一個村裡才離開。

這封信耽誤很久，胡拉奇想，國王一定會重重地懲罰他。事

情確實發生了，國王得知後不僅解除他的職務，還把他驅逐出京城。

可憐的胡拉奇不聲不響地離開京城，他整天東走西逛，靠野花野果充饑。但無論他在哪裡看到窮人受苦，或是看到受傷的動物，就會不顧一切地為他們服務。

但是不能總這樣下去，有時他幾天都沒有東西吃。

有一天胡拉奇在森林中走著，忽然看到一間草房，他想也許能得到些吃的，於是朝那兒走去。他一來到小屋前，一個老婆婆從屋裡出來，這正是他救過的老婆婆。老婆婆認出他，把他帶進屋內，準備了一桌豐盛的食物給他吃。

吃飯時胡拉奇眼裡滿含淚水，這不知道是他多少天以來吃過唯一的一頓飽飯。老婆婆問他怎麼會這樣，他告訴她自己的經歷。老婆婆聽了以後，送給他一雙拖鞋，說道：「孩子，你穿上它。」

胡拉奇驚訝地望著老婆婆，不知道這是怎麼一回事。老婆婆猜出他的心事，微笑著說：「孩子，這雙拖鞋是能飛的。我是會魔法的，好久以來我就在尋一個無私而行善的人，你恰恰是這個好人，這雙拖鞋對你會很有用處的。你穿上它想到哪兒都可以去，一點也不會誤事。」

胡拉奇穿上拖鞋來到屋外，他剛一想飛，就已經飛到空中。他非常高興，謝過老婆婆就回去了。

胡拉奇又回到國王身邊。他請求國王讓他繼續工作，並保證一定會將工作做好。國王一向認為胡拉奇是好人，他的火氣也早就消了，於是讓胡拉奇恢復工作。胡拉奇在魔法拖鞋的幫助下，轉眼之間就把信從這兒送到那兒，因此國王對他非常滿意。

一天，胡拉奇拿了信正飛著，忽然他向下一看，看見一個人流著血躺在一塊岩石上。他不再前行，馬上落下，給那人包紮好傷口才飛走。

這次送信又耽誤了一會兒，國王又斥責他。胡拉奇暗下決

心，一心工作，哪兒也不看，有空再去幫助窮人解除痛苦。

有一次，胡拉奇正經過一片森林，當時不知道怎麼回事，他發現自己站在地上，想飛卻飛不起來。胡拉奇思索著：也許是魔法拖鞋的緣故。突然，那位老婆婆來到他面前，他就把一切都告訴了她。

老婆婆聽後驚愕地搖頭，說道：「孩子，這是不可能的，這拖鞋極為奇特，拿來我看，是怎麼回事。」

老太婆自己穿上拖鞋，一下就飛上了天空。看到這裡，胡拉奇更是迷惑不解，究竟是怎麼回事？他把鞋拿過來穿上，可就是飛不起來。他又試了幾次，還是不行。

老婆婆於是說：「我也不知道這裡邊還有什麼祕密。」

胡拉奇的目光突然落在前面，他看到，一輛車下邊躺著一隻受傷的鴿子，他趕緊跑過去，把鴿子救出，敷上藥，包紮好。

這樣當他再穿上拖鞋時，就立刻飛上天空。

胡拉奇立即下來，把拖鞋放下，對老婆婆說：「婆婆，這能飛的拖鞋對您說來是吉祥的。」

「什麼意思，孩子？」老婆婆問。

「現在我明白開始我為什麼飛不起來，而現在能飛了，實際上這拖鞋是對的，問題在我心上。」胡拉奇說。

老婆婆默默地聽著。

胡拉奇繼續說：「前面有一隻受傷的鴿子，而我丟下牠想走，所以我的心阻止了我。您的魔法拖鞋在我的心靈面前也是無能為力的，我的心靈聽到那受傷鴿子的呼喚，因此我救了鴿子，拖鞋才恢復了魔力，看來我不要它是對的。今天我才懂得我應該做什麼，為了我要做的事，這雙魔法拖鞋對我是沒有任何必要的。」

老婆婆聽了這話笑了。她說：「孩子，你說的很對，面對心靈任何魔法都毫無用處。你為窮苦人服務吧，從這樣的魔法中你會得到幸福的。」

從這天起，胡拉奇放棄了一切工作，到處為窮苦人服務。據說胡拉奇今天還沒有死。

(祕魯民間童話)

魔法智慧

穿上魔法拖鞋的胡拉奇，當心中想幹什麼的時候拖鞋就會聽從他的要求，很快地飛到他要去的地方。可當他違背意願要做其它事情的時候，拖鞋卻怎麼也飛不起來。原來神奇無比的魔法拖鞋，受到胡拉奇心靈的制約。

當你戴著墨鏡，你看到的都是黑暗；當你捧著鮮花，你聞到的都是花香。心中裝著天使，看到的都只會是美好；心中住著魔鬼，世界就是地獄。心靈的力量是無比巨大的，如果我們能時刻聽從心中真誠的呼喚，那麼無論我們在做什麼，都會釋放出強大的力量，推動我們堅持下去。

魔法課堂　　最黑暗的巫術——死靈術

死靈術是所有黑巫術中最邪惡的一種，它可以通過與亡靈世界溝通來占卜吉凶。這種巫術的歷史可謂源遠流長，在古代的希臘和波斯地區就有許多死靈巫師。

死靈術是讓人極端反感厭惡的歪門邪道。在魔法的世界裡，它屬於黑魔法。這種巫術還分為兩個可怕的派別：死靈派和死屍派。死靈派通常以開壇和符咒來召喚和控制鬼魂；死屍派則通過盜墓、掘屍並施以回魂之法，從中獲得所需的恐怖力量。

再告訴你一點，歷史上最著名的死靈師是十六世紀英國的約翰·帝依和他的助手愛德伍德·凱爾雷。記住了嗎？

點金術

　　從前，有個很有錢的國王名叫維戴斯，他有一個美麗可愛的女兒，名叫金瑪麗。

　　這個國王非常喜愛金子，勝過愛世上任何東西。他把自己積累的黃金珍藏在皇宮的地下寶庫裡，每天總要去看一看，摸一摸，把它看做是最大的幸福。

　　一天，國王像往常一樣在寶庫中，突然看見一個影子落在一堆金子上。抬眼望去，他彷彿看到一個陌生人的影象，而且在陌生人的笑容中含有一種金色的光芒。國王斷定這個人一定不是普通人。這個陌生人四面打量一下房間，轉過臉來對國王說：「你真是個世界上最富的人，我不相信世界上有任何別的房間會有這麼多金子。」

　　「我的黃金不算多。」國王回答說。

　　陌生人說：「那麼你還不滿足嗎？請你把自己的願望告訴我吧。」

　　「我希望自己所摸到的一切東西都變成金子。」國王答道。

　　「噢！你要的是『點金術』，我一定滿足你。不過你有點金術後，會後悔嗎？」

　　國王說：「我決不後悔！」

　　「那就如你所願，」陌生人說，「明天日出時，你就會擁有點金術了。」

　　說話間，陌生人的身影變得極其明亮，國王不由自主地閉上了眼睛。等他再睜開眼睛時，只看到房內有一道金色的陽光，在四周是他花了畢生精力囤積起來的黃金在閃閃發光。

　　那一晚，國王的心境就像一個孩子：第二天早晨他將得到一件最新的玩具，但他又擔心那個陌生人只是個夢中人物，跟他開

開玩笑而已。國王翻來覆去,半天都睡不著。漸漸地天亮了,一道陽光照進屋內,國王覺得這金色的陽光奇怪地在白色床單上射出反光來。仔細一看,這塊布床單已經變成最純最亮的金子織物了,點金術隨著第一道陽光已來到他身上。

國王高興地跳起來,滿屋子奔跑,碰到什麼東西就抓住什麼東西。他抓住一根床柱,它立刻變成一根金柱子。他從桌子上拿下一本書,手剛一碰,嘿!它竟成了一捆薄薄的金片。

他急忙穿上衣服,這衣服也變成華麗耀眼的金衣。國王從口袋裡拿出眼鏡戴上,誰知鏡片已變成金片了,眼前一片漆黑,什麼也看不見。

「這算不了什麼。」國王心想,「我想要大的好處,就不能不忍耐一些小的不便。」他想到花園去看看,在那裡有許多盛開的玫瑰花,微風吹來,香氣醉人。國王在花叢中來回走動,並毫不疲倦的使用點金術,一直點到每朵花、甚至連花芯裡的蟲子都變成金子為止。

隨後,國王就回到宮殿與女兒一起吃早飯。長桌上放著咖啡、麵包、烤魚等食品。國王倒了一杯咖啡給女兒,女兒接著杯子驚奇地叫了起來:「剛才還是個瓷杯,怎麼一下子變成了金杯?」國王高興地對她說:「我已有了點金術!我將成為世界上最富有的人。」他一邊說,一邊將一匙咖啡送到嘴中,可他嘴唇剛一觸到咖啡,咖啡立刻變成了金液,隨即就硬化成一塊金子。看到這情形,他不禁大吃一驚。他隨手又拿起一片麵包,但還沒來,得及掰開,它已成了金塊。國王幾乎絕望地拿起一塊烤魚,不用說,烤魚也立刻變成金子。

國王十分羨慕地望著女兒津津有味地吃麵包和咖啡。就走到女兒面前,一面撫摸著女兒,一面請女兒拿片麵包給自己吃。突然間,他心愛的女兒也成了一尊金像。

國王發瘋似的大聲喊叫:「陌生人,快來呀!來救救我和女兒!」

　　不一會兒，陌生人就出現在國王的面前，說：「點金術一定給你帶來許多財富吧！」

　　國王說：「現在我才真正明白，金子不是世界上最寶貴的東西，請給我解除點金術。」

　　「你比以前聰明了，維戴斯國王！」陌生人嚴肅地說，「我看得出來，你的心還沒有完全從血肉變成金子，否則就無可救藥了。快去吧！跳進大花園旁的那條小河，在河中裝瓶河水，把水灑在你要它變成原樣的東西上。」

　　國王快步跑到河邊，連鞋子也來不及脫去就跳進河中，想盡快地將點金術沖洗掉。他還帶了一瓶河水跑回宮殿，用水灑向心愛的女兒，水一落到女兒身上，他就看到這可愛的孩子雙頰又恢復了紅潤的臉色！

　　國王擁抱著女兒說：「孩子，是爸爸害了你。從今以後，我再也不要點金術了。」

（美國霍桑）

魔法智慧

　　國王維戴斯儘管擁有很多金子，可是他還不滿足，希望自己會點金術，把被自己摸過的東西都變成金子。他如願以償了，但事情並不像他想像的那麼美好。糟糕的事情一樁接一樁地發生，他不能吃不能喝，連自己心愛的女兒也因此變成一尊金像。這令他悔恨不已，終於明白金子並不是世界上最寶貴的東西。

　　金錢究竟能不能給我們帶來真正的幸福呢？這個故事已經給我們一個明確的答案。其實，財富不僅僅是金錢，它的內涵很豐富。

　　金錢之外還有很多很多，還有比它更重要的。只可惜，現在很多人看不到這一點，許多煩惱由此而生。他們難與幸福結緣，卻常常要和不幸結伴同行。當然，金錢對於我們還是很必要的，

沒有金錢有時就會寸步難行。但如果我們平時能將它看淡一些，多去追求其他對於自己也很重要的東西，才會真正過得幸福自在。

魔法課堂　揭祕故弄玄虛的假巫術

在巫師的世界裡，有著許許多多神祕莫測的事情。但是，隨著科技的發展，有些打著巫術旗號的小伎倆也就慢慢地露出自己的尾巴。現在就讓我們一起來揭露這些裝神弄鬼的假巫術吧！

1. 竹籃裝水

滿是縫隙的竹籃子怎麼能裝水呀？可巫師卻能做到，而且滴水不漏，真是太神奇了！其實，這裡面藏著一個祕訣：巫師將蝌蚪曬乾研成粉末，按照1比1的比例加入澱粉，用水攪拌後塗在籃子的底部和四周，陰乾後人們很難發現。而這時籃子的縫隙早已封住了，自然也就不會漏水了。

2. 吹不滅的燈

巫師吹噓說，不管你肺活量有多大，就是吹不滅他的燈。其實這種燈是特製的。只要用焰硝、黃丹、硫黃各五錢，混在一起磨成細末，用紙卷起放入燈盞點燃就可以了。

3. 巫師抓雞

一般人抓雞往往會弄出很大動靜，但巫師就能使雞不叫。其中的奧祕何在呢？原來巫師抓雞時，兩手輕輕抱住雞的肚皮，並用手按住雞翅膀內的大紅筋，反覆轉三次，雞掙扎幾下後就會變得不動也不叫了。

4. 白紙現字跡

巫師作法時拿出一張紙，告訴大家這是神仙的手諭，能夠現出字跡來。於是，他口中煞有介事地念著咒語，再將白紙放在火上輕微烤一下，或者放在太陽底下曬一會兒，這時白紙上就會現出字跡來。如果我們當場看到，真是會看傻眼的呀！其實，巫

師才沒有那麼大的能耐。他在我們的面前耍了一個小花招。他事先用乾淨的水加上氯化銨，然後用它來寫字，於是就會出現這樣的效果了。那個「神符顯字」也與這個類似呢！巫師在「請神降鬼」之後，取出一張黃紙，放在水裡，黃紙上就會顯出「符」來。其實，這種「符」是巫師事前用明礬水早就寫好的。

5. 牆上點燈

巫師在牆上畫一盞燈，用火柴一點就變亮，真是太令人不可思議了！他是怎麼做到的呢？其實他會事先在牆上鑽了一個綠豆大小的孔，並在孔內放一小塊樟腦。在玩弄法術的時候，他只要引燃小洞裡的樟腦，燈自然就亮了。

6. 涼水炒雞蛋

巫師拿一個雞蛋當眾打開，放到鍋裡，不用火燒，只要往鍋裡倒一點涼水就能將雞蛋炒熟。這是怎麼做到的呢？其實這也是巫師耍的花招，倒在鍋裡的根本不是水而是硫酸，當硫酸遇水後散發出的熱量就足以將雞蛋炒熟。不過，這樣的雞蛋可是誰也不敢享用啊！當然咯，大家不要學巫師這樣炒雞蛋啦，因為硫酸對我們身體有很大的傷害作用呀，稍不小心就會讓我們毀容的。

白雪和紅玫

從前，一間孤僻的農舍裡住著一位貧窮的寡婦。農舍的前面是座花園，花園裡種著兩株玫瑰，一株是白玫瑰，一株是紅玫瑰。她有兩個女兒，長得就像兩朵玫瑰，一個叫白雪，一個叫紅玫。她們都非常純真、善良，紅玫活潑、開朗，白雪溫柔、嫺靜。兩姐妹十分要好，整天形影不離。

冬天來了，大雪紛飛，她們的小屋裡生起暖呼呼的爐火。白雪和紅玫圍坐在媽媽身邊，一邊聽媽媽講故事，一邊紡線。

一天晚上，突然傳來「砰砰」的敲門聲，紅玫剛一打開門，一個黑黑的熊頭竟然伸了進來，姐妹倆嚇得趕忙躲到了媽媽身後。

「我不會傷害你們的，因為外面太冷了，我想進來暖和暖和。」黑熊說。它的態度很誠懇，也很友善。

「凍壞了吧？快過來坐吧！離火爐近一點，你很快就會暖和起來的，只是當心別燒著自己的毛！」媽媽把黑熊帶到火爐邊。

白雪和紅玫怯生生地從媽媽身後走出來，警惕地觀察著黑熊的一舉一動。她們發現黑熊並無惡意，於是便和牠交談起來。

從那以後，黑熊每天晚上都會準時來到這個溫馨的小屋。牠和白雪、紅玫很快就成了好朋友。

冬天漸漸過去，春天來了，大地換上翠綠的新裝。一天晚上，黑熊對她們說：「我從明天開始就不再來了，我要到森林中去守護我的財產。」

經過這段時間的相處，白雪和黑熊之間已有了深厚的感情。分別的時候，彼此都戀戀不捨。白雪為黑熊開門，可黑熊不小心碰到門閂，扯下一撮毛髮，白雪似乎看到裡面發出的一道金光，但她一時無法確定。黑熊很快離去了，一會兒就消失在森林中。

　　陽光燦爛的一天，姐妹倆去森林裡撿柴，遠遠地看見一棵倒臥的大樹旁邊有個東西在跳動。她們走近才看清楚，原來是個侏儒，他的白鬍子被壓在樹下。

　　侏儒一邊奮力掙扎，一邊無禮地大叫：「你們還在那裡看什麼？還不趕快幫我把鬍子弄出來？」

　　姐妹二人忙上前幫忙，可是她們使出全身的力氣，也不能把侏儒的白鬍子拔出來。他的鬍子仍緊緊地卡在樹幹的縫隙裡。她們不得不從口袋裡掏出一把小剪刀，剪掉了侏儒那段被壓在樹下的白鬍子。

　　侏儒一脫身，就抓起一個藏在樹後的裝滿黃金的袋子。「笨蛋，竟然把我威嚴的鬍子給剪掉了，讓魔鬼來懲罰你們吧！」他狠狠地詛咒著，背起那個袋子頭也不回地走了。

　　幾天之後，姐妹倆去河邊釣魚，又遇見那個侏儒。只見他跟蝗蟲似的在河岸上蹦來蹦去。紅玫看到他怪異的行為，忍不住問道：「你不是想跳水吧？」侏儒瞪著姐妹倆，氣急敗壞地說：「你才想跳水呢！我的鬍子跟釣魚的線纏在一塊了，現在，魚正往水裡拉我呢！還不快點來幫我的忙！」

　　她們費了好大的勁兒也沒辦法把鬍子從魚線上解開，只好又用小剪刀給侏儒剪去一截鬍子。再次得救的侏儒一邊整理鬍子，一邊罵道：「你們兩個簡直是魔鬼！把我的鬍子剪成這樣，叫我怎麼見人啊？趁我還沒發火，趕快滾吧！」說完，他就拎起蘆葦叢中的一袋珍珠飛快地溜走了。

　　沒過多久，媽媽讓她們倆去城裡買針線。路過荒地的時候，她們突然聽到一聲淒厲的慘叫，原來又是那個倒楣的侏儒。這次他被一隻老鷹抓住了。姐妹倆急忙上前將老鷹趕走，把他救下來。

　　侏儒這次嚇得不輕，半天才緩過神來，但他一恢復平靜就又破口大罵起來：「看你們做的蠢事！我好好的上衣都被撕扯成什麼樣子了？」說著，他扛起一袋寶石，迅速地鑽進了地洞。

　　姐妹倆對侏儒這種忘恩負義的言行早已習以為常，並沒有放在心上，繼續進城買東西去了。在回來的路上，當她們又路過那片荒地的時候，卻撞見那侏儒正在曬他的珠寶。陽光下各色寶石閃閃發光，繽紛絢麗，讓她們看呆了。

　　「看什麼看啊？快給我滾！你們別想得到一個！」侏儒臉紅脖子粗地衝著她倆直嚷嚷。

　　就在這時，樹後面突然竄出一頭又高又大的黑熊，它一步步地逼近侏儒。侏儒害怕極了，他渾身顫抖著說：「熊先生，饒了我這條小命吧！我願意把所有的寶石都給你。再說，我這麼矮小，還不夠你塞牙縫呢，你還是吃她們兩個吧。」他邊說邊往後退，準備找個機會逃命，可是黑熊兇猛地衝上前，狠狠地給他一掌。侏儒當場倒在地上，一動也不動了。

　　看到侏儒死了，姐妹倆拔腿就逃，但聽到黑熊喊道：「白雪、紅玫，別害怕，等一下！」姐妹倆認出了朋友的聲音，停住腳步。這時奇跡發生了：熊皮突然脫落，只見站在她們面前的竟是位面貌英俊、渾身披金的帥小夥子。

　　「我是一位王子，」他說，「那個小矮子偷走我的珠寶，並向我施了妖術，把我變成了一頭野熊，整天在林間亂跑，直到他死我才能解脫。現在他已受到了應有的懲罰。」

魔法智慧

　　侏儒多次得到白雪、紅玫兩姐妹的解救，非但不知感激，反而惡言相向。最可惡的是，他貪生怕死，忘恩負義，在生命受到威脅的時候，竟然還將自己的救命恩人推向危險。他還施妖術將王子變成黑熊，偷走王子的珠寶，貪婪地占為己有。最後，他終於遭到報應，死在王子的掌下。

　　貪婪葬送侏儒的性命，貪婪是我們最大的敵人，它就像是隱

藏在人性裡的蛀蟲，啃噬著我們高貴的品德，讓我們逐漸喪失良知。許多時候，貪婪將人導入歧途、推進欲望深淵、讓人不能自拔的罪魁禍首的角色。我們應從小加強自身修養，不要淪為貪婪的奴隸，為自己的人生留下無窮後患。

魔法課堂　　玄幻的小巫術

有的巫術真是玄之又玄很難解釋清楚呢！一起來看看吧！

1. 雞蛋升空

用針在雞蛋上面挖一個小孔，掏盡裡面的蛋清和蛋黃，然後灌入露水，用油紙糊住小口，在陽光照射下，雞蛋就會升起。這簡直可以稱得上是雞蛋版的「孔明燈」了。

2. 輕鬆劈磚

用胡蔥汁和地榆汁各一杯，煮成糨糊狀，用銅錢在磚上劃一道線並塗上所調製的汁，乾後再塗，反覆十幾次，用手一砍磚就會碎。

3. 隨意變臉

在農曆的每月初六，捉一隻啄木鳥，用丹砂大青拌飯餵牠吃。餵養一年後，將啄木鳥去毛搗爛，加雄黃一錢，做成藥丸二三十顆，每天清晨和水服用一丸。一段時間後，你的臉就可以隨意變形，歡笑時美如天仙，憤怒時青面獠牙，很好玩、很神奇吧？

4. 漂浮的字

用明礬二錢、黃芩五分搗成粉末，用這樣的粉末在紙上寫字入水中，除去紙，字跡就會留在水面上。

5. 雞蛋裡長出西瓜

在雞蛋的一端鑽個小孔，取出蛋清，留下蛋黃。用官柱、甘草各二錢研成粉末與西瓜子拌在一起，放在蛋殼內，封住雞蛋上的小孔。然後把雞蛋埋在潮濕的牆腳。用時取一碗泥土，將雞蛋

中的西瓜子放到泥土中，並噴水數次，不一會泥土就會萌芽，舒展枝葉，並開花結出像銅錢大小的瓜。

　　當然囉！這些玄幻的小巫術中，有的是迷信的，毫無根據，大家不要太認真哦！

（注：1錢約等於3.72克）

六隻天鵝

　　從前，有一位國王在大森林裡狩獵，他奮力追趕一頭野獸，隨從卻沒能跟上他。天色漸晚，國王停下腳步環顧四周，才發現自己已經迷路，當被困在森林中的國王急得團團轉時，一個老婆婆出現了。

　　「請問你知道出去的路嗎？」國王問她。

　　「當然知道。我可以告訴你，但你必須答應我一個條件。」

　　「什麼條件？」國王不安地問，因為他從老婆婆狡黠的眼神中，感覺她有些不懷好意。

　　「你必須娶我的女兒。」老婆婆看了看國王猶豫的表情，繼續說：「她無論是容貌還是智慧都是舉世無雙的，絕對配得上你。」

　　這時，天快黑了，國王又累又餓，實在沒有別的辦法，只好無奈地答應老婆婆提出的條件。第二天，國王在老婆婆的幫助下走出森林。然後他就兌現承諾，迎娶老婆婆美麗的女兒。

　　新王后果真美豔絕倫，但國王卻並不喜歡她，因為他第一眼看到她就覺得有種說不出的可怕。國王的感覺沒錯：新王后是巫婆的女兒，雖然貌美如花，卻是蛇蠍心腸。

　　其實，國王曾經有過一次婚姻，他的第一個王后給他生了七個孩子：六男一女，國王特別疼愛他們。婚禮之後，國王擔心孩子們受到新王后的傷害，便把他們送進森林中的一座孤零零的古城堡裡居住。城堡位於森林深處，路極其難找，要不是有位女巫送給國王一個線團，連他自己也找不到。這個線團很神奇，只要國王把它放在地上往前一拋，它就會自己打開，為國王引路。

　　誰知，邪惡的王后發現這個祕密，就趁國王外出打獵的時候，拿著那個線團，帶著六件特製的衣衫去找孩子們。

　　孩子們遠遠地看見有人來了，以為是自己的父親，就興高采烈地迎了出來。這時，邪惡的王后趁機把帶有詛咒的衣衫拋向六位王子，瞬間，王子們都變成天鵝了！

　　第二天，國王去看他的兒女，發現只有小女兒一個人在那裡哀哀哭泣，小公主傷心地向父親講述事情的經過，還把哥哥們落下的天鵝羽毛拿給父親看。

　　國王雖然明知道是王后搞的鬼，但也無可奈何。他怕再失去唯一的女兒，就想帶她回宮，把她帶在身邊。小公主很怕繼母，不想回去，就請求父親讓她在森林中再待上一夜。國王答應了。

　　到了晚上，小公主趁著天黑悄悄地溜出去，想去尋找她的哥哥們。她走了一天一夜後，突然看到前面有一間小屋。進屋後她發現屋裡擺放著六張床。小公主累極了，可是她因為非常害怕，所以不敢躺在床上。她爬到床下，準備在硬邦邦的地面上睡一覺。她剛睡下不久，屋裡就飛來六隻天鵝——原來是她的六位哥哥。能夠再次團聚大家都很開心，但哥哥們都催小妹妹快離開，說這裡是個強盜窩，而他們每天只有一刻鐘的時間能變成人形，根本無法保護她。

　　「我怎麼做才能幫助你們啊？」依依不捨的小公主傷心地問他的哥哥們。

　　「太難了！你得六年不說話，不笑，還得用翠菊替我們縫製六件衣衫。記住，只要你一開口，所有努力就全白費了！」說完，哥哥們就又變回天鵝，飛走了。

　　小公主頓時下定決心要救他們。她回到森林中，從此不說不笑，用心地採集翠菊，默默地縫製衣衫。

　　一年後，一位國王來林中打獵，路過這裡。他被小公主的美貌所吸引，情不自禁地愛上她。他把小公主接到王宮，跟她結婚。婚後，他們非常恩愛，生活得很幸福。

　　誰知國王的母親刁鑽惡毒，她對小公主不說不笑感到不可理解，於是便對這樁婚事很不滿，只要一見到小公主，她就會無緣

無故地刁難一番，處處都與小公主作對。

　　不久，小公主就懷孕了，幾個月後她的孩子出生了。可當孩子剛一出生，惡婆婆卻把她的孩子抱走，並趁她睡著的時候，在她嘴上塗上鮮血，誣陷她是吃人的妖婆。好在國王不相信惡婆婆的鬼話，特意下令不准任何人傷害他美麗善良的王后。

　　小公主第二個孩子出生後，惡婆婆又故技重施。這次國王有些猶豫，他希望小公主能開口講話，證明自己的清白，可是她卻仍一言不發，不為自己做任何辯護。

　　小公主的第三個孩子出生後，同樣又被惡婆婆偷走了，她再次遭受誣陷。但她仍然不聲不響地繼續織那些翠菊衣衫。如此一來，皇宮上下都在背後議論，說王后是吃人的妖怪。國王不得不相信，憤怒的他決定對小公主執行火刑。行刑的那天恰好是小公主發願救兄六年來的最後一天。

　　就在行刑的前一晚，小公主已經織好六件翠菊衣衫。行刑那天早晨，小公主被綁在火刑柱上，她所織的那些衣衫就掛在她的胳膊上。就在要行刑的時候，天空中突然出現六隻天鵝。它們叼走小公主胳膊上的衣衫，霎時變成六位英俊的王子。

　　這時，小公主終於開口說話。她跟國王講述惡婆婆傷天害理的行徑。一會兒，孩子們被送到國王面前，國王心情澎湃激動不已。刁鑽惡毒的婆婆受到應得的懲罰，被捆綁在火刑柱上燒成灰燼。

　　從此以後，國王和王后與她六個哥哥幸福安寧地生活過了很多年。

魔法智慧

　　小公主為了幫哥哥們解除詛咒，六年中堅持不說不笑，哪怕是遭受惡婆婆的誣陷，被判處死刑，也只管為哥哥們默默地縫製

翠菊衣衫，直到哥哥們恢復原形。她的這份無畏的堅持深深地打動每一個人。

對於惡婆婆製造的謠言，儘管國王剛開始並不相信，但當謠言散佈開來，全國上下都在背後談論時，國王終於相信了，他險些因此失去自己的妻子和孩子。可見，謠言的破壞力有多強，正所謂「眾口鑠金」。這也從另一個角度提醒我們，處理問題的時候，要保持一顆清醒的頭腦，進行理性而全面的分析，不可被假像所蒙蔽，更不能道聽塗說、人云亦云。

魔法課堂　小巫術之生活小竅門

1. 如果你被蚊子叮咬，可以試試這個方法：在癩蛤蟆嘴裡放入寫字用的香墨，並用布包好埋在泥土裡七天之後取出，用香墨在牆上畫一個圈，所有的蚊子都被吸引到圈內，再也不會叮咬你了。

2. 魚骨頭卡在喉嚨裡出不來怎麼辦？建議你用巫醫的聖水——九龍水。什麼是九龍水呢？將一隻活鴨子倒掛，把胡椒餵入鴨子嘴內，這時鴨子流出的口水就是九龍水。如果被卡的人把這水喝下，魚刺就能化掉。

3. 游泳時，為了不讓水進入耳朵和鼻子裡，我們往往用鼻夾和耳塞，十分不方便。告訴你一個方法可以幫你解決這個煩惱：用桐油製成的軟膏，塗在耳朵和鼻子邊沿，這樣既可以通氣，又能防止水進入了。是不是很方便呀？

4. 體質比較差的人一出遠門，經常會水土不服，非常痛苦，很長時間才能調整過來。下面兩個方法可以幫你渡過難關：

方法一：把鞋底上的土刮下，和水服，就可以有效治療水土不服。

方法二：隨身攜帶「伏龍肝」，就是農村家裡灶子裡的土，即使身在萬里之外，也好似仍在家鄉。

5. 鐵釘折斷在木板裡，用鉗子不能拔出怎麼辦？你可以將蟑螂曬乾研成粉末，塗在釘子頭上，一夜之後，折斷的鐵釘就會冒出一小截，用鐵鉗就可以輕而易舉地拔出了。

6. 迷路了怎麼辦呀？巫師說可以找烏龜來幫忙，因為烏龜在古代巫師眼中還有辨別方向的作用。如果在深山或森林中找不到方向，就將龜放在地上，跟著牠走，就會帶你走出迷途。真的會這樣嗎？你可以試著檢驗一下哦！當然是要在你沒有的迷路的情況下。

這些小巫術中，有的也是迷信毫無根據的，如果是正確的，就用到我們生活中；發現不正確，就當是巫師跟我們開了一個玩笑吧！

第四章　法力無邊的咒語

魔杖魔杖快快去

　　古代有一個國王，他有一個漂亮的女兒。有一天，國王昭告全國：他有一種甜嫩可口的葡萄，要是哪位小夥子能帶給他一籃同樣好的葡萄，就可以娶他的女兒。

　　在離京城不遠的一個村子裡，有三兄弟，都已到結婚的年齡，可是因為家裡窮，都還沒結婚。他們都聽說了國王的告示。這天，老大對媽媽說：

　　「媽媽，你給我準備一個漂亮的籃子，裡面裝上我們家葡萄架上最漂亮的葡萄，我要帶著這籃葡萄去見國王。」

　　那時候，還沒有火車汽車，即使有，老大也不一定坐得起呀！所以老大與媽媽和兩個弟弟告別以後，就步行走了。走到半路，看到一眼清泉，他就坐在泉邊一邊休息一邊吃媽媽給他準備的乾糧。剛吃幾口，來了一位老媽媽。

　　「你那漂亮的籃子裡帶的是什麼東西？」老媽媽問。

　　小夥子不願意讓她知道，就隨口說了一句：「一堆糞。」

　　老媽媽接過他的話說：「對！就是一堆糞！」

　　這老媽媽是一個仙女的化身，老大沒看出來。

　　老媽媽走了，小夥子繼續趕路。到了國王那兒，有人把他領進一間客廳裡，因為來求婚的不只他一個，大家都得排隊。

　　輪到他了，有人把他介紹給國王。當他打開籃子時，一堆糞便一下子滑落到地上。原來仙女已經施過魔法了。見此情景，國王大怒，馬上喚來幾個僕人，將他押入大牢。但他請求國王開恩，讓他回去看看老母親。國王給他二十四小時的時間。母親得知真相後，痛哭流涕地說：

　　「孩子，你要受苦了，我該怎麼辦啊！」

　　這時，老二又說了：「媽媽，你給我準備一個漂亮的籃子，

裝上我們家葡萄架上的葡萄，我也要去碰碰運氣。」

老二帶著路上吃的點心走了。當他走到那座泉水時，也坐下吃點心。仙女變的老媽媽又出現了。

「你好？小夥子！你那漂亮的籃子裡帶的是什麼東西呀？」

「一些老鼠。」老二隨口說了一句。

「對，就是一些老鼠！」

老二到了京城，國王要他把葡萄呈上去。當打開籃子時，一群老鼠一下子跳出來，到處亂跑。國王馬上下令把他抓進牢裡去。他也懇求國王放他回家一趟。

「唉，三個兒子有兩個被關進了牢裡。這日子可怎麼過！」老太太傷心地說。

這時，最小的兒子也要媽媽為他準備一個新籃子裝上葡萄去見國王。

老三是個駝子，臉也長得很醜，但心眼卻很好。到了泉邊，當他吃點心時，又看到那位仙女變的老媽媽。仙女對他說：

「你那漂亮的籃子裡帶的是什麼東西？」

「是世上最美的葡萄。」

說著，他打開籃子，要讓仙女嘗嘗。

「謝謝！我不吃！」仙女說，「但我相信這是世上最美的葡萄！」

老三到了京城。在候見廳裡，其他競爭者一見到他，都笑了起來：「哈哈，一個駝子也想當駙馬！」

輪到他了，有人領著他去見國王。他打開籃子，啊！籃裡的葡萄真是太美味了！別人獻的葡萄，跟他一比，實在是相差太遠了。國王嘗了嘗，比自己的葡萄味道還要好。於是，國王就對他說，他已贏得公主。

但國王對他那副模樣，心裡實在不舒服，跟公主一提，公主也說噁心。於是，國王便想了個賴婚之計，他對老三說：

「你是贏得了公主，但還得具備一個條件，才能與公主成

親。我宮裡養有一百隻兔子，你白天把它們全放到野外去，晚上再收回來。這樣連續三天。記住，不准丟失一隻！否則我就對你不客氣！」老三心想：「說不定國王要害死我，我得回家去最後見媽媽一面。」於是，他向國王要了一天的時間。

到了泉邊，他坐下吃麵包時，仙女又出現了。老三對仙女說了事情的經過。

「沒關係！」仙女說，「我這兒有根魔杖，晚上，當你要把兔子趕回窩裡去時，只要說：

「魔杖魔杖快快去，快趕兔子回窩裡！」

駝背老三接了魔杖回到王宮。他把一百隻兔子放養在田野裡。到了傍晚，老三揮舞著仙女給他的魔杖說：

「魔杖魔杖快快去，快趕兔子回窩裡！」

所有的兔子一下子都回到窩裡去了。國王來清點兔子數目，一百隻，一隻也不少。國王無話可說。

第二天、第三天也都這樣過去了，兔子一隻也沒少。

於是，駝背老三便與國王的女兒訂婚，並且準備馬上舉行婚禮。這時，未來的女婿對岳父大人說：

「國王陛下，我有一件事相求。」

「你就說吧，都成一家人了，別客氣！」國王說。

「我有兩個哥哥，他們都被關在牢裡，我希望在我舉行婚禮前，將他們放出來！」

國王答應了。這樣，駝子的媽媽和兩個哥哥都應邀出席婚禮。

要問我為什麼對這件事知道得這麼清楚，因為我作為駝子的鄉親，也被邀參加了婚禮，婚禮結束後，駙馬還送我一雙水晶鞋呢，可惜回村的路上，我把它打碎了。看，我現在只好穿木鞋，真遺憾！

（法國民間童話）

　　三兄弟都去給國王獻葡萄，兩個哥哥因欺騙仙女，受到仙女的懲罰，被國王打入天牢。而小弟弟因為對仙女真誠相待，獲得仙女的幫助，最後娶到公主。這兩個結局真是天壤之別。可見，欺騙往往會擋住我們人生路上的陽光，讓我們籠罩黑暗，因此我們一定要引以為戒，不要因小失大，抱憾終身。

　　弟弟之所以能獲得仙女的幫助，不僅在於他的真誠，還在於他懂得分享。學會分享是美好人性的體現，同時也是一種處世智慧和快樂之道。學會分享、給予和付出，你會感受到捨己為人、不求任何回報的快樂和滿足。在生活中，如果我們能超越狹隘、幫助他人、撒播美麗、善意地看待這個世界，那麼快樂、幸福就會時時與我們相伴。

魔法課堂　　「印第安之咒」

　　從1840年以來，每隔20年，上任的美國總統沒有一個能活著走出白宮。這就是可怕的「印第安之咒」。

　　據說，1811年，美國將軍威廉·亨利·哈里森率領的軍隊在蒂皮卡諾大戰中，舉擊潰著名的美國印第安人首領特科莫人和他的軍隊，並對印第安人進行殘酷的屠殺。憤怒的特科莫人對美國人施加咒語說：我告訴你，哈里森將死。

　　於是，繼哈里森之後，每隔20年，每個在尾數是0的年份當選的美國總統都毫無例外地在任上死去。這個咒語「咒死」了美國7位總統，真是殘忍呀！

　　那時，威廉·亨利·哈里森將軍在1840年的總統大選中獲勝。舉行就職演說當天非常冷，他因此感冒，一月後他因患肺炎死去。

　　20年後，亞伯拉罕·林肯在1860年首次當選總統。他剛上任

不久就被槍殺。

　　緊接著的1880年大選中獲勝的詹姆斯・加菲爾德總統，上任四個月後就遭槍殺。

　　1900年，威廉・麥金萊第二次出任總統，他上任一年半後被槍殺。

　　1920年沃倫・G・哈定登上總統寶座，他在「瞭解美國人民」的旅行中，在舊金山心臟病突發死去。

　　1940年上任的羅斯福，雖然打破美國總統任期不得超過兩屆的慣例，第三次入主白宮，但最終還是在任期中去世……

　　最年輕的美國總統約翰・甘迺迪，在1960年當選美國總統，也于1963年在達拉斯遭槍殺。

　　20年後，雷根又在華盛頓出席盛會時遭到槍擊，身中兩彈，卻幸運地與死神擦身而過，後來他在連任兩屆後，安然無恙地離開了白宮。直到這時，才打破「印第安之咒」。終於讓人鬆了一口氣啊！

針兒針兒快穿行

　　從前有個姑娘，在她很小的時候，父母親就雙雙去世。她的教母一個人住在村莊邊上的一座小木屋裡，靠給人家紡紗、織布和做針線維持生計。幾年以後，姑娘長大了，人人都誇她心地善良，脾氣溫順，勤勞孝順。

　　姑娘十五歲那年，教母病倒了。她把孩子叫到床前，說，「孩子，我已經快不行了。我死後，沒有什麼東西留給你，只有這幢小木屋可以給你擋風遮雨。另外就是我的錠子、梭子和針，他們可以幫你掙口飯吃。」

　　接著，她把手按在姑娘頭上，最後為她做了一個祝福，並叮嚀道：「記住，永遠做個善良的人，那樣才能一生順利」。

　　教母死後，姑娘就獨自住在小木屋裡。她勤快地勞動著，整日都在紡織、做針線活。教母生前的祝福似乎有一種魔力，使她做什麼都得心應手。織布用的亞麻不僅不會越用越少，反而隨著織機的吱嘎聲日漸增多。不管她織出的是一塊亞麻布，還是一件衣服或是一幅地毯，總有人會出高價從她那兒買下。因此，她生活得很富足，不愁吃，不愁穿，還常常接濟左鄰右舍。

　　這一年，王子為了物色新娘，開始在全國周遊。王子既不喜歡貧苦人家的女子，也不願意娶富貴人家的小姐。

　　他聲明：「我要娶的是這樣的姑娘：她既是最貧窮的，而又是最富有的。」

　　當王子來到姑娘居住的村莊，便向人打聽，誰是最富有的姑娘，誰又是最貧窮的。人們指著村中一戶人家說，這家的姑娘最富有；然後又指著村邊兒上的小木屋說，那裡頭住著的姑娘最貧窮。

　　那個最富有的姑娘翻出了箱子裡所有漂亮的衣裳，一股腦

都套在身上，然後坐在家門口興奮地等待著。當看到王子朝她走來，便趕忙起身，急急地迎上去，深深地行個屈膝禮。王子把她仔細地打量一番，沒說什麼話便策馬走開了。

王子又來到最窮的姑娘的小屋前，發現她沒有在門口等候他。王子勒住馬，站到小屋的窗前往裡瞧。只見金色的陽光透過窗簾，把屋子照得格外光亮，姑娘正坐在紡車旁搖車紡線，她的側臉在陽光下閃著聖潔的光芒，嘴角邊掛著滿足的笑容，似乎沉靜在自己的世界中。

姑娘好像感覺到窗外熱烈的目光，她緩緩抬頭，正好和凝視著她的王子四目相對。姑娘滿臉羞紅，連忙垂下眼瞼，繼續搖起紡車。一直到王子離開，她才停下活兒走到視窗，把花格窗打開，自言自語道，「屋裡真熱啊！」她嘴上這麼說著，眼睛卻緊盯著王子的背影，直到王子帽子上的那根羽毛在視野中消逝了為止。

她又重新坐下來繼續紡紗。紡著，紡著，她腦子裡突然湧現出一首古老的民謠，那是教母生前在紡紗織布幹活兒時經常哼唱的：

「錠子，錠子，快去瞧瞧，我的戀人何時來到。」

嘿，瞧！那錠子居然真的從她手中跳了出來，衝出門外。姑娘一下子驚呆了，等她完全明白過來時，錠子已經拖著一根長長的金線，歡樂地跳躍著躍過田野，不見了。

姑娘沒了錠子，沒辦法紡紗，只好拿起梭子，在屋中間坐下來開始織布。這時候，錠子還在田野裡跳啊跳啊，一直跳到線兒快拉到盡頭時，錠子追上了王子。

「瞧我看見了什麼！」王子喊道，「這錠子看樣子一定是來給我指路的。」於是，他撥轉馬頭，順著金線指的路，往回走。

這時，姑娘坐在織機旁邊，又唱了起來；

「梭子穿經引緯呼呼呼，
把我的戀人領進屋。」

梭子馬上從她手中溜出，一躍跳到門檻上，就著門框、門檻，開始織起地毯來。這是一幅人間從沒見過的地毯：兩邊的圖案是盛開的百合和玫瑰，中間是繁茂的、高高低低的樹叢，野兔飛快地在樹叢中奔跑著，小鹿小心翼翼從枝葉間伸出頭來，窺探著動靜，五彩的鳥棲息在樹梢……圖案色彩鮮豔逼真，似乎可以聞到花香，聽到鳥語……梭子歡樂地在門框間穿來穿去，地毯在不斷地伸長。

姑娘見梭子也跳開了，便坐下來縫紉。她拿出了針，又唱起來：

「針兒針兒快穿行，讓我的屋子亮又明。」

針兒馬上從她指間滑走，像閃電般在屋裡飛舞起來。它飛快地縫著縫著，像有什麼神靈在顯示本領，一會兒工夫，桌子和凳子就披上了綠罩，椅子披上天鵝絨罩，窗子也掛上漂亮的窗簾。就在針兒縫上最後一針的時候，姑娘抬頭一瞥，看見王子那插著一根羽毛的帽子又出現在視窗，是錠子牽的金線把他領來的。

王子下了馬，地毯自動鋪到地上。王子踩著地毯走進屋中，迎面站著姑娘，亭亭玉立的身段，像玫瑰般羞紅的臉頰，閃亮亮的屋子，一切都令王子傾倒。他對姑娘說：「你既是最貧窮的，又是最富有的，跟我走吧，你就是我的新娘。」

姑娘低頭不語，只是默默地伸出手。王子吻了她的手，把她領出屋子，扶上馬，帶著她返回王宮。接著舉行歡樂而盛大的婚禮。

給他們帶來幸福的錠子、梭子和針，一直珍藏在王宮寶庫裡。

（注：教母，在西方宗教社會，嬰兒或兒童接受宗教洗禮後，教父或教母會教給他們宗教上的知識，如果教子的雙親不幸死亡，教父母有責任去照顧教子。各教會對教父、教母要求不一，有的只要求有教父或教母一人，有的要求有教父教母各一人。）

魔法智慧

　　王子提出自己要娶的姑娘應該是：既是最貧窮的，而又是最富有的。這聽起來實在是很矛盾，但最終他還是實現自己的願望，娶到理想中的姑娘，過著幸福的生活。

　　真正的富有並不只是擁有金錢，擁有勤勞創造的雙手、身體健康、心情愉快、親人平安、家庭和睦、工作順利都是一種富有，都是值得我們珍惜的。是否貧窮與富有，很大程度上是取決於我們的感受，如果我們感覺自己擁有很多，那麼我們就是一個富有的人；如果我們感覺擁有很少，那麼我們就是一個貧窮的人。因此，我們要學會發現自己所擁有的，讓自己時刻充滿富足感，那麼我們的每一天都是輕鬆快樂的。

魔法課堂　　埃及法老的詛咒

　　「誰要是干擾法老的安寧，死亡就會飛到他的頭上。」這是刻在法老圖坦卡門墓上的一句詛咒，它警示著人們不要試圖進入墓中，否則將會受到詛咒。可是一個叫卡那封的英國勳爵卻率領一個考察隊大膽地闖進了墓地，很多人因此遭受詛咒死亡。

　　當走進墓中後，他們看到很多美妙的東西，當他們都驚奇地看著墓中那個金色的面罩的時候，卡那封勳爵不幸被一個蚊子咬到左面臉頰，咬完之後他並沒有在意，可是不久後他就開始發燒，一病不起，最後死去。據說後來檢驗法老木乃伊的醫生報告說，木乃伊左頰下也有個傷疤，與卡那封勳爵被蚊子叮咬處疤痕的位置完全相同。

　　考察隊的考古學家莫瑟，負責推倒墓內一堵牆壁，是找到圖坦卡門木乃伊的人。不久他患了一種神經錯亂的怪病，痛苦地死去。

　　協助卡那封編制墓中文物的理查‧貝特爾，在1929年底自殺。

　　第二年二月，卡那封的父親威斯伯裡勳爵也在倫敦跳樓身亡，據說他的臥室裡擺放一隻從圖坦卡門墓中取出的花瓶。

　　埃及開羅博物館館長米蓋爾‧梅赫賴爾曾負責指揮工人從墓中運出文物，他根本不信什麼「咒語」，他還對周圍的人說：「我一生與埃及古墓和木乃伊打過多次交道，我不是還好好的嗎？」可這話說出還不到四星期，他就突然去世。據醫生診斷，他死於突發性心臟病。

　　直到1930年底，在參與挖掘圖坦卡門陵墓的人員當中，有12個人離奇地暴斃。於是，法老咒語顯靈的說法，從此不脛而走。

　　很遺憾的是，這個三千多年前法老的詛咒，至今還沒有人真正解答它。究竟是法老的詛咒顯靈，還是別的原因導致這麼多人死亡，沒有一個人能給出令人滿意的答案。

小桌子，出現吧

從前，有一位婦女，她有三個女兒，最大的女兒額頭上只有一隻眼睛，人們都叫她小單眼；最小的女兒額頭上長了三隻眼睛，人們叫她小三眼。而第二個女兒卻和常人一樣，長了兩隻眼睛，人們叫她小雙眼。只因為小雙眼和常人沒有兩樣，姐姐妹妹和母親都容不下她，她們經常用各種方法虐待她，不讓她吃飽穿暖。

一天，小雙眼到外面田野去照看山羊。她坐在草地上哭了起來，越哭越傷心。不知不覺，身旁站了一個婦人。那婦人問她：「小雙眼，你為什麼哭呀？」小雙眼回答說：「我每天吃不飽，肚子很餓。」那位聰明的婦人說：「小雙眼，擦乾眼淚，我告訴你一個辦法，你永遠不再挨餓。只要你對山羊說：『小山羊，叫吧！』『小桌子，出現吧！』你面前就會出現一張擺設很漂亮的桌子，上面是美味可口的食物，你想吃多少就有多少。你吃飽了，不再需要小桌子，只要說：『小山羊，叫吧！小桌子，撤去吧！』桌子就會不見了。」說完這話，那聰明的婦人就不見了。

就在這時，她餓得很厲害，於是她就照著婦人的話做，果然前面出現一張小桌子，上面都是美味佳餚，她飽飽地吃了一頓。之後，她又按婦人的話讓小桌子撤走了。

傍晚，她帶著山羊回家，沒有去吃家裡留給她的那點殘羹冷炙。接下來的幾天都是這樣，這引起母親和姐姐妹妹的懷疑。她們都認為小雙眼一定有什麼辦法弄到別的食物。為了查明真相，母親派小三眼跟著小雙眼一起去照管山羊，監督小雙眼。

當她們把山羊趕到一大片牧草地裡去後，小三眼就說自己很睏，想休息一下。接著她就倒在地上假裝睡著，小雙眼信以為真。過了一陣，小雙眼餓了，她看到小三眼還在熟睡，便趁此呼

喚小桌子吃飯。小三眼把這一切都看在眼裡，記住了小雙眼所說的每一句話。

回家後，小三眼對母親說白天她看到的事情。母親聽完妒忌得要命，她拿起一把刀，就把那山羊殺了。

小雙眼看到後，傷心地走出去，坐在草地上，痛苦地流著眼淚。這時，那個聰明的婦女又站到她面前，說道：「小雙眼，你為什麼哭呀！」她回答說：「小山羊被我母親殺了。我又要挨餓了。」那聰明的婦女說：「我替你出個好主意吧，你去把那山羊的心要來，把它埋在屋前的泥土裡，這樣你就會有好運。」說完她就不見了。

小雙眼回到家裡，拿了羊心，趁夜深人靜的時候，按照那個聰明婦女的囑咐，把它埋在屋前。第二天早晨，就在那埋羊心的地方長了一棵神奇的樹，樹上長著銀葉和金果子。

母親對小單眼說：「爬上去，我的孩子，把樹上的果子摘下來。」小單眼爬上去，但是她正要攀住樹枝去摘一個金蘋果時，樹枝就從她手裡彈開。

母親又說：「小三眼，你爬上去！」於是，小單眼滑下來，小三眼爬上去。儘管她能看到那些蘋果，就是一個也摘不到。

最後，母親不耐煩了，就自己爬上去，可是她比小單眼和小三眼更不行，抓來抓去總抓個空，連蘋果皮也沒有碰到。

小雙眼說：「讓我也試一試。」她爬上樹去，蘋果沒有彈開去，乖乖地讓她一個又一個摘下來，盛了滿滿一圍裙。立刻，母親就把蘋果全拿去了。

一天，她們都在樹底下站著，有一位年輕的爵士騎馬過來，小單眼小三眼喊道：「快點，小雙眼，爬到這下面去，這樣你就不會丟我們的臉了。」她們把一隻空桶飛快地蓋在可憐的小雙眼身上。並把小雙眼摘下來的金蘋果也藏在桶裡。那個年輕的爵士騎馬過來，看到這棵神奇的金銀樹，感到非常驚訝，就問小雙眼的兩位姐妹：「這棵美麗的樹是誰的？誰給我一根小樹枝，她要

什麼我就給什麼。」小單眼和小三眼回答說，樹是她們的。之後，兩人就去折樹枝給爵士。費了九牛二虎之力卻一無所獲。

正在這時，小雙眼從木桶下滾出兩三個金蘋果，滾到爵士的腳旁。爵士看到蘋果很驚奇，就問蘋果是從哪兒來的？小單眼和小三眼不得不告訴爵士，她們還有一位姐妹。爵士說一定要見她。於是，小雙眼高高興興從木桶下鑽出來。

爵士見她美麗出眾，感到非常驚訝，就說：「小雙眼，我相信你一定能為我從樹上折下一根小樹枝來。」果然，小雙眼毫不費力地折下一根有銀葉和金蘋果的小樹枝，把它交給爵士。

爵士說：「你希望我給你什麼呢？」

小雙眼回答說：「我從早到晚忍受饑渴，什麼也沒有，只能獨自傷心。要是你能帶我走，不再讓我受苦，我就高興了！」於是爵士讓小雙眼坐到他的馬上，把她帶到他父親的城堡去，給她漂亮的衣服，給她吃喝。因為他很愛小雙眼，還跟她結婚，舉行歡樂的婚禮。

英俊的爵士帶走小雙眼，兩姐妹先是嫉妒她的好運氣。後來她們一想：「這棵奇異的樹終究還在這裡，我們能不能從它身上撈到什麼好處？」不料第二天早晨樹就不見了，她們的希望成了泡影。而小雙眼第二天向窗外一看，開心極了，那棵樹竟長到她的窗前來了。就這樣，小雙眼幸福地生活著。

幾年後的一天，有兩個窮婦人到城堡裡乞求施捨。小雙眼認出這兩人就是她的姐姐和妹妹，她們窮得實在無法生活，不得不到她這兒來討飯，善良的小雙眼好好地接待了她們，這讓她們的心裡悔恨極了。

魔法智慧

面對母親和姐姐妹妹的百般虐待，小雙眼儘管十分委屈，但

卻沒有任何怨言，無論她們怎麼要求她，她都會按她們的意思來做。最後，她幸運地嫁給爵士，過著幸福的生活，而她的姐姐妹妹卻淪為乞丐。但當她們來到城堡裡乞求施捨時，沒有任何仇恨的小雙眼好好地接待她們，她的這種寬廣包容的胸襟真是令我們感到欽佩。

記恨是十分可怕的，如果我們今天記恨這個，明天記恨那個，朋友就會越來越少，有朝一日我們就會成為「孤家寡人」。生活中有許多事我們應當能忍則忍，能讓則讓。忍讓和寬容不是懦弱膽小，而是關懷體諒，是給予奉獻，是人生的一種智慧，是建立人與人之間良好關係的法寶。一個人經歷一次忍讓，就會獲得一次人生的亮麗，經歷一次寬容會就會打開一道愛的大門。

魔法課堂　冰人詛咒

1991年，德國業餘登山家赫爾穆特‧西蒙和他的妻子在奧茨山谷的冰川中發現一具有5300年歷史的冰凍屍體。他們給它去了一個名字叫做「奧茨」。

讓科學家們感到不解的是，「奧茨」箭袋裡有2支用木頭製成的箭和12支未完成的箭，它們居然已經有7000年的歷史。它手裡的斧頭卻是羅馬帝國時期的物品，他身上所穿的羊皮外套竟然是由產自中國的山羊皮製成的。

研究人員後來把這具屍體稱為「奧茨冰人」。這個冰人到底是誰呢？只從他被發現那天起，人們就對他進行各種各樣的猜想，科學家們也用盡所有的辦法，也無法揭開他那神祕的面紗。

2004年，「奧茨冰人詛咒」的傳言開始傳播開來，據說，這個「詛咒」會給那些「打擾亡靈清靜」的人帶來無窮的災禍。到現在為止，已經有7名與「奧茨」有過接觸的人都離奇地死亡了。誰也無法弄清這到底是來自詛咒，還是單純的巧合。真是令人困惑呀！

　　第一個受害者是挖掘「奧茨」的法醫賴納‧亨恩。1991年，他用手將「奧茨」的骸骨從雪堆中清理出來，第二年就遭遇車禍而死。

　　第二個死者是引導直升機搬運「奧茨」的嚮導庫爾特‧弗裡茨。正是他挖開冰層，才使「奧茨」的臉重見天日。在1993年他遭遇雪崩身亡，出奇的是他是登山隊中唯一的遇難者。

　　第三個死者是攝影記者賴納‧赫爾茨。他全程追蹤挖掘「奧茨」的整個過程中，是當時唯一被允許來拍攝這個過程的記者。2004年，他在沒有任何預兆的情況下死於腦瘤。

　　第四個死者是「奧茨」的發現者赫爾穆特‧西蒙，厄運最終也沒有放過他。2004年10月，他在此來到奧茨山谷，卻在冰人發現的地點附近遭遇惡劣天氣，不小心墜入懸崖摔死了。8天后，人們發現了他的屍體，讓人們驚恐的是，他死去時的姿勢就像「奧茨」被發現時那樣。

　　第五個死者是當年在西蒙遇難時負責上山搜救，並發現西蒙屍體的救援隊隊長迪特爾‧瓦內克。2004年，在西蒙的葬禮舉行完剛剛一小時，忽然心臟病發作死亡。

　　第六個死者是「奧茨」調查小組的負責人康拉德‧斯賓德勒。他在2005年4月死於多發性硬化併發症。這裡還有一個故事很值得一提：當時在西蒙死後，曾有人問他是否相信「奧茨」的詛咒的說法。他回答道：「我不相信，不過下一個有可能就輪到我了。」結果不幸被他言中了。

　　第七個死者是澳大利亞考古學家湯姆‧羅伊。他開始從事對「奧茨冰人」研究不久，就被診斷出患有一種罕見的血液病，在2005年10月去世。他的助手說，羅伊本來打算將自己研究發現的一些祕密公之於世，並已經完成筆記整理工作。奇怪的是，在他死後，他的家人搜遍了他的辦公室和住所，都沒有發現那些手稿，電腦裡也沒有存檔。

七隻烏鴉

　　很久以前，有一對夫婦雖然已經生了七個兒子，卻還十分盼望生一個女孩。後來願望終於實現，妻子終於生了一個女兒。小女兒長得非常漂亮可愛，但身體卻瘦小纖弱。他們擔心這孩子不能去教堂接受洗禮，於是父親就想派一個兒子到教堂去取聖水給她洗禮。

　　父親讓一個兒子去，誰知其他六個一看，也一窩蜂似地跟去，每一個都爭先恐後地要第一個汲水，你爭我奪之中，把大水罐給掉到井裡去了。這一下，他們可就傻眼了，你看看我，我看看你，呆呆地站在井邊不知如何是好，都不敢回屋裡去。

　　此時，父親正心急火燎的地等著他們把水提來，見他們去很久還沒有回來，氣得大罵起來：「真恨不得這幾個臭小子都變成烏鴉！」

　　話剛說完就聽見頭上一陣呱呱的叫聲傳來，他抬頭一看，發現有七隻煤炭一樣的黑色烏鴉正在上面盤旋著。看到自己的氣話變成現實，他後悔了，不知道該怎麼辦才好。他失去七個兒子，心裡非常悲傷，好在小女兒在接受洗禮之後一天比一天強壯起來，而且越長越漂亮，總算讓這個父親有了一點安慰。

　　小女兒慢慢長大了，她並不知道自己還有七個哥哥，爸爸媽媽從來都沒有在她面前提起過。終於有一天，她偶然聽到人們談起有關她的事情，他們說：「她確實很漂亮，但可惜的是她的七個哥哥卻因為她而遭到不幸。」她聽到這些後非常傷心，就去問自己的父母她是不是有哥哥，他們到底怎麼樣了。父母親不好再對她隱瞞事情的真相。

　　為了安慰她，他們說這一切都是上帝的旨意，她的出生降臨都是上帝的安排，她是無罪的。但小姑娘仍然為此吃不下飯，睡

不好覺，天天傷心不已，她暗自做了決定，一定要想辦法把七個哥哥找回來。

有一天，她從家裡偷偷地跑出去，到處尋訪自己的哥哥。她想：無論他們到了什麼地方，她不惜自己的生命，也要讓他們恢復本來面目！

出門的時候，她只帶了爸爸媽媽以前送給她的一隻小戒指，加上一塊用來充饑的長條麵包和一壺用來解渴的水，一張疲倦時用來休息的小凳子。

她到處打探、尋找，一直走啊走，走到了世界的盡頭。她來到太陽面前。但太陽太熱太猛烈了，她嚇得趕緊跑開。

她來到月亮面前，可是月亮又太寒冷太冷酷，還說：「我聞到人肉和血腥味了！」

她嚇得趕緊跑到了星星那裡。星星對她很友好，很和氣，每顆星都坐在他們自己的小凳子上。當啟明星站起來往上飛時，他給了小姑娘一片小木塊，說道：「如果你沒有這片小木塊，就不能打開玻璃山上那座城堡的門。你的哥哥正是住在那座城堡裡。」小姑娘接過小木塊，把它用布包好，告別星星，又起程繼續尋找她的哥哥去了。

經過艱苦跋涉，她終於找到玻璃山，來到城堡面前。她趕緊拿出布包解開，卻發現裡面的小木塊不見了。怎麼辦呢？她要救哥哥，可又丟了玻璃山城堡的鑰匙。

突然她想到了一個辦法，她勇敢地一咬牙，從口袋裡掏出一把小刀切了一段自己頭上美麗的棕色頭髮，將頭髮絲插進門上的鎖孔，門被打開了。

她走進城堡，迎面遇到一個小矮人，他問道：「你來找什麼呀？」

小姑娘回答說：「我來找那七隻烏鴉，他們是我的哥哥。」

小矮人說道：「我的主人不在家，如果你要等他們回來的話，就請進來吧。」

　　這時，小矮人正在為烏鴉們準備晚餐，他在桌子上擺了七個盤子，在盤子裡放好食物，又端來七杯水放在盤子旁邊。小妹妹把每個盤子裡的東西都吃了一小塊，把每個小杯子裡的水也喝了一小口，又將她隨身帶來的小戒指放進最後一個杯子中。

　　忽然，空中傳來翅膀拍擊的聲音和呱呱的叫聲，小矮人馬上說道：「我的主人們回來了。」小姑娘連忙躲到門後面。

　　七隻烏鴉一進來，就急於開始進餐，他們都發現事物和水都被動過了。

　　他們一個接一個地叫道：「誰吃了我盤子裡的東西？誰把我杯子裡的水喝了一點點？」

　　當第七隻烏鴉喝水時，發現杯子裡有一枚戒指，他仔細一瞧後，便驚叫道：「天哪，快來看呀，這是爸爸媽媽的結婚戒指！」大家都急忙圍了過去。

　　隨後，他們就開始祈禱起來：「上帝呀，要是我們的小妹妹來了，就解除詛咒，讓我們立刻恢復原貌吧！」

　　小姑娘聽到這裡，馬上跑了出來。她一露面，七隻烏鴉立即都恢復人形，他們高興得互相緊緊擁抱親吻。第二天一大早，他們一起高高興興地回到爸爸媽媽的身邊。

魔法智慧

　　父親因為一時氣憤而詛咒兒子們變成烏鴉，結果七個兒子果真變成烏鴉，悲鳴著飛走消失了。父親因此後悔、傷心不已，可一切都無法挽回了。

　　我們是不是也經常會因為賭氣而說一些衝動的話呢？比如「真希望我沒有出生在這樣一個家庭」，你想過沒有，如果那些話也變成真的，該有多麼可怕！對待我們的親人，永遠不要去抱怨和賭氣，因為真的失去了親人，我們是無法承受的。

傷人的話就像一把利劍，會傷害人與人之間的情感；而溫暖的話就像陽光，會拉近心與心的距離，融洽彼此的感情。多對你的親人說一些如陽光般溫暖的話吧。

魔法課堂　　成吉思汗陵墓的詛咒

古代的蒙古人最早信仰薩滿教，崇拜神靈。他們認為薩滿教的巫師能占卜吉凶、預言禍福，因此，這些巫師的地位都十分的尊貴。一代天驕成吉思汗就是一個忠實的薩滿教徒，他總是讓著名的薩滿大巫師別乞跟隨在他的左右。

1227年成吉思汗出征西夏時病逝，他的部下將他的遺體深埋地下，之後再將墓地踏平，並在那植樹為林。為了防止埋葬地點的暴露，建墓的800名監工和1000多名工匠都全部遭到滅口。為了使這個皇陵能夠永遠不受打擾，薩滿大巫師別乞還在陵墓里加上詛咒。

美國黃金交易商人克拉維茲是個考古迷，他對成吉思汗墓穴到底在哪裡，有著濃厚的興趣。於是，他資助一個由美國和蒙古考古學者組成的考古隊，專門尋找成吉思汗陵墓。經過3年的考察，考古隊發現了一片墓群，認為可能就是成吉思汗的埋葬地點。於是他們就開始挖掘這些墓群。

然而，考古隊的挖掘工作並不順利，他們遭遇一連串的不幸事件。他們發掘的墓穴由一條3公里長的牆壁包圍著，這些牆壁裡滿是毒蛇，這些毒蛇四處亂竄，專門襲擊考古隊的工作人員，短短幾天，就有好幾人被蛇咬傷。奇怪的是，他們停放在山腳邊的車輛，有時竟會無緣無故地從山坡上滑落下來，翻倒在地，弄得面目全非。他們還常常從甬道裡聽到低沉的咒語聲……這一切都讓他們心驚膽戰。

也許成吉思汗的英靈真的是受了薩滿巫師的庇佑，在懲罰著這些挖掘者，保佑著墓主靜靜地在地下安息呢！

小姐姐和小弟弟

　　有對小姐弟的母親死了，父親又娶了一個妻子，她還帶來一個女兒。這個繼母其實是一個惡毒的女巫，她只知一味偏愛自己的女兒，每天讓小姐弟幹粗重活，吃硬麵包，還經常打罵他們。

　　有一天，可憐的小姐弟實在是忍受不了，就悄悄地離家出走。他們倆白天穿過森林，越過草地，晚上就在空樹洞裡睡覺。

　　繼母發現他們偷偷地離開家之後，就悄悄地跟著他們來到森林，對森林裡所有的泉水都施了詛咒。

　　早上醒來後，小弟弟覺得口渴，就和小姐姐一起去森林裡找水喝。姐弟倆來到第一口泉水邊，剛想要彎下腰去喝水，泉水突然對他們說：「誰喝了這裡的水誰就會變成一頭老虎。」小姐姐趕緊叫道：「好弟弟，我求你千萬不要喝這水，要不你會變成一隻老虎，把我撕碎的。」小弟弟便忍著口渴，不去喝那水．

　　當他們來到第二口泉水邊時，小姐姐又聽泉水說：「誰要是喝了我，就會變成一頭狼！」小姐姐於是便叫道：「好弟弟，我求你千萬不要喝這水，不然你會變成一頭狼，把我吃掉的。」小弟弟努力地忍住沒有喝。

　　當他們來到點三口泉水邊時，泉水也對他們說：「誰要喝了我就會變成一頭鹿！」小姐姐正好勸阻小弟弟，卻不料小弟弟一見到泉水就跪下去，彎下腰去喝了。他的嘴唇剛碰到幾滴水，就變成一頭小鹿。

　　看到可憐的弟弟中魔法，小姐姐傷心極了。她為了不讓小弟弟離開自己，就用燈芯草編一根繩子，把它繫在小鹿的脖子上。就這樣，小姐姐牽著小鹿往森林深處走去。後來，他們在森林盡頭發現一間無人居住的小屋，於是就在那裡住下來。

　　小姐姐用樹葉和苔蘚為小鹿鋪一張柔軟的床，每天早上出去

採集野果和新鮮的嫩草來餵它。小鹿每天在小姐姐身邊開心地蹦來蹦去。日子就這樣一天天地過去，小姐姐和小鹿在一起生活得很開心。

有一天，國王到森林裡來打獵，他和手下的獵手們看到森林裡突然跑出一頭美麗的小鹿，都非常興奮，手持弓箭去追小鹿，可是卻怎麼都追不上它。小鹿敏捷地躲過他們射出的一支支箭。

可是，小鹿在奔跑的時候不小心擦傷腿，只得一瘸一拐地往小屋走去。一個獵手悄悄地跟在牠後面來到小屋前，聽見牠說：「我的小姐姐，讓我進去吧。」接著，小屋的門就開了，等到小鹿進去後又關上了。獵手回去後把看到的一切都告訴國王。

第二天，等到太陽下山後，好奇的國王來到那間小屋門前。他站在門前說：「我的小姐姐，讓我進去吧。」小姐姐打開門，看見進來的不是小鹿而是一個頭戴金冠的陌生男子，嚇一大跳。國王看到小姐姐長得美麗動人，立即心生愛慕，便問她願不願意做他的王后。小姐姐答應國王的求婚，但提出一個條件：必須得帶著小鹿一起去王宮。國王於是就帶著小姐姐和小鹿一起回到王宮，並很快與小姐姐舉行盛大的婚禮。從此，他們幸福地生活在一起。

惡毒的繼母聽說小姐弟倆不僅活著，還進了王宮，過著美滿幸福的生活，既生氣又妒忌。這時，她那醜陋的親生女兒在一邊不停地嚷嚷：「我也要當王后！」繼母皺眉想了想，便安慰女兒說：「放心吧，等時候一到，我會讓你如願的。」

不久，王后生下一個漂亮的男孩，而國王碰巧外出打獵去了。老巫婆便打扮成一個使女，帶著親生女兒混進王宮。她們把產後虛弱的王后抬進生著大火的浴室裡，王后在裡面很快就窒息死了。

然後，她便讓親生女兒蒙著臉，換上王后的衣服，躺在床上。傍晚，國王打獵回來後，馬上急著去看望自己的妻子，可惡的繼母扮成侍女對他說，王后產後不能著涼，得蒙著臉才行。國

王就這樣被蒙在了鼓裡。

　　夜裡，王宮中所有的人都睡著了，王后的魂魄來到了嬰兒的搖籃邊。她抱起嬰兒給他餵奶，餵完奶之後又把嬰兒放回到搖籃裡，並為他蓋好被子。然後她又走到屋內的一角去撫摸小鹿。做完這一切，她就悄無聲息地離開了。

　　就這樣，從那之後王后每天晚上都來給嬰兒餵奶，看望小鹿。這天晚上，她突然對搖籃裡的嬰兒說：「我的孩子該怎麼辦？我的小鹿該怎麼辦？我只能再來一次了，以後永遠都不能來了。」守夜的保姆聽到後感到很奇怪，第二天一早就把這件事情告訴國王。

　　當天晚上，國王悄悄地等在嬰兒房裡。王后又進來給孩子餵奶，然後就傷心地說：「我的孩子該怎麼辦？我的小鹿該怎麼辦？我以後永遠都不能來了。」

　　國王聽到這裡，再也無法克制自己。他朝她跑去，拉住她的手，對她說：「你是我的妻子啊，你要去哪裡？」

　　王后喃喃地回答：「是的，我是你親愛的妻子。」話剛出口，她就立刻恢復了生命，而且變得非常健康。

　　王后把繼母跟妹妹對她做的惡行告訴國王。國王立刻命令審判她倆，對她們作出判決：巫婆繼母被投進火裡燒成灰燼；她的女兒被帶到了森林裡，被野獸撕成碎片。就在老巫婆被燒成灰燼的一剎那，小鹿恢復人的形狀。

魔法智慧

　　歹毒的繼母殘忍地殺死善良的小姐姐，並讓自己的女兒裝扮成小姐姐的樣子，矇騙國王，結果真相敗露，落得慘死的命運。她沒有想到，騙來的幸福是不會長久的。用謊言搭建的幸福，即使一開始構築得異常華麗，也不會維持太久，就好像在不牢靠的

根基上建造的泡沫宮殿一般，一碰就碎。

故事告訴我們：應該端正心態，不要去覬覦那些根本就不屬於自己的東西。對於別人所擁有的，不應該有非分之想。當別人獲得成功的時候，應該由衷地表示祝賀。如果像故事中的繼母那樣心懷妒忌，不擇手段地去搶奪別人的成果，那麼你就不會享受到成功的過程，也不可能真正地擁有成功，幸福將會離你很遠很遠。

魔法課堂　　巫婆的掃帚

一提到巫婆，我們總是會想到她的掃帚。她為什麼總是和掃帚聯繫在一起呢？

掃帚是女人做家務時必不可少的工具，日常生活中最常用的清潔工具也是掃帚。由於每個女人的手裡幾乎都有一把掃帚，而從事巫師行業的大多都是女性，因此掃帚便和巫婆結下不解之緣。這裡還有一個有趣的原因呢。在幾個世紀以前，女主人如果要出門，就會將掃帚放到煙囪上或擺在門口，這樣前來拜訪的鄰居或朋友們一看就知道女主人不在家。於是人們就認為，巫婆每次出行都是騎著掃帚從煙囪上飛走的。

巫婆騎掃帚的方式還有一定的講究，必須將掃帚柄朝前並上揚，掃帚刷朝下。把掃帚刷放在後面，是為了掃除巫婆飛過天空時留下的行跡。不過也有一些另類的巫婆反著騎。她們的理由十分有趣，說這樣做可以在掃帚刷上放上蠟燭，讓「前途」光明燦爛。在巫婆的手裡，掃帚除了用來打掃衛生和飛行之外，還可以用來充當自己的替身。據說，17世紀一位蘇格蘭巫婆晚上出去參加聚會的時候，就會把掃帚放在床上做自己的替身，以此來騙過自己的丈夫。

第五章 瘋狂靈異的魔物

魔法水壺

　　從前，在日本中部高高的山脈間有一個簡單的木屋。小木屋裡住著一個老人，他對自己的住所十分滿意。他永遠也欣賞不夠屋內那潔白的草墊和用壁紙裱糊的美麗的牆；永遠也享受不夠吹進屋的樹木和花兒的香氣……

　　老人正在遙望對面的山峰時，突然身後傳來一陣咕咕的聲音。他轉過身，在房間的角落裡看到一個生鏽的舊鐵水壺。老人也不知道這個水壺是怎麼來到那兒的，他拿起它，仔細地瞧了瞧，發現它完好無損。於是，他揮掉灰塵，把它帶進廚房。

　　「真是走運了，剛好家裡的水壺壞了，買一個水壺不只要花錢，還要跑到山外面去。」老人笑著說。

　　然後，他把水壺洗一下，裝上一滿壺水放在火上。

　　壺裡水剛剛變熱，奇怪的事情發生了，只見那水壺的手柄漸漸地改變形狀，變成一個頭。然後，壺嘴變成一個尾巴。接著，從壺身裡伸出四隻爪子。不到幾分鐘的時間，它已不是一個壺，而是一隻貉！那個東西跳下來，像隻小貓在房間裡蹦蹦跳跳地到處亂跑，爬上牆壁，又攀上天花板。

　　看到這一幕，老人心疼極了，他真害怕漂亮的房間就這樣被毀了。他立刻去向鄰居求助。他們合力逮到了那隻貉，小心地把牠關在一個木箱子裡。然後，他們精疲力竭地坐在草墊上，一起商議如何處理這個麻煩的動物。最後，他們決定賣掉牠。於是，老人把一個叫吉穆的商人叫來，對他說有一件東西不想要了。他提起關著貉的木箱子的蓋子，可是，令他吃驚的是，貉根本不在裡面。他在屋裡找呀找，卻發現水壺又出現在房間的那個角落，這真是太令人不可思議了！可是，老人想到剛才發生的事情就不想再要水壺了。因此，他隨便向吉穆開了一個價，就把壺賣給吉

穆。

　　吉穆提著水壺離開老人的家，沒走多遠就覺得水壺越變越重。等他到家的時候，已經筋疲力盡了。他很隨意地把水壺放在房間的角落裡，壓根兒就把這件事忘在腦後。

　　然而，午夜時分，他被角落裡傳來的響聲吵醒了。他起身去看看怎麼回事。可是，那兒除了異常安靜的水壺，什麼也沒有，他認為自己剛才一定在做夢，所以就又睡覺去了。

　　可沒睡多久，他再一次被同樣的聲音吵醒，他跳了起來，跑到角落，卻發現水壺已經變成一隻貉正追著自己的尾巴跑。在牠玩膩後，又衝到陽臺上，愉快地做了幾個後空翻。吉穆對於如何處理這個動物感到很苦惱。他快到早晨才得以入眠，可是，當他再一次睡醒睜開眼睛的時候，貉已經不在了，有的只是他昨晚留在角落裡的水壺。

　　起床後，吉穆清理完屋子，就出去把他的故事告訴隔壁的一個朋友。那個人靜靜地聽著，並沒有表現出吉穆所預料的驚奇，因為他想起他在年輕的時候曾經聽說過一些關於一個奇跡水壺的故事。朋友說：「帶著這個壺旅行吧！把它展示給別人看。你將成為一個富有的人。但是，你要謹慎一點。先徵得貉的同意，然後還要施展一些小魔法，以防它見到人就跑走了。」

　　吉穆很謝謝他的朋友給他這麼一個好建議。他依照朋友的話，徵得貉的同意之後，就搭個棚子，在外面掛了廣告，邀請大家進來觀看最奇妙的魔術。

　　好奇的人們成群結隊地走進來。水壺在他們手中傳遞，他們還被允許全面檢查這個水壺，就連裡面也可以看。然後，吉穆把它拿回來，放在一個平臺上，命令它變成一隻貉。頃刻間，壺的手柄變成一個腦袋，壺嘴變成一個尾巴，四隻爪子出現在壺身的四周。吉穆說：「跳舞！」貉就踏起舞步。左邊跳跳，右邊跳跳。站著的人們也忍不住跟著跳起舞來。貉優雅地領著大家跳扇子舞，然後又一刻不停地跳起影子舞和雨傘舞。牠似乎要永遠這

樣跳下去。如果不是吉穆宣佈舞蹈結束，牠很可能會這麼一直跳下去。

棚子裡每天都擠滿人，觀看的人都欣然地投擲他們的錢幣。朋友的預言變成真實，吉穆成為富有的人。然而，他感到很不踏實。他是一個誠實的人，認為他的財富有一部分應該屬於賣給他水壺的人。所以，一天早上，他在水壺裡裝了一百枚金幣，然後提著水壺走向老人的家。

來到老人家中後，他對老人訴說了自己的故事，最後對老人說：「我沒有權利再佔有它了。所以，我把它帶來還給你。在壺裡面，你會發現一百個金幣，那是給你的。」老人被深深地感動了，他謝過了吉穆，並讚揚他說很少有人會像他這麼誠實。

這個水壺給他們倆帶來好運，使他們快樂地安享剩餘的人生。

魔法智慧

吉穆依靠水壺變得富有後，並沒有因為自己撿到一個大便宜而慶倖，也沒有心安理得地一直佔有它，而是十分誠懇地將水壺歸還給老人，並將自己財富的一部份分給了老人。他的這份真切的誠實，真是令人感動和敬仰。

誠實是一種高尚的品格，它可以讓一個人的心靈變得尊貴，品格變得高尚。一個能夠對自己和他人都保持誠實的人，他一定可以實現更高的理想，贏得別人的尊敬。謊言和欺騙也許會暫時讓人戴上耀眼的光環，但光環一旦撤去，他必將暗淡無光。在生活中我們常常會遇到各種誘惑，但只要秉持住誠實這條原則，就一定可以戰勝誘惑，拒絕做它的俘虜，我們也會生活得踏踏實實、自在安然。

魔法課堂  **中國巫師的靈物**

　　中國巫師個個都是創意非凡的大師，他們發明的靈物真是數不勝數，令人歎為觀止呀！

　　他們用白茅招神，狗皮止風；用蘭草、大蒜除穢；用鏡子、印章和錢幣驅逐鬼魅；用蛤蟆、蛇、蜥蜴來驅旱求雨；用鴛鴦、喜鵲、雄雞、鴨毛來幫助生育；用大刀、長矛、寶劍、弓弦威懾邪祟……

　　其實，八卦圖、周易以及巫師製造的各種器具都是巫師的代表性靈物，我們暫且把這些放在一邊吧。再來看看一些讓你意想不到的靈物吧：

　　如果你想發財致富，巫師們就會用豬耳、粟豆和富家土來作法；如果想讓兒女孝順懂事，巫師就用狗肝、豬肝幫你達成心願；如果你想辟邪遠禍，巫師會告訴你準備人糞便、牲畜糞便、沙土、灰垢、綏衣、煙火爆竹、怪異面具等物品，定會「鬼神不侵」……總之，只有你想不到的，沒有巫師們做不到的。

餅乾樹

　　有個名叫米克爾的小仙子住在一間搖搖欲墜的小茅屋裡。他有一個小得可憐的菜園，裡面只種了一些馬鈴薯和白菜。他經常得靠麵包、馬鈴薯和白菜度日。

　　米克爾雖然很窮，但他很善良。當有乞丐上門乞討時，他會大方地把自己的麵包和馬鈴薯送給他們。他經常幫助身邊的人，人們總是喜歡送他幾塊餅乾作為酬謝。

　　一天，倒楣的事情發生了：一頭山羊闖進他的小菜園，把他準備過冬吃的小白菜統統啃光了！他走到貯藏室，想拿一兩顆馬鈴薯煮煮充饑，這才發現，所有的馬鈴薯都被老鼠吃光了！這可把米克爾急哭了，他只能靠去幫助別人獲得點吃的。

　　這天，他幫助萊特富特開墾菜園，得到六塊上面貼一小片蛋糕的餅乾。他本來打算保存它六個星期，每個星期天喝茶時吃一塊；但現在真的餓得不行了，他覺得自己很可能忍不住，會一下子全部吃掉。

　　就在這時，來了一個小女孩，站在院子大門外。她是個乞丐，她的衣服破破爛爛的，她看到米克爾屋子的煙囪升起一縷炊煙，心裡想，要是能走進屋裡，在爐火旁待一會兒，那多好！

　　當米克爾正想去拿一塊餅乾充充饑時，門慢慢地開了，那個小女孩乞丐伸進她那顆披頭散髮的小腦袋，往屋內窺視著。

　　米克爾驚訝地瞪大眼睛。

　　小女孩微笑著，走了進來。

　　「我太冷了！」她說，「看到你的煙囪冒煙了，我想進來瞧一眼那可愛的、溫暖的爐火。」

　　「進來吧，請坐到爐火旁。」米克爾立即表示歡迎，「儘管它只是幾根枯樹枝燒成的，但能給人快樂和溫暖。」

於是，衣衫襤褸的小姑娘就坐在爐火旁，烤烤手。

她看到米克爾手裡拿著一個小袋子，便問他那裡面裝著什麼東西。

「餅乾。」米克爾答。

「啊！」小女孩歎了一聲。她沒有開口討一塊，但她的眼睛變得更圓了，身子顯得更加瘦小，而且饑腸轆轆。

米克爾覺得應該分一塊餅乾給她，便給她一塊，但也只能給一塊吧。

「謝謝你！」小女孩接過這塊餅乾，迅速咬碎，一口吞下了！然後，她又饑餓地注視著那袋餅乾。

米克爾知道不能再分給她，否則，以後的五個星期，他就沒有餅乾充饑了。但他心腸很軟，情不自禁地又把手伸進小袋子裡，再拿出一塊餅乾來。

就這樣，這小女孩已經接連吃掉六塊餅乾之中的五塊了。

當米克爾正把最後那一塊也遞給她時，院子外面傳來一聲呼喚：「快走呀，賓妮，快走！你在哪兒？馬上過來！」

小女孩立即跳起來，原來她名叫賓妮，叫她的是她的父親。她迅速地擁抱了米克爾，穿過菜園跑出去。她的父親正站在院子大門外等著她。

「這位小仙子對我太仁慈了，父親！」小姑娘喊道，「給他個酬謝吧，父親，請給他吧！」

她吃掉最後那塊餅乾，有些餅乾屑掉落在大門旁的地面上。

她的父親，那位流浪漢隨即用腳把餅乾屑踩進泥土裡去。他那明亮的綠色眼睛凝視著米克爾，嘴裡念念有詞。

「有時候，一點點仁愛之心會長啊長，給我們帶來意料不到的酬謝！」他說，「但有的時候不會！順風！或許你將走運！」

他對米克爾點了點頭，和小女孩一起，一邊跳著舞，一邊往鄉間小路走去。他們破爛的衣裳被風吹拂著，彷彿枯葉飄零。

饑腸轆轆的米克爾關上院子的大門，走回他那暖和的廚房。

　　有一天，他突然發現：在他家的院子大門旁，長出一棵小小的幼苗，使他驚訝不已的是，這棵苗長啊長，長得非常快，三個月以後，就長得跟他的大門一樣高。它長成一棵小樹，而且使米克爾要外出時不得不從樹下走過。

　　過了一個星期，這棵樹開出一種很有趣的花兒—鮮紅的花瓣、黃色的花蕊。

　　花開沒多久，紅色的花瓣凋謝了，黃色花蕊卻長得更大。每一朵花蕊都長得奇妙的令人困惑—到最後，隔壁的范妮大媽猛地狠狠拍著米克爾的肩膀，叫了起來。

　　「這是一棵餅乾樹！天啊，一棵餅乾樹！整整500年了，在這個神仙國裡誰也沒有見過呢！餅乾樹，一棵餅乾樹！」

　　樹上的餅乾長啊長，終於成熟了，而且上面還長出一層甜美可口的粉末，等待人們採摘。

　　米克爾滿心喜悅地開始摘採。他從雜貨店那兒弄來大大小小的鐵罐子，把採摘的餅乾整整齊齊地裝到鐵罐中，給每家每戶送去一罐。這可是他們吃到過的最好的餅乾。

　　好長一段時間，大家都不知道為什麼會長出這麼一棵神奇的樹，結出如此好吃的蛋糕餅乾。許久，鄰居萊特富特才猛然記起來，三個多月以前，她曾經送給米克爾一塊蛋糕餅乾。

　　「你把那些餅乾怎麼處置了？」她問米克爾，「你吃了嗎？」

　　「不。」米克爾說，「我把它們全部送給一個小女孩了。」

　　「她是不是掉了一些餅乾屑在長出餅乾樹的那個地方呢？」萊特富特問。

　　「是的，是的，她的父親把餅乾屑都踩進泥土裡。」米克爾想起來了，他把那天的經過詳細告訴了大家。

　　「啊，現在我們全明白了，」萊特富特說，「這就是你的仁慈長出來的！是你的餅乾屑長出了你的餅乾樹。喔，真是奇妙無比呀！我真希望它能一年接一年繼續開花、結果。」

果然，餅乾樹每年都開花、結果，長出許多好吃的餅乾來。每年夏天，住在那裡或者經過那裡的人，都能吃到那美味的神奇餅乾了，因為米克爾一直都是那麼善良、大方。

（英國伊妮德・布萊頓）

魔法智慧

米克爾很愛吃餅乾，儘管只剩下六塊用來充饑的餅乾，但當小女孩來乞討時，他卻忍住心中的不捨，把六塊餅乾一塊一塊地給了小女孩。正因為這個善意、慷慨的舉動，他得到一個巨大的回報，擁有一棵年年長滿美味餅乾的餅乾樹。

你不經意間給貝殼贈送一顆小沙子，日後，貝殼可能回贈你一顆珍珠。體貼的幫助和美麗的笑容永遠不會被辜負，你付出的善念會使你在最需要幫助的時候得到溫暖。這兩句話正是對這個故事意義的很好詮釋。它是一個「善有善報」的經典事例，讓我們看到仁愛、善意的舉動帶給人的回報與喜悅。人的心都是有回應的，當你對他人投之以桃，他人就會對你報之以李。所以，當別人有困難的時候，請不要吝惜，伸出你熱情的雙手，張開你溫暖的雙臂，給別人一個能力所及的幫助吧！

魔法課堂── 中國巫師的首選靈物──桃木

在中國巫師龐大的靈物家族中，桃木一直居於首位，是當仁不讓的老大哥了。

巫師將桃木當做避邪靈物的歷史，最早可以追溯到中國的周朝。當時的王公大臣們想討主子歡心，總是會把自己做的美味佳餚獻給皇帝品嘗。他們在獻上這些美食的同時，還會在上面放上一束桃枝。因為他們怕皇帝吃了自己做的食品沾染上邪氣，自己會也因此受到處罰。

　　在巫師的眼裡，桃木全身都是寶，不管是桃樹身上自然形成的桃膠，還是用桃木熬成的桃湯，甚至是桃木的灰都具有超自然的魔力。

　　桃膠晶瑩透亮，古代的人很難解釋它是如何形成的，於是就對它抱有一種天然的神祕感。巫師對桃膠的看法更加離奇古怪。他們認為，將桃膠與桑木灰同服可以包治百病；長期服用桃膠可以使自己發光，身輕如燕。潑灑桃湯驅除鬼怪就是古代巫師一種常用的方法。

毛驢、棒子和小桌子

　　很久很久以前，有一位老裁縫，他的妻子很早就去世了，給他留下三個兒子。他憑著自己的手藝辛辛苦苦地撫養著這三個孩子。

　　不知不覺孩子們都長大。一天，老裁縫用盡自己積蓄買了一隻羊，決定讓他們三兄弟輪流著出去放羊。

　　第一天，大兒子牽著羊來到一片茂盛的草地上，讓它盡情地吃草。到了傍晚，大兒子問羊吃飽沒有，羊說飽得連一根草也吃不下，於是大兒子就牽著羊回家了。一回到家，老裁縫就問羊吃飽沒有，羊卻回答：「我哪有吃飽嘞？我在山坡上跳來跳去，連一根草也沒有找到。」老裁縫聽了很生氣，拿起牆上的尺子把大兒子打出家門。

　　第二天，二兒子放羊時發生同樣的事，結果也被老裁縫打出門。

　　第三天，輪到小兒子去放羊。他也沒能逃脫哥哥們的厄運，被老裁縫打了一頓。他覺得很委屈，便也跑出家門。

　　這樣，家裡就只剩下老裁縫一個人了。第四天，老裁縫親自去放羊，竟然發生同樣的事情。老裁縫這才明白自己冤枉三個兒子，便拿起鞭子狠狠地教訓了那隻愛說謊的羊。

　　後悔莫及的老人只得一個人孤零零地生活，他十分思念他的孩子，生怕他們在外從此過上衣不蔽體、食不果腹的流浪生活，每每想到這種可能，他都痛苦得快要昏過去。

　　三個孩子離家後並沒有像他父親擔心的那樣，他們都不約而同地想到了要學一門手藝。

　　大兒子離家後去給一個木匠做學徒。他學成之後，木匠送他一張小木桌。這張小木桌非常神奇，只要一說「小桌子，開飯

吧」，桌上馬上就會擺滿美味佳餚。大兒子謝過師父，背著神奇的小木桌到處遊歷，一路上不愁吃喝。他一直都很想念父親，心想過這麼久，父親的怒氣也應該平息了，於是就打算帶著小木桌回家去。

回家的路上，大兒子住進一家旅店。老闆說店裡已經沒有吃的東西了，大兒子於是便在一個角落裡把小桌子放好說：「小桌子，開飯吧。」頓時各種美味一一擺到桌子上，把旅店的客人們看得眼花繚亂。大兒子熱情地邀請大家一起吃，大家都很開心。夜裡，起貪念的旅店老闆趁大兒子睡著後，偷偷地用一張普通的小木桌換走那張寶貝小木桌。

第二天，大兒子背著小桌子回到了家。他告訴父親自己離家後跟一個木匠學徒，還得到一件寶物。他讓父親把所有的親戚都請來，準備請大家飽餐一頓。親戚們都來了之後，大兒子便對著小桌子說：「小桌子，開飯吧。」可是小桌子卻沒有任何反應。親戚們不歡而散，老裁縫以為大兒子騙他，一氣之下，又把他趕出去。

二兒子離家後到一位磨坊主人那裡當學徒。臨分別時，磨坊主人送給他一頭神奇的毛驢。雖然這頭毛驢不會拉磨，不能馱糧，但只要一說「布利克勒布利」這個咒語，牠的嘴裡就會立刻吐出金子來。二兒子謝過師父，牽著驢子四處遊歷，一路上不缺錢花。他也一直很想念父親，便決定回家去。

他在路上也住進大哥曾住過的那家旅店。他一進門就拿出兩根金條，讓老闆準備晚飯，貪心的老闆連忙為他準備一大桌子菜，卻告訴他要再加兩根金條才夠付這桌菜的費用。二兒子於是便跑到店後面，對驢子說：「布利克勒布利。」他剛說完，驢子就吐出了許多金條。這一幕被偷偷跟來的旅店老闆看到了。到了夜裡，旅店老闆就趁他熟睡時用一頭普通的毛驢換走他的神奇毛驢。

第二天，二兒子牽著毛驢回到家，告訴父親自己去給一個磨

坊主人當學徒，得到一頭會吐金子的毛驢。他讓父親第二天把所有的親戚都叫來，準備讓他們每個人的口袋裡都裝滿金子。可是最後親戚們都掃興地空手而歸，因為不管二兒子說多少遍「布利克勒布利」，驢子都始終無動於衷。老裁縫以為二兒子吹牛，大發雷霆，又把他趕出去。

　　小兒子離家出走後跟一位鐵匠師傅當學徒，他從兩個哥哥的來信中，得知他們的遭遇，很想懲罰一下那個黑心的旅店老闆。他學成之後，師傅送給他一個神奇的口袋。這個口袋裡放著一根棒子，如果誰敢欺負他，只要說「棒子，出來」，棒子就會立刻從袋子裡蹦出來把那個人痛打一頓。

　　告別師傅後，小兒子就帶著口袋也來到了那家旅店。旅店老闆見他手裡緊緊地攥著一個口袋，猜想那裡面一定裝著什麼寶貝。夜裡，旅店老闆悄悄地跑到小兒子的房間，想去偷袋子。這時小兒子突然大喊：「棒子，出來！」棒子馬上從口袋裡蹦出來，把老闆痛打一頓，直打得他哇哇大叫，跪地求饒。小兒子讓他交出被他偷走的小桌子和毛驢，老闆害怕極了，只好把兩件寶貝乖乖地交了出來。

　　之後，小兒子就去找他的兩個哥哥，找到他們後，就把那兩個寶貝歸還給哥哥們，並相約一起回家。回到家後，他向父親解釋一切。

　　第二天，兄弟三人讓父親請來所有的親戚。大兒子把小桌子放好，說：「小桌子，開飯吧。」桌子上立刻擺滿美味佳餚。二兒子對著毛驢說：「布利克勒布利。」地上立刻掉滿了金子。親戚們吃飽喝足後，都滿載而歸。這讓老裁縫大大的有面子，開心的不得了。從此以後，三個孩子都沒有遠離家門，而是侍奉在父親的左右。

魔法智慧

123

　　老裁縫不瞭解情況，聽信羊的謊言，不假思索地接連打跑三個兒子，待明白真相後才後悔不已。三個兒子離家後，分別去拜師學藝，並各自從師傅那裡得到一件寶物。不料，大兒子和二兒子的寶物都被貪心的旅店老闆偷偷地調換了。多虧機智的小兒子敢於冒險，這才教訓了旅店老闆，取回了那兩件寶物。

　　任何事情在做出決定之前應多多聽取各方面的意見和看法。如果我們僅憑一面之詞就妄下斷言，很可能會做出錯誤的判斷，造成不可挽回的後果。而旅店老闆的下場也說明：騙來的財富永遠都不可能真正屬於自己，我們所擁有的應當來自光明正大、堂堂正正的獲取。

魔法課堂  中國巫師第二選擇的靈物—桑樹

　　桑樹作為避邪靈物的歷史也很久遠，它很早以前就被中國人奉為「東方神木」。它在靈物中的地位僅次於老大哥桃木，甚至在一段時期還有超越桃木的趨勢呢。巫師們也常常把桑樹和桃木結合起來運用，以發揮避邪的最大功效，「桃弧桑矢」自古以來就是巫師對付邪祟的最有力武器了。

　　傳說在東方大海之上的暘穀，長著一棵大桑樹。它兩兩同根偶生，相依相靠，所以人們稱它為扶桑。這棵樹有兩千丈高，兩千多圍粗，葉子長一丈、寬六七尺。樹上面有蠶，結出的繭長三尺，可抽出一斤絲。桑樹根深葉茂，葉子是紅的，果實是紫色的。有人說樹上的桑葚九千年一生，而且通體金光燦爛；還有人說它高與天齊，下與泉通。太陽女神羲和與她的兒子金烏就是攀援著這棵桑樹駕車升起的。可見桑樹在人們的眼裡是何等的神奇呀！

魔法師的帽子

春天降臨，冬雪消融，第一隻杜鵑來到木民穀。

小木民矮子精從冬眠中醒來，他爬過窗臺，用短腿小心翼翼地爬到下面去。在河邊，他找到小嗅嗅。小嗅嗅吹完他那支春天的歌，把口琴往口袋裡一塞，說：

「小吸吸還沒醒嗎？」

「我想還沒醒，」小木民矮子精回答說，

「咱們得把他叫醒，」小嗅嗅跳起來說，「今天是個好日子，咱們該做件特別的事。」

「他向來比別人多睡一個星期。」

於是小木民矮子精在小吸吸的窗下先用口哨吹三下短的，再吹一下長的，意思就是「有事情」。

小吸吸被叫醒了，他抹抹睡皺了的耳朵，爬下繩梯。

小嗅嗅建議到山頂去堆石塊，大家一致同意了。他們來到山頂，小吸吸發現山頂上有一頂黑色的高帽子。

小木民矮子精拾起帽子，看了一下說：「這頂帽子好得出奇，而且還很新。」

「也許爸爸會喜歡它。」小木民矮子精又說。

「好吧，不管怎樣，咱們把它帶回去。」小吸吸說。

他們就這樣找到魔法師的帽子，把它帶回了家。

他們回家後，爸爸接過帽子，仔細地打量，接著戴上它。可帽子太大，幾乎遮住他的眼睛。木民爸爸歎了口氣，把帽子放到桌上去。

小吸吸看了急著問：

「怎麼辦？這麼好一頂帽子。」

「當字紙簍用吧。」木民爸爸說完，上樓寫回憶錄去了。

小嗅嗅把帽子放在桌子和廚房門之間的地板上。小木民矮子精順手把蛋殼扔進帽子。蛋殼立刻在帽子裡開始變形。蛋殼變軟像羊毛一樣，過了一會兒它漲滿整頂帽子。接著五朵白雲從帽邊飄出來，飄到陽臺那兒，輕輕落到臺階上，只離地面一點兒。帽子空了。

五朵白雲懸在他們面前，一動也不動，也不改變形狀，像在等待什麼。

小吸吸走過來摸摸它，說「像個小枕頭。」

小嗅嗅把一朵雲輕輕一推。它飄開一點，又停下了。

小吸吸叫嚷著跳上另一朵雲彩。「真妙！」可他剛說出個「真」字，雲彩便升起來，在地面上空繞了個彎。接著他們全都向那些雲朵撲過去，坐在上面。雲朵也發瘋似的顛來倒去。他們用一隻腳輕輕地壓，它就轉彎；用兩隻腳壓，它就向前飛；輕輕搖動，它就減速。他們就這樣駕著雲朵在天空飛翔。

他們玩得真開心，甚至飄到樹頂和木民家的屋頂上。小木民矮子精在爸爸的窗外繞圈子，大聲叫嚷。爸爸放下寫回憶錄的筆，走到窗前，感到不可思議。小木民矮子精駕著白雲到了媽媽的廚房窗前，對媽媽大聲喊叫，可媽媽正忙得不可開交，只顧炸她的肉卷。於是，他們駕著雲朵，四處飄飛，互相撞擊玩耍。

夏天裡的一天，木民穀下著濛濛細雨，於是大家決定在家裡玩捉迷藏遊戲。小木民矮子精看了看牆角那頂黑色精靈帽，便悄悄溜到那兒，把帽子扣到自己頭上。當他聽到其他人一個接一個被捉到時，他禁不住咯咯地笑。他怕大家找得發火，主動從帽子裡出來，說：「你們瞧瞧我！」

小吸吸把他看了半天，說：「瞧他這副模樣！」

「他是誰？」斯諾爾克小妞低聲問。

可憐的小木民在魔帽裡變成一隻非常古怪的動物。他身上胖的地方變瘦了，瘦的地方變大了。可他自己一點兒也不知道。小夥伴們都認不出他來了。他們一起向可憐的小木民撲過去。木民

媽媽喊道：「馬上住手，不許打架！」

小木民矮子精從人堆裡爬出來，氣得要命的木民媽媽說：「你到底是誰呀？」

「我是小木民矮子精，你是我的媽媽。」小木民矮子精哀叫道。

木民媽媽仔細地打量半天，把他那雙驚恐的眼睛看了又看，然後安詳地說：「對，你是我的小木民。」

就在這時他開始變樣了，耳朵、眼睛和尾巴開始變小，鼻子和肚子開始變大，直到他恢復原來的樣子。

後來他們在海灘上將一隻蟻獅裝進瓦罐，然後把蟻獅裝進魔帽。用一本外文字典蓋住。不一會兒，字典皺了，書頁像枯樹葉一樣卷起，外國字從上面落下來，滿地亂爬。沒多久，帽子邊上滴滴答答流下水來，水迅速漫出帽子，淌到地毯上。忽然間，帽邊出現一隻世上最小的刺蝟。它吸吸空氣，眨眨眼睛，渾身濕淋淋的。小刺蝟大模大樣地走到門口。

木民爸爸和木民媽媽覺得這一切實在不可思議，決定將魔帽扔掉。他們把它扔到了河水裡。

那天晚上小木民矮子精睡不著，躺在那裡思念遠去的魔帽。

小嗅嗅從河邊回來，悄悄對小木民矮子精說：「那帽子又漂來了，漂回河邊的沙灘上。」於是，他們像影子似的爬過花園，一起上河邊去。

小木民矮子精往河裡遊去。隨後他看見遠處沙洲上有一樣黑東西。他用尾當舵直上那兒，兩腳很快就踏在沙土上。

小嗅嗅心急地喊道：「怎麼樣，拿到沒有？」

「拿到了！」小木民矮子精叫道，用尾巴緊緊箍住那頂魔帽。他重新下水，遊回河這邊來。

他們決定把魔帽放在山洞最黑暗的角落，帽檐朝下扣在地上，免得有人落到帽子裡去。

（芬蘭）

魔法智慧

　　當發現魔法帽子的神奇作用後，小木民矮子精就好奇地嘗試著用魔法帽子變著各種不同的花樣，儘管把自己都變成怪物，還樂此不疲。後來，擔心出危險的爸爸媽媽把帽子丟掉了，可小木民矮子精卻將帽子找回藏起來，繼續自己的好奇、冒險之旅。看完故事，我們不能不被小木民矮子精大膽好奇、樂觀自信、勇於冒險的精神深深感動。

　　一粒百合花種子，不管種在什麼花盆裡，都會開出美麗的百合花；一個有著堅定信念的人，不管處在什麼環境，都會活出精彩。一個人只要對自己有信心，內心有強大的支撐力量，就不會被生活中的困難擊倒。小木民矮子精的樂觀自信，使他能在魔法帽創造的變幻多姿的世界裡，享受不一樣的精彩生活。

　　小木民矮子精總是嘗試著用魔法帽子勇敢地做出不同的花樣，儘管他也因此會遇到各種危險，但他卻從中發現不少新鮮的事物，經歷了豐富多彩的生活。這就告訴我們：在人生的道路上，每一扇門都應該去推一推，即使發現它推不開，這也是一種人生的成功。其實，成功很簡單，只要你有想法，有敢於一試的勇氣就可能達到。許多人在沒有成功以前，也和我們一樣普通，不同的是他們比我們更加具有勇敢冒險的精神。

魔法課堂　　　　被靈化的白茅

　　白茅這種野草，在河邊旁、山坡上、田埂裡隨處可見，可是在中國的南北朝以前，它卻一直都是巫師驅鬼除邪的重要靈物。真是難以想像吧！

　　在中國的周朝，巫師們常常手持白茅面向四面八方召喚鬼神，這時的白茅擁有著神的靈性和威力，既可以保護巫師，又可

以震懾鬼神。

　　我們常常接觸的一句成語叫「名列前茅」，其中的「茅」指的就是茅草。春秋時楚國軍隊中的先鋒部隊常常手舉茅草，號稱「前茅」，在這裡，茅草可不是簡簡單單地作為傳遞前方資訊、指揮後續人馬的工具，而是辟邪開道的靈物。當時的天子祭神時，還必須用白茅作為祭品下面的墊物。據說只有借著它的襯托，祭品才能升騰到神的世界。

　　當時還因為這小小的白茅，發生過一場著名的戰爭呢！

　　那時東方的齊國發動大軍征討南方的楚國，征伐的理由居然是楚國不再向周王室供給白茅。楚國的白茅是當時中國最好的白茅，能散發香氣，是周天子祭祀時的指定產品。這時周朝的地位早就一落千丈，強大的楚國根本不把它放在眼裡，沒有取而代之也就罷了，哪還會履行敬獻白茅的義務？可是齊國就覺得心裡不舒服，非干涉不可，戰爭就這樣不可避免地發生了。

白雪皇后

　　很久以前，在一個城鎮裡住著一對青梅竹馬的小戀人，男孩名叫加伊，女孩名叫格爾達。他們倆彼此真誠，相親相愛。他們一起看書，一起種玫瑰，一起聽老人們講白雪皇后的故事，一起念那首關於玫瑰的聖詩：「山谷裡玫瑰長得豐茂，在那我遇見聖嬰耶穌。」

　　那時，地獄裡的一個魔鬼製造出一面邪惡的鏡子。這面鏡子可以把一切事物顛倒過來，把好的變成壞的，把美的變成醜的，把善良的變成惡毒的⋯⋯

　　魔鬼非常得意，他想要帶著鏡子去把上帝變小丑，天使變怪物。當他快要飛到天國的時候，卻不慎失手把鏡子打碎了。成千上萬的碎片散落到人間。不幸的是，其中一片掉進了加伊的心裡，還有一片掉進他的眼睛裡。

　　從此，加伊被蒙蔽雙眼，看不到玫瑰的美麗，看不到老人們的仁慈，也看不到格爾達對他的愛。他瘋狂地拔掉玫瑰花，扔掉書，嘲笑年邁的老人們，還對格爾達惡言相向。

　　一天，加伊在街上滑雪，被一輛馬車拖到城外很遠的地方。在那裡，他遇到故事中的白雪皇后，頓時被她的冷豔吸引決定放棄一切，留在白雪皇后的身邊。

　　大家都認為加伊已經死了，但傷心的格爾達卻堅信加伊還活著。她不顧眾人的反對，隻身出發去尋找加伊。不幸的是，出門後不久，她就弄丟鞋子，只得光著腳繼續漫漫長途。

　　一路上，格爾達向花朵們打聽加伊的消息，她們告訴她加伊已經死了，要她不要再找。可格爾達還是不相信，繼續一邊趕路一邊打聽。一天，一隻烏鴉告訴她，附近的王宮有一位剛跟公主結婚的男子和她描述的加伊很像。於是，她請求烏鴉為自己帶路

去那王宮。

　　到王宮後，格爾達見到那位贏得公主芳心的男子，發現他並不是加伊。公主夫婦都被格爾達對加伊的真情打動，他們送給格爾達一輛裝滿黃金的馬車，祝福她早日與加伊團聚。

　　格爾達啟程後不久，不幸的事發生了：她的馬車被強盜搶去了。強盜頭領的女兒和格爾達一般大，要不是她求情讓格爾達和她做伴，格爾達可能就死在強盜們的刀下。

　　晚上，強盜頭領的女兒和格爾達聊天，格爾達就向她訴說自己的經歷。強盜首領的女兒聽後大為感動，決定幫助格爾達。這時，強盜首領女兒的馴鹿聲稱，在白雪皇后的領地上見過加伊，並表示願意為格爾達帶路。

　　第二天晚上，強盜頭領的女兒為格爾達準備路上的乾糧，還把馴鹿借給她當坐騎。她想辦法引開強盜們，幫助格爾達成功地逃出強盜的領地。

　　格爾達日夜兼程，幾天後終於看到北極光，到達白雪皇后的領地。

　　她騎著馴鹿來到一間小屋子，女主人熱情地招待她們。格爾達向女主人打聽白雪皇后的住處，女主人告訴她，一個芬蘭女人知道關於白雪皇后的事情。於是格爾達又輾轉去找那個芬蘭女人，終於得知去白雪皇后的宮殿的路徑。再次啟程後，格爾達才發現自己不小心把手套掉在芬蘭女人家裡。但是格爾達片刻都不願意耽擱，她顧不得寒冷，騎上馴鹿直奔目的地。經過長途跋涉，又過幾天，格爾達終於來到白雪皇后的宮殿。

　　白雪皇后的宮殿非常壯觀，四周的牆壁由冰雪做成，用雪片做裝飾，用寒風當門窗。當格爾達來到宮殿門口的時候，加伊正在宮殿裡用大塊的冰做拼圖。他凍得面色發紫，身體不停地顫抖，卻一點也感覺不到冷，因為他眼裡和心裡的魔鏡碎片早就使得他整個人都變麻木了。

　　這個皇宮實在是太大太複雜，格爾達一間房屋一間房屋地尋

找著加伊，她幾乎找遍所有的房間以後，終於見到他。她激動地衝上前去緊緊地抱住加伊，但加伊沒有任何反應，他已經不認識她了。她望著加伊凍得發紫的臉龐和冷峻的表情，傷心地流下眼淚。

格爾達不停地哭泣著，淚水流在加伊的臉上、身上。有一滴眼淚流到加伊的心裡，頓時他心裡的那塊魔鏡碎片融化了。突然加伊抬起頭，看著格爾達，好像想起什麼，但他的表情還是很迷茫。

過了一會兒，加伊開始默默地流淚，淚水越來越多，最終把眼睛裡的鏡子碎片給沖出來。這時他終於認出面前的格爾達，緊緊地抱住她。他的身體變得溫暖起來，他感到幸福和喜悅。

最後，加伊和格爾達手牽著手走出冰冷的宮殿，踏上回家的路。在回家的路上，他們所到之處，風為他們停息，雪為他們讓路，一切都為他們的重逢祝福。

他們一起探望幫助過格爾達的芬蘭女人，還探望老朋友馴鹿。當他們要走出北方邊界的時候，格爾達看到一個熟悉的身影策馬揚鞭，飛馳而過。原來是那個強盜首領的女兒，她想去北方闖一闖，她答應將來會去他們生活的城鎮看望他們。之後，他們還去看望公主夫婦。唯一遺憾的是那只曾為格爾達領路的烏鴉死了，他們沒能當面向它表達謝意。

當他們回到家鄉的時候，已經是夏天了，他們也已經長成大人，但他們的心依然如孩童般純潔。他們依舊還會看書，還會種玫瑰，還會一起念那首關於玫瑰的聖詩：「山谷裡玫瑰長得豐茂，在那我遇見了聖嬰耶穌。」

魔法智慧

　　格爾達歷經千辛萬苦，冒著生命危險去寒冷、遙遠的地方尋

找自己心愛的人，之後用自己的真心化解魔鏡的邪惡，解救自己的愛人。格爾達這份純潔而真摯的情感，不能不令我們感動。

真摯的情感是人世間最寶貴的財富，它能帶給人感動，帶給人溫暖，帶給人鼓舞和希望。讀過這個故事後，我們要像格爾達學習，學會真誠地對待他人的真心，同時無私地奉獻出自己的真心，這樣生活就會變得更加美好，我們也能因此獲得更多的快樂和幸福。

此外，格爾達堅持不懈的精神和頑強的毅力也值得我們去學習。當我們面對困難、遇到挫折的時候，當我們灰心喪氣、躊躇不前的時候，就想一想勇敢的格爾達吧！

魔法課堂　蘭花裡的祕密

蘭花是中國的花中四君子之一，蘭花的香氣在中國自古就有「王者之香」的稱號。蘭花清香脫俗，使人聞之心曠神怡、茅塞頓開。在古代一直就流行著蘭香能夠避邪祛病的說法。明代的神醫李時珍對蘭花就極為推崇。中國的巫師們對蘭花更是愛不釋手，不但將蘭花改造成巫術的靈物，還四處宣揚說它有靈性和靈氣。

據說，早在先秦時期，巫師們就把蘭草當成是辟除邪祟的靈物，手持蘭草到水中沐浴或者用蘭草煮湯的法術，在當時十分盛行。那個時候，貴族們在舉行重大的祭祀活動之前，總是提前一兩天戒齋，並用蘭湯沐浴。你知道嗎？中國古代在暮春三月到河邊洗除邪穢的「祓楔」風俗就與蘭湯辟邪密切相關呢！每到這一天，男女老少都聚集在河邊，手裡拿著蘭花草洗濯身體，祓除不祥，真是很新鮮、很有趣吧！

隨著時代的發展，蘭花越來越少被拿來作為避邪的靈物。但是，蘭花至今還因為它獨特的魅力，傳播吉祥如意的福音。

第六章 靈巧可愛的小精靈

老鞋匠與小精靈

從前，有個忠厚老實的老鞋匠，與老伴住在城門外一座孤零零的小房子裡。他每天都非常辛勤地做鞋，卻只能勉強地維持生活。

有一天，家裡的皮革只夠做一雙鞋子了。

「唉！我只能做最後一雙鞋子了。上帝呀，請幫幫我吧！」可憐的老鞋匠一遍又一遍地祈禱著，直到晚上上床睡覺。

第二天一大早，老鞋匠正要準備用那皮革做鞋子時，卻發現工作臺上放著一雙已經做好的鞋子。

「天啊！這是怎麼回事？」老鞋匠驚訝不已。

就在這時，一位顧客走進來，一眼就看上那雙鞋，並嘖嘖稱讚了一番，之後用兩倍的價錢買下來。

這可是他們做鞋以來賣得最好的價格呀，這些錢不僅能買做兩雙鞋子的皮革，還有不少剩餘。老鞋匠高興地不得了，當天他就帶錢進城去買皮革和一些好吃的，回來和老伴高高興興地吃了一頓豐盛的晚餐。

吃完晚飯，老鞋匠把買回來的皮革裁剪好，樂滋滋地說：「明天我要把這兩雙鞋做好。」說完他就開開心心地上床睡覺了。

第二天一起床，老鞋匠又驚訝地發現：放在工作臺上的皮革又不見了，取而代之的是兩雙已經做好的鞋子。這兩雙鞋簡直是棒極了，他從來都沒見過做工這麼好的鞋子。

沒多久，店裡來了幾個顧客。他們看著鞋子，紛紛發出讚歎：「多麼精美的鞋子啊！我這輩子還是頭一次見到這麼好的鞋！」

和前一天一樣，兩雙鞋子又賣了好價錢。這下，老鞋匠可以

買做四雙鞋子的皮革了。

　　以後的每個早上，只要一起床，老鞋匠就會發現前一天準備的皮革都已被做成鞋子。那些鞋子都做得非常好，顧客們都十分喜歡，總是會給一個好價錢。老鞋匠的生意越來越好。

　　十多天後的一個晚上，老鞋匠一邊忙著裁剪皮革，一邊對老伴說：「這麼長時間以來，到底是誰在幫助我們呢？今晚我們就來看個究竟吧。」

　　老伴同意了。於是他們就在工作臺上留下一盞亮著的燈，沒去上床睡覺，而是悄悄地藏在一個角落裡。

　　半夜時分，只見兩個小小的光著身子、打著赤腳的小精靈出現了。他們敏捷地爬上工作臺，拿起老鞋匠裁剪好的皮革就開始工作起來。他們靈巧地用小手把皮革一塊一塊地縫好，然後用大木槌輕輕地敲實。沒等到天亮他們便把所有的鞋子都做好，然後悄悄地消失了。

　　老鞋匠和老伴看到這一切後都嚇呆了，他們簡直不敢相信自己的眼睛。

　　第二天早上，老伴對老鞋匠說：「這些小精靈讓我們生活得這麼快樂，我們應該感謝他們。你看他們都光著身子，看著叫人好心疼，不如我給他們做一身暖和的衣服吧？」

　　老鞋匠一拍腦袋，說：「對啊！那我就給他們每人做一雙小鞋子吧，他們就不用打赤腳了！」

　　於是，老鞋匠夫婦就開始為小精靈們忙碌起來。

　　黃昏的時候，他們終於把衣服和鞋子做好了。晚上，老鞋匠沒有再把裁剪好的皮革放在工作臺上，而是把做好的小衣服、小鞋子放在上面。然後，他們又悄悄地藏起來，想看看會發生什麼事。

　　半夜裡，小精靈們又來了，當他們看到工作臺上放著的衣物時，不知有多高興。他們穿上衣服和鞋子，眼睛裡閃爍著喜悅的光芒，興奮得放開嗓子唱起來：「快來看看我，我是多麼英俊瀟

灑的帥氣小夥子！」

他們神氣活現地唱著、舞著，跳過椅子，爬上碗櫥，開心的不得了。天快亮的時候，他們一邊跳著舞，一邊走出大門。

從那以後小精靈們就再也沒有回來過。老鞋匠仍像往常一樣辛勤勞動，他做的鞋子依然受歡迎。他們兩夫妻再也不用為生活發愁，他們幸福地生活著，直到快快樂樂地離開人世。

（改寫自《格林童話》）

魔法智慧

當勤勞、善良的老鞋匠夫婦正要處於窮困潦倒的時候，兩個可愛的小精靈替他們製作鞋子，不僅幫他們渡過難關，還過著幸福的生活。出於感謝，老鞋匠夫婦特地為小精靈製作精美的衣服和鞋子，讓他們感受溫暖和快樂。

這個輕鬆、溫暖的故事告訴我們：機遇和好運總是給那些勤勞、善良的人準備的。當我們苦苦追求心中的夢想沒有實現，山窮水盡的時候，記得要繼續堅持，或許再堅持那麼一下下，幸運就會降臨，就像老鞋匠夫婦那樣，有兩個可愛的小精靈不聲不響地來幫助我們了！

魔法課堂　　精靈是什麼

精靈是不能被我們的眼睛所看到的，它們是出現在西方神話和傳說中的超自然的存在。

精靈是怎樣來到這個世界上的呢？有人說它們是神送到世上的天使；有人說它們是在《聖經》中出現的被夏娃藏起來的孩子們；也有人說它們是因犯罪或傲慢，從天國被驅逐的天使。

精靈們時常被描述為帶著翅膀、有人的生命，而且它們擁有魔法能力。但是精靈的大小都不一樣，它們有的個子長到我們人

這麼高大，有的卻只有螞蟻那般大小。它們的外貌也不盡相同，有長得十分美麗的，也有長得如同怪物那樣醜陋的。

　　人們往往認為精靈是神聖的存在，其實它們既不神聖也不邪惡，它們過著和人類似的生活，有的群居，有的卻獨自生活。它們生活的場所也不一樣，有的快樂地生活在自然界中，如樹和水的精靈；有的卻很悲觀，只願意躲在洞穴裡生活。

會飛的枕頭

從前，在西方有一個美麗的小國。一條湍急的大河流經這個小國，把領土分成幾乎同樣大小的兩部分。

小國的國王和王后只生了一個王子，他們都十分愛他，但感情卻不好，整天爭吵不休，最後只好離婚。離婚後，國王繼續統治著大河的右岸，王后則遷居到大河的左岸。

離婚後，他們兩個人都希望王子跟自己在一起。王子也左右為難，他愛父親，也愛母親，哪個都不想失去。怎麼辦才好呢？他覺得非常苦惱，就在父王的宮殿裡來回踱步。

突然，王子發現，在一個角落有一間很小的房子，房門和牆壁嚴密合縫，不仔細看很難發現那是一道門。他推開房門，走進那間小房子，發現一個鐵制的王冠，原來這就是傳說中的智慧冠。

王子戴上智慧冠，瞬間他的腦子裡就有一個好主意：他把自己的床橫架在大河最窄的地方。這樣一來，每天夜裡他就都睡在父王和母后的領地中間了。

這樣過了一年之後，國王和王后都不滿足於現狀，兩人都想獨自擁有王子，因為王子越來越討人喜愛了。

一天夜裡，國王和王后同時從河的兩邊爭奪王子，都想把王子的床拉向自己那邊。結果床架散了，王子掉進了河裡，順著湍急的河水漂得不見蹤影。

幸運的是，漂了好長一陣後，王子的床架被河中的一座木房子攔住，一個划著小船的美麗少女出現在他眼前。王子向少女打聽後，才知道自己來到大河的下游，已經離自己的國家很遠很遠了。

這個善良的少女叫苔絲，她冒著生命危險偷偷地把王子救回

來，並讓他和自己一起住在河中的木屋裡。苔絲告訴王子：這片土地屬於大鳥王國，兇惡的大鳥國王整天在空中盤旋，監視著自己的領地，以防外人入侵。她是大鳥國王從外地搶來的新娘，也是大鳥王國唯一的居民。大鳥國王嚴格控制她的行動自由，就連她最喜愛的玩具熊都不允許她留在身邊。她感到自己如同生活在牢籠裡，痛苦極了。

王子聽了後，非常同情苔絲的遭遇，決心要帶她逃出去。有一天，王子利用大鳥國王睡覺的機會，帶著苔絲成功地逃出大鳥王國，並把她送回家。

在返回自己國家的路上，王子在經過一片森林時發現被大鳥國王丟棄的玩具熊，那是苔絲最心愛的玩具熊。他趕忙走過去，想拿起玩具熊，結果不小心掉進一個陷阱中。

挖陷阱的人把王子捆起來，關進地窖裡。在地窖裡住著一個小怪物，王子對它十分友善，他們很快就成為好朋友。

這小怪物其實是一個小精靈，它長相奇特，既像海狸，又像倉鼠，還有點像田鼠。它告訴王子，綁架他的人是一對壞兄弟，一個瘦高，一個矮胖。他們打算利用王子跟國王和王后交換金銀財寶，但等他們得到後，就會把王子殺害。

王子聽了之後十分生氣。他在小精靈的幫助下，逃出地窖，並巧妙地把那一對壞兄弟關進去。

王子和小精靈分別的時候，小精靈送給他一個會飛的枕頭。這個飛枕按照小精靈的吩咐，載著他沿著大河溯流而上，把他帶到大河中央的一個小島上。島上住著一位老爺爺，他就是智慧老人，王子在父王宮中找到的智慧冠就是他親手製作的。智慧老人家門口長著一棵智慧樹，它通天文，曉地理，無事不知，還能夠預測未來的一切。

智慧老人見到飛枕後，知道王子是小精靈的朋友，便熱情地招待王子，當他得知王子的遭遇之後，就派出兩隻鴿子分別給國王和王后送信。悲傷的國王和王后聽說王子還活著，飛快的趕到

小島上。

在小島上，智慧樹告訴國王和王后，他們以前之所以總是吵架，是因為兩個人心中都有心魔，只要他們能夠互相走進對方的心中，為對方打開心結，心魔就會被降伏。在智慧樹的幫助下，國王和王后終於打開心結，向對方真誠地道歉，表示要重歸於好。看到這一幕，王子心中不知有多開心。

回國後，他們一家三口終於團聚了。從此，那只神奇的飛枕一直跟隨著王子，每當王子想念他的朋友時，小飛枕就會載著他飛到他的朋友所在地與他們相聚。直到現在，王子還會經常去看望苔絲、小精靈和智慧老人呢。

（世界經典童話）

魔法智慧

王子在國王和王后的爭奪下，掉進急流的河中，從此開始既驚險又有趣的經歷。他遇到美麗的苔絲、機智的小精靈、神奇的飛枕、善良的智慧老人，他們都給他許多無私的幫助。最後，在智慧樹的幫助下，王子的父母終於解除心魔，重歸於好，從此他們一家三口過上了幸福的生活。

有時候，我們會像故事中的國王和王后那樣被心魔困擾，關閉自己的心靈，拒絕與人溝通。這樣，雙方的誤會就越來越深，感情的傷害也會越來越重。所以，我們應該時刻警惕心魔，學會敞開心扉，樂於助人，積極地和他人交流，建立良好的人際關係，這樣我們才能輕鬆快樂地生活。

魔法課堂  精靈的特徵

精靈大多沒有明確的男女區分，但有些特殊的也有男和女的性別。有的精靈只有男或女一種，有些精靈有男和女兩種，也有

的精靈不是男的也不是女的。

　　精靈擁有隨心所欲改變自己樣子的能力。它們可以把自己的身體變得像森林中的大樹那麼高大，也可以變得像灰塵那樣渺小，它們也可以變成動物的樣子。它們喜歡用這種變身魔法，來誇耀自己，偶爾也用於警告人類。

　　精靈討厭陽光，主要在夜晚活動，它們白天個個都找適當的場所呼呼大睡到日落。據說，如果我們看到這些正在熟睡的精靈，千萬不要招惹它們或者將它們叫醒。否則，它們就會搗蛋或加害於我們。

銅壺裡的精靈

「猜猜看我找到什麼？」辛太太從閣樓裡大聲向先生喊著。

「巧克力布丁？」辛先生不大熱心地亂猜一通。

「獨角獸？」

「好吧，」辛先生有氣無力地說，「我那件袖子有破洞的舊夾克？」

「不是啦，」辛太太勝利地宣佈，「是佛拉表姊的銅水壺！」

「你該記得的，」辛先生說，「佛拉到哪兒都帶著它，但這次她離開時把它給我了。」

「噢，對對，我想起來了。」辛太太說，「可是我們怎麼都沒她一點消息？連她去哪兒都不知道。」然後把銅壺拎進廚房，「這上面滿是銅綠，但是用磨光粉用力擦擦，一定會很漂亮。」

辛先生看著太太找磨光粉的背影：「你會不會覺得佛拉有點怪怪的？」

「你什麼意思？」辛太太問。

「噢，我也說不上來。」辛先生答，「你記得她以前老是喜歡騎在掃帚柄上嗎？」

「那個呀，」辛太太說，「那是過去了。而且，我以前也喜歡過訓練青蛙跳遠，你也喜歡收集各式各樣的乳酪不是嗎？佛拉為什麼不能也有一點自己的嗜好呢？」

「好吧，算你有理。」辛先生說。

辛太太又找了一塊乾布，就在壺上用力摩擦起來。

一個精靈從壺嘴裡升起來，一會兒站在他們面前：「主人，您有什麼吩咐？」

辛太太瞪著眼睛，嚴肅地說：「你不認為應該稱呼我『辛太

太』比較禮貌嗎？」

「好吧！」精靈說，「辛太太，您有什麼願望？」

「我現在什麼也不要，」辛太太回答，「但是謝謝你這樣客氣。」

辛先生走近一點，仔細地看著精靈：「我不知道壺裡頭竟然有個精靈。」

「我也不知道，」辛太太說，「佛拉好像沒提到過。」

精靈轉頭對辛先生說：「主人，您有什麼願望嗎？」

辛先生很努力地想了一下，說：「沒有。但或許你可以告訴我們一件事」

精靈低沉地說：「即使赴湯蹈火，我都要想辦法為您找到答案。」

「噢，沒那麼嚴重，沒那麼嚴重。」辛先生連忙說，「我只是想知道，佛拉表姊到哪去了？」

「這是這世界上，我唯一不能解答的問題。」精靈長歎一聲，「前一分鐘，我們兩個人還在閣樓上談住在銅壺裡是件多麼不舒服的事，下一分鐘她就不見了。」

「她難道沒告訴你，她去哪兒了？」辛太太問。

「沒有。」精靈很憂傷地說，「我坐在銅壺裡，銅壺坐在閣樓裡，一直等，一直等著有人叫我出來，直到今天。」

「你一定要原諒我們，」辛先生老實地說，「我們從來沒有擁有精靈的經驗，我們不知道該拿你怎麼辦才好。」

「噢，我真希望您能想出點差事讓我做做。」精靈說，「您一定不能想像，呆坐在壺底幾年無事可做的感覺，我想您一定沒試過。」

辛先生必須承認他的確沒試過。他想了一會兒，很同情地說：「那一定很無聊。」

「是。」精靈同意。

「你一定覺得很拘束！」辛先生繼續說。

「是，」精靈說，「睡覺的時候，我得把頭伸到壺嘴裡去，才躺得下來。」

「可憐的東西！」辛太太驚歎著。

精靈吸一下鼻子，忽然說：「我的時間到了。如果你們沒有事情讓我做，照規矩，我該很快回去的。」他腳伸進壺嘴，一會兒就不見了。

「你要不要喝點茶？」辛太太真替他難過，就掀開壺蓋對他說，「我馬上煮點開水好泡茶。」

「不要用這個！」精靈喊叫著，趕忙把頭伸出壺嘴。

「當然當然，」辛太太說，「我們還有個電壺呢。」

辛先生和辛太太喝著茶。

辛太太：「佛拉實在太過分了，也不跟人家說一聲，就一走了之。」

「我跟你說過她很奇怪的吧？」辛先生搖搖頭。

「你說我該不該繼續把銅壺擦亮？」辛太太問。

「我想不要吧，」辛先生說，「那它又要跑出來，不知道要做什麼了。」

隔壁的太太敲門，問可不可以借用一下種花用的小鏟。

辛太太說：「我們沒有，但是，我們家銅壺莉的精靈也許可以幫你找一個來。」

隔壁太太說：「那太麻煩了，我找個大的鐵調羹湊合湊合好了。」就走了。

辛先生和太太走到客廳，舒適地坐在火爐旁，說著話，一會兒就睡著了。

忽然，一聲尖銳的摩擦聲。

「啊，那是佛拉的掃把降落在地上的聲音！」辛先生，跑到窗口。

一分鐘以後，佛拉走進客廳，手上抱著一個巨大的容器。

「那是什麼？」辛太太睜大了眼睛。

「俄國式的大茶壺！」佛拉說，把壺放在桌上，「為了它，我特地跑到俄國去。回來的時候，正遇到大風雪，所以才費了這麼久時間。銅壺呢？」

辛太太把它拿進客廳。

佛拉用斗篷的一角用力擦著壺身。精靈出來了。

「主人，有什麼吩咐嗎？」精靈看起來十分疲倦。

「親愛的，」佛拉說，「我回來了。」

精靈看到桌上的俄國大茶壺，眼睛一亮：「哇，這是給我的嗎？」

「是的。」

精靈發出一聲短促的尖叫，立刻從壺嘴鑽進去。

佛拉打開壺蓋，向裡面看著：「舒服一點嗎？」

「是。」

「夠寬敞嗎？」

「是。謝謝您。」

佛拉抱起大茶壺就向門外走

「這麼快？」辛太太問。

「是，再見。」

「我得走了。

辛太太從視窗向佛拉揮手道別之後，跟先生說：「現在我可以把這個銅壺擦擦亮了，它放在壁爐上一定很好看的。」

她把銅壺擦得金光閃閃，很滿意地對先生說：「好了，我們終於可以睡個午覺了。」他們都在壁爐前睡著了。

一個精靈從電壺裡跳出來，走向銅壺：「終於──我還以為那傢伙永遠也不會搬走呢。」它爬進銅壺嘴的時候自言自語：「有時候，那個地方實在太熱了。」

（美國琳‧達愛林）

魔法智慧

　　銅壺裡的精靈抱怨住在銅壺裡不舒服，於是主人為他換了一個大茶壺。殊不知，待他住到大茶壺後，住在電壺裡的另一個精靈卻馬上走向銅壺，原來電壺實在太熱了，這個精靈一直盼望著住進銅壺中。

　　這個故事真是很有趣，但同時也很值得我們思考。它告訴我們，無論在什麼時候都不要抱怨，當你感覺自己很不好的時候，也許別人的處境比你更糟糕，你所不滿意的卻正是別人所羨慕的。這就好比我們的人生，有缺陷的人生只要懂得「知足常樂」，不僅能增添了生活的樂趣，日子也會因此會越來越快樂。所以，我們要學會知足，學會在遠處欣賞人生的美景。

魔法課堂　　精靈們所擁有的特別的東西

　　精靈們不只可以變身，施展魔法，具有各自特別的力量，它們還擁有很多神奇的東西。一起來見識見識幾種吧！

　　「精靈粉」：擁有魔法力量的金粉，如果把這粉沾在身上就能在天空飛一段時間。因為精靈叮叮鈴被噴了這種粉，溫蒂、邁克爾、約翰才能在天上神奇地飛翔。

　　「精靈的金罈子」：盛滿著精靈們祕密儲藏的金子的小罈子。據說精靈雷普勒坎擁有最多，此外，別的精靈也在這金罈子裡放寶物。

　　「草笛」：是用據說只在有精靈的樹林深處生長的魔法草所製造的笛子。當笛聲傳來，精靈們就會現出原形，跟著笛聲跳舞。

　　「魔法鐵砧」：據傳是鐵匠德渥普所造的特別的鐵砧。它是將燒得滾燙的鐵放到上面敲擊時，作為墊子的鐵塊。它十分堅

固，任何強有力的武器都不會破碎它，任何滾燙的火都不能將它熔化。

　　「米奧尼爾」據說這也是鐵匠德渥普所造，它是附著魔法力量的小錘子。只要用它敲擊一次土地，被敲擊的周圍相當一部分土地就會下沉，而且據說它的大小可以隨意變化。

人所不理解的小精靈

　　某個傍晚，布勒德諾克村的大人們都站在自家的門口，聊著東家長西家短。突然一陣古怪的嘈雜聲音從河那邊傳過來。聲音越來越近了，大家停止了聊天，朝大路方向瞧。只見那邊走過來一個令人害怕的怪物。所有的人都被嚇壞了，孩子們哭叫著藏在媽媽的長裙底下。

　　這個怪物從頭到腳長滿毛，沒穿衣服，只有一條小小的綠色燈芯草的小褶裙掛在腰間。他的頭髮粘在一起，頭懸在胸前，臉上藍色的鬍子長得幾乎碰地，一雙圓圈腿，走起路來兩腿互相碰撞。他的手臂長長的，垂在泥地上拖著。

　　他慢慢地走著，還一遍一遍地哼著這句話：「你們有工作給艾肯·德拉姆做嗎？」看得出來，他很渴望得到人們的回答。

　　這一刻，空氣都凝滯了，大家站在那裡，用懷疑害怕的眼光看著他，好像著魔似的。

　　老奶奶鄧肯是村裡最老、最和善的人，她第一個恢復理智，說：「他也許是鬼，也許是妖怪或者是幽靈，也許只不過是個無害的小精靈，這我說不準。但是，我知道，他要是邪惡的精靈就不敢看《聖經》。」說著，她跑回自己的小屋，把放在視窗桌上包了牛皮封面的大本《聖經》拿了來。

　　她站在大路上，捧著《聖經》，直對著那個動物。他並沒有十分注意《聖經》，好像那不過是個舊歌本。他繼續慢慢朝前走，繼續發出渴望工作的呼叫聲。

　　鄧肯奶奶勝利地喊道：「他不過是個小精靈，一個單純，好心的小精靈。我從前曾經聽到人們提起過，只要對他好，他會每天替你工作很長時間的。」

　　從鄧肯奶奶的話裡得到鼓勵，大家都擁向小精靈，靠得近

些。他滿臉是毛，但是卻顯得和藹、溫順，小眼睛裡閃現出一股光芒。

精靈告訴大家，他想學習為人們服務，他想在村裡待一段時間，幫大家做一些事。他聲明自己不需要任何照顧，既不要工錢，也不要衣服、被褥。只要睡在穀倉的角落裡，晚上給他放一些麥片粥就行了。要是沒人打擾他，他隨時準備為需要他的人工作。他會做很多的事情，例如看嬰兒、收穀子、脫玉米粒、照管馬廄等等。

但是，沒有人對他的要求做出明確的答覆。因為他們從來沒聽說過，有人替別人做事，卻什麼也不要求回報。頓時，周圍的氣氛尷尬起來。

這時，鄧肯奶奶又發言了：「我告訴你們，他不過是個小精靈。一個可憐無害的小精靈。我小時候聽過很多關於小精靈的事。只要大家對他好，不去打擾他就行。我們整個夏天不是一直在抱怨日子不好過，工錢低，缺人手幫忙嗎？現在，現成的來了，你們又不要，只不過因為他長得與眾不同。」

但是，人們還是不敢下決定，他們也怕以後惹麻煩，畢竟這個精靈是好還是壞，光聽鄧肯奶奶那麼說也不能斷定。

鄧肯奶奶努力懇求大家相信她，後來，一位磨坊主答應精靈的要求，並騰出穀倉的角落讓精靈睡覺。鄧肯奶奶答應每天晚上煮好麥片粥，讓她的小孫子送來。於是，大家彼此道了晚安，各自回家。路上，人們還不時回頭看看，害怕那個怪物會跟上來。

可不到一個星期，大家的態度都變了。精靈實現他的承諾，每件事都做得好好的。他成了人們心目中最了不起的工人。令人們感到奇怪的是，他多半在夜裡工作。他把玉米安全地運到穀倉，用茅草把屋頂鋪好，而且一抬手就做完了。這個村子成了這一帶議論的話題。人們從四面八方趕來，都想看看這個毛茸茸的、古怪的小外來客。但是誰也沒瞧見，因為從來都找不到他。人們可以一天去磨坊主的穀倉看上二十次，但每次都只看到一堆

乾草。儘管那些麥片粥在早晨總是不見了，可就是沒人知道他什麼時候回家，什麼時候吃飯。

但是只要什麼地方有事情要做：不管是給生病的孩子唱歌，或是整理房間，把割下的麥子捆上，把麵包烤熟，暴風雨之夜把羊群趕回家，幫助累壞了的村民把柴扛回家，他總會知道，也總是及時趕到。真好像大家都戴著魔帽似的，只要一想，事情就做完了。

漸漸地，精靈艾肯‧德拉姆成了村中家喻戶曉的名字，大家都把他當成是村子裡重要的一員，小孩子們都十分喜歡他，願意和他親近。

可是有一天，村中有一個自認為很聰明的懶婆婆，突然向大家提出，讓精靈艾肯‧德拉姆做事而不給工錢是不對的。

她一天到晚絮絮叨叨地老跟大家說這件事，大家每次都跟她說，艾肯‧德拉姆幹活兒只是為了愛，可她就是不相信。

她無論如何也無法理解人家為什麼那樣做，於是她下定決心，做自己認為正確的事，好給大家樹立榜樣。

一天夜裡，她拿了丈夫的一條破爛的舊褲子，放在麥片粥旁邊，以表示對精靈的感謝。但是，精靈的感情卻因此受到傷害，認為大家沒有把他的勞動當做無償的。就在當晚他消失了，再也沒有回來過。

（改寫自蘇格蘭童話）

魔法智慧

好心的小精靈無償地為村民們做了很多事，得到他們的信任和喜愛。大家都誠懇地接受小精靈的要求，並且理解和尊重他的想法。可是，村中的懶婆婆卻自以為是的認為村民們要給小精靈報酬，並自作主張地給小精靈送去酬勞品，小精靈因此受到傷害，當場就消失了。

　　故事給我們一個需要深深吸取的教訓：不要把自己的思想強加於別人，不要用自己自以為是的主觀看法去度量別人，否則就會對他人造成傷害，所做的一切也只會適得其反。在生活中，我們要做一個通情達理、善解人意的人，多多傾聽別人的心聲，理解別人的難處，不辜負別人的好意。總是自以為是地考慮問題，自作主張地做一些別人所不願意的事情，是自私的表現。有時我們不妨站在對方的位置上思考，為對方著想，為對方分憂。懂得這個道理，我們就會成為一個受歡迎的人。

魔法課堂　　精靈們的年齡

　　精靈以永生不死為人們所熟知，但並非所有的精靈都可以永生。就像樹林精靈雷胥，在每年秋天到次年春天，會隱蔽起來或暫時消失一段時間。守護樹林的精靈恩特或樹木精靈德律阿得斯，會隨著棲身的樹的死亡而跟著死去，隨著棲身的樹永生而得到永生。所以，它們的死亡往往是因為樹林裡發生山火或人們砍伐樹木而造成樹木死亡的原因。

　　如果一個精靈出現在我們面前，我們能猜出他的年齡嗎？其實，我們要想正確地說出精靈到底是多少歲幾乎是不可能的事情，因為精靈世界裡沒有和人間一樣的時間單位。但可以肯定的是，他們要比我們人類活得長很多。據說，土地精靈諾姆的壽命在200歲到300歲左右，矮人精靈德渥普的壽命是200歲，而霍比特的壽命一般在100歲到130歲左右。真是令我們羨慕呀！

玻璃瓶中的妖怪

從前，有個窮樵夫和他的兒子相依為命。他的兒子唸書很優秀，已經上大學了。儘管樵夫每天早起晚歸的工作，一直節衣縮食，但家裡錢卻不知不覺地用光了，兒子不得不輟學。

懂事的兒子，沒有對樵夫抱怨半點。他決心依靠自己的力量賺夠錢，將來繼續完成自己的學業。

輟學在家的第二天一大早，他就決定和父親一起上山砍柴賣錢。但家裡只有一把斧頭。於是，他就去向鄰居借一把斧頭。鄰居知道他是個懂事的孩子，瞭解他的想法，便欣然把斧頭借給他。

之後他就跟著父親來到森林中。他們砍了三四個小時候後，已是中午時分，父親便說要吃午飯了。他拿出了從家裡帶來的乾糧，要兒子先吃，休息一會再繼續。可兒子卻說他還不餓，要父親先吃，他到附近看看有沒有好砍的柴。

他走著走著，來到一棵大橡樹下。突然，他的耳邊傳來一個低沉的聲音：「放我出去！放我出去！」他們四處搜尋，卻什麼也沒有發現，似乎那聲音是從地底下鑽出來的。

他於是大聲喊叫道：「你在哪兒啊？」

那聲音回答說：「我在這兒，埋在老橡樹的樹根下面。放我出去！放我出去！」

小夥子開始在樹根周圍挖了起來，終於在一處小土坑裡找到了一隻玻璃瓶。他拿起玻璃瓶，對著陽光看了看，只見有一個青蛙模樣的精靈，在瓶中瘋狂地上躥下跳。

「放我出去！放我出去！」那個精靈又喊了起來。

小夥子想也沒想就拔掉了瓶塞。說時遲，那時快，精靈一下子就從玻璃瓶裡竄了出來，立刻開始不停地變大，轉瞬之間，變

成一個十分可怕的巨人，個頭有那棵老橡樹一半那麼高。

「你知道嗎？」這個傢伙聲音粗啞，語氣嚇人，問小夥子，「你把我放出來，會得到什麼回報呀？」

「不知道，」小夥子毫無懼色地回答說，「我怎麼會知道呢？」

「我為此一定得擰斷你的脖子。」精靈回答說。

「你要是早點告訴我就好啦，我就不會放你出來了。」

「什麼這個那個的，反正你一定得接受你應該得到的回報。難道你以為，我是被無緣無故地關押在那兒的嗎？不是的，這是對我的懲罰。我是威力無比的，不管誰放我出來，我一定得擰斷他的脖子。」

「好吧，」小夥子冷靜地回答說，「不過，首先你得向我證明一下，剛才坐在那個小瓶子裡的人確確實實就是你這個龐然大物。你要是能再鑽進去，我就服氣了，然後，我就任你處置好啦。」

精靈趾高氣揚地回答道：「沒問題。」說著就開始把身子縮小，越縮越小，最後小到能夠從瓶口鑽進去了。那個傢伙剛鑽進瓶子裡，小夥子立刻俐落地把瓶塞用力塞緊，隨手把瓶子扔回到樹根旁的老地方，便轉身要回到父親那兒去了。

「喂，放我出去吧！放我出去吧！」那個傢伙卻尖著嗓子淒淒慘慘地嚎叫起來。

小夥子斬釘截鐵地回答說「不」，他絕不再做那種蠢事了。可那傢伙說，他保證不擰斷小夥子的脖子，還會給小夥子一筆一輩子都花不盡的財富。

於是，小夥子又拔掉瓶塞，那精靈鑽出來後越變越大，又變成了一個巨人。

「現在你該得到你的回報了。」那個傢伙說著遞給小夥子一塊橡皮膏模樣的東西，告訴他說，「用它的一頭在傷口上輕輕碰一下，傷口就會癒合；用另一頭在鋼鐵上敲打一下，鋼鐵就會變

成銀子。」

「我得先試一試。」小夥子說罷走到一棵大樹跟前，用斧子把樹皮砍掉一小塊兒，然後用那玩意兒在樹皮的傷損處輕輕地碰了一下，樹皮果真癒合了。

「確實不錯，」他對精靈說，「現在我們該分手了。」

精靈感謝小夥子搭救了他，小夥子也感謝精靈送給他這件禮物，然後他們動身各走各的了。

小夥子回到父親身旁，父親問他怎麼去這麼久，他神祕地朝父親一笑。

「爸爸，您看好啦，我一斧下去就能砍倒那棵樹。」

說完，取出那玩意兒來，在斧子上擦拭了一番，然後猛地一斧砍了下去。斧頭上的鐵已經變成了銀子，所以斧刃缺了口。

父親一看，目瞪口呆，說道：「哎呀，這斧頭壞了，這可是借來的呀！」

「您別擔心，」兒子說，「我賠斧頭就是嘍。」

「唉，你這個傻瓜，拿什麼賠呀？我可是身無分文了。」父親無奈地說。

到家後，父親對兒子說：「去把這壞斧頭賣了吧，看能賣多少錢，不夠的只好由我來賺，好賠鄰居一把新斧頭。」

兒子拿著斧子來到城裡的一家金店，金匠驗了斧頭的成色，放在秤上稱了稱，說道：「這把斧頭值四百個銀幣，可我手裡沒有這麼多的現金。」

小夥子卻說：「那好，您手頭上有多少就給多少吧，餘下的就算是我借給您的。」

於是，金匠給了他三百個銀幣，還欠他一百。

隨後，小夥子回到家裡，對父親說：「爸爸，我有錢啦。去問一問鄰居，他那把斧子值多少錢。」

「我不用問也知道，」父親回答說，「一個銀幣。」

「那好，咱們給他兩個銀幣，加倍償還。」兒子說道，「您

瞧，我有的是錢。」說罷，他給了父親一百個銀幣，並告訴父親從此以後再也不會缺錢花了。

「我的天呀！」父親驚呼道，「這麼多的錢是從哪兒弄來的呀？」

於是，兒子把事情的來龍去脈告訴了父親。

之後兒子用餘下的錢，返回大學繼續了學業。因為精靈給他的那個可治各種各樣傷口的玩意兒，他還成了聞名於世的醫生。

（改寫自《格林童話》）

魔法智慧

因為家庭困難不得不輟學的小夥子，沒有半點怨言，並決心依靠自己的力量賺錢，繼續完成自己的學業。於是他跟隨父親到山中砍柴賣錢，在山中因為搭救一個精靈，幸運地得到了精靈的幫助，從而實現了繼續學習的願望。

天空屬於每一個自強不息的翅膀，生活不會隨意拋棄任何一個人，即便是在我們一無所有、孤立無援的時候，只要我們還擁有堅定的信念，自強不息，努力前行，生活仍然會給我們一個重新站起來的機會。如果我們能像故事中的小夥子那樣，在困境的時候，不怨天尤人，不牢騷滿腹，而是自強自立，努力依靠自己的力量走出困境，那麼我們就會成為一個堅強而又有魄力的人，我們的天空就會越來越寬廣，我們腳下的路也會越走越遠。

魔法課堂　　精靈們的飲食

精靈們吃什麼呢？大部分精靈們喜歡喝樹葉或花瓣上的露珠，喜歡吃蜂蜜和牛奶。它們有時也吃從田園裡收來的麥子、大麥或豆子。當然，這些並不是它們自己種植的，而是從人們的倉庫或田園悄悄偷來的。

　　你知道嗎？精靈布勞尼愛吃麵包和牛奶，常靠幫人們擠奶或做家務獲得它們；出現在波斯神話中的美麗精靈佩里，靠吃麝香或紫檀、白檀、香櫞的香氣生活；精靈厄爾芙吃從自然中獲得的飲料或果實；有幾個精靈食肉，它們會捕食巨大的動物，甚至是人。

　　精靈們認為蘑菇是神仙們掉下來的孩子，所以蘑菇在精靈國度最受歡迎，它也常被用在精靈們的日常生活。精靈女王將蘑菇用作椅子或桌子，有時也用作漂亮的餐桌。

　　精靈們偶爾會用麥子烤麵包或蛋糕，送給善良的人類，但據說如果人吃了精靈的食物，就會被拉到精靈國度，再也無法回到人間。所以，如果你還想留在人間，就不要隨便吃精靈贈與的食物。

第七章 玄幻異常的妖魔

小妖藍臉兒

　　藍臉兒是個善良的小妖怪，儘管他沒幹壞事，可人們總是躲著他，這使他非常苦惱。他不明白，為什麼人對妖怪那麼討厭，而對神仙卻那麼尊敬。

　　藍臉兒決定到天上看看，神仙跟妖怪究竟有什麼不一樣。大妖怪們都勸他放棄這個念頭，認為神仙們都是壞蛋，一定會把他打死的。可藍臉兒不想改變自己的主意，他圍上紅兜肚，頭上紮了個沖天辮子，從白鬍子老妖怪那裡，要了張「上天路線圖」，就飛到天上去了。

　　天上到處是白雲。藍臉兒沿著鬆軟的雲路，一直向前走去。忽然聽見耳邊傳來「喀嚓喀嚓」的響聲，就朝響聲跑去，一看，面前有座宮殿。他就跑了進去看。

　　宮殿裡有七位仙女正忙著織布。她們用雲線織著漂亮的雲錦。她們是那麼專心，連藍臉兒進來都沒抬起頭。她們一刻不停地織著，豆大的汗珠從額上滾下來。

　　藍臉兒心想：「大妖怪們總是教我搗亂，要是他們在這兒的話，一定會把仙女們的紡織機踩壞，把線弄得亂七八糟，還會在織好的雲錦上吐口水，或者在那上面戳幾個洞。但我可以這樣做嗎？當然不行！這些仙女那麼辛苦，我應該去幫忙才是。」

　　想到這裡，藍臉兒就跑過去，幫著把雲線整理好，還把一匹匹雲錦扛到一邊去，再捆起來。

　　織完雲錦，仙女們才舒了口氣，伸伸懶腰。她們看見了藍臉兒，說：「謝謝你，藍臉小弟弟！你大概是新來的小神仙吧！」

　　「不，我是小妖怪藍臉兒。」

　　「嘻嘻，真是個小調皮！世界上哪有愛幫助人的妖怪！」仙女們笑個不停。

　　藍臉兒問：「你們是誰呢？織這麼多的雲錦幹什麼？」

　　穿白衣的仙女說：「我們是七位織女。我是白衣織女，她們是我的姐姐；紅衣織女，藍衣織女、綠衣織女、黃衣織女、紫衣織女，黑衣織女。我們每天都在織布。你想，天上有這麼多神仙，要是我們不織雲錦，那他們拿什麼做衣裳呢？還不光這樣，天上這麼冷，我們還要織雲毯，讓大家蓋得暖和些呢。」

　　藍臉兒心想：「這些織女為了大夥兒，不怕忙，不怕累，她們真好！我真喜歡她們！」

　　藍臉兒告別了織女，又向前走。一路上他又遇見雨婆婆和花仙。他陪同雨婆婆去散步，幫花仙播撒花種子。她們都很感謝藍臉兒，都說他善良、熱心，一點都不像妖怪，簡直就是天上的好神仙。

　　一天快過去了，藍臉兒覺得很累很累，就躺在棉花般的雲彩上休息。忽然，有什麼東西砸到他的屁股！他跳起來，扒開雲彩，看見了一個亮閃閃的東西，噢，是一面鏡子！他順手把鏡子塞在肚兜裡。這時，迎面走來一個黑臉神仙，彎著腰，正在尋找什麼。他一會兒扒開這塊雲彩看看，一會兒又扒開那塊雲彩看看，每次都失望地搖搖頭。

　　「大叔，您是誰？在找什麼呢？」藍臉兒問。

　　「我是雷神。我在找照妖鏡。這不是普通的鏡子，是一面寶鏡。」雷神用他那打雷般的粗嗓門說，「你有見過閃電，那就是照妖鏡發出的光。要是，妖怪幹壞事，我只要用這鏡子一照，他們要是被照到，就會現出原形來，有的會變成狐狸，有的變成灰狼、老鼠，大蛇⋯⋯而且，他們還會頭暈，跑不動，一下子被我們逮住。小弟弟，你見到這鏡子沒有？」

　　藍臉兒聽到雷神這番話，臉都嚇白了。他悄悄掏出那面鏡子，翻過來看，果然刻著「照妖鏡」三個字。他想：「我是妖怪，要是雷神用這照妖鏡照我一下，我就會變成狐狸什麼的，太可怕了！我不能把這鏡子給他！」

想到這，藍臉兒就對雷神說：「我知道您的鏡子在哪兒，可我不能告訴您。我要是告訴您，我會倒楣的。」

雷神一聽，跳了起來，拉住他的手說：「求求你，小弟弟，快告訴我鏡子在哪兒！自從我丟了這面鏡子，人間的妖怪就倡狂起來，他們幹了好多壞事，害得人們沒法過下去。」

藍臉兒心想：是啊！老妖怪們每天都要幹很多壞事；放害蟲、傳染疾病、毀壞堤壩、燒房子、吃人肉……藍臉兒勸過他們，可他們不聽，還要逼藍臉兒跟他們一起做，藍臉兒不做，妖王就處罰他。他應該把照妖鏡給雷神，不讓老妖怪們繼續幹壞事。只是，他自己也是妖怪，雷神要是用這鏡子照他……

雷神看出藍臉兒的心事，對他說：「小弟弟，這鏡子一定在你這裡。為了救救人間那麼多的人，你快把它給我吧！」

藍臉兒狠不下心，只好把鏡子掏出來給雷神，說：「我是小妖怪藍臉兒，您把我抓走吧！只求您別把我變成狐狸或者灰狼……」

雷神把他端詳了一番，笑著說：「我沒想到，會遇見這麼個誠實的小妖怪。你別害怕，你沒幹壞事，照妖鏡不會把你變成狐狸什麼的。再見吧！我要趕緊去消滅那些邪惡的妖怪！」

「轟隆！」遠處響起巨大的響聲，這是雷神在敲他的雷鼓。接著，一道道銀蛇般的閃電在天地間穿梭，藍臉兒知道，這是雷神在用照妖鏡搜索著人間那夥邪惡的妖怪。

（中國楊楠）

魔法智慧

小妖藍臉兒上天後熱心幫助了仙女、雨婆婆、花仙，她們都說他善良、熱心，一點都不像妖怪，簡直就是天上的好神仙。當他把照妖鏡歸還給雷神後，雷神也告訴他，他沒有幹壞事，照妖鏡不會把他變成可惡的狐狸和大灰狼等。

　　美好的道德總是會令人敬仰，它是評價一個人永恆的標準。一個人一旦擁有美好的品德，即便他終身都是一粒普通的泥土，但他的人生也會彌漫著泥土溫潤醇美的馨香；即便他的一生都是一株搖曳的小草，但他的人生也會孕育出溫暖心靈的綠意；即便他的一生只是一滴澄澈微小的露珠，但他的人生卻會流溢出比美酒更加甘甜的芬芳。

　　所以，無論在什麼時候，不要太在乎自己的身份，不要為自己財富不夠，地位不高而自慚形穢。只要你具有美好的品德，付出自己的愛心，善意對待他人，你總會贏得別人正確對待的，就像故事中的藍臉兒那樣。

魔法課堂　　妖怪的種類

　　妖怪有物體妖怪、山裡妖怪、特殊形態的妖怪三種，一起來瞭解一點吧！

1. 物體的妖怪

　　（1）紙傘：沒有手，傘柄的部分變成腳。（古代的紙雨傘是用紙和竹子做成的。）

　　（2）燈籠怪物：用舊被扔掉的燈籠變成怪物（付喪神），也有狐狸變成的怪物。它最怪異的是它的眼睛和舌頭。

　　（3）透明牆：據說這是一面看不見的牆。人有時走著走著突然出現一面看不見的牆，這牆就被稱之為「透明牆」。

2. 山裡妖怪

　　（1）山童：只有一隻眼睛，據說是能讀懂別人的心，是叫「沙通利」的妖怪。當然，也有人說它是其他妖怪。

　　（2）山婆：也叫做山母、山神、山精靈等，有各種各樣的傳說。它是養育桃太郎的母親。

3. 特殊形態的妖怪

　　言靈：這種妖怪很特殊，是通過人們的話語而漸漸形成的妖

怪。人們所說話的越多，妖怪的法力就越大。

　　在中國的民間傳說中，有十大妖魔鬼怪，它們分別是龍女、辟邪、狐仙、夜叉、馬面、牛頭、二郎、判官、七郎、刑天。

長鼻子妖怪

　　日本北部的老林子，很遠很深，有些嚇人，就在那裡面住著兩個長鼻子妖怪，一個是藍妖怪，一個是紅妖怪，這兩位好朋友，常常為自己有這麼長的鼻子得意得要命，可有時他們又爭個不休，為什麼？嘿，就為了誰的鼻子最漂亮啊！

　　有一天，藍妖怪躺在山頂上呼呼睡大覺，白雲慢悠悠地飄著。不一會兒，好多好多白雲擁擠在藍妖怪的頭頂上，原來他們發現藍妖怪有那麼長的鼻子，覺得好奇怪，想看個究竟。這時，藍妖怪突然睜開了眼睛，嚇得白雲匆匆忙忙地跑了。

　　「哦，真香啊，是什麼東西？」原來藍妖怪聞到淡淡的清香，好像是從山下那個綠平原飄來的。

　　啊呀，你瞧，藍妖怪的鼻子向前不斷伸長……藍藍的鼻子越過了七座高高的山，嚇得老虎、豹子都遠遠地躲著。藍妖怪的鼻子來到綠綠的平原，發現了一家農莊，好漂亮。

　　這家農莊的女兒——雪花公主正在舉行聚會。許多鄰村的小姑娘都來了，雪花公主要拿出自己非常非常好看的布料，給大家瞧瞧。小姑娘們蹦蹦跳跳地打開衣櫥，拿出許多許多布料，布料散發著陣陣清香，花蝴蝶圍著布料追逐著香氣。藍妖怪聞到的，就是布料的香氣。

　　雪花公主想找個地方把布料掛起來，讓大家好好欣賞。她一轉身，看到了藍妖怪的鼻子，「哈，有啦！瞧屋外的藍桿子，我們就把布料掛上去吧。」

　　「好耶！」小夥伴們吵吵鬧鬧地把布料掛在藍妖怪的鼻子上。躺在山背後的藍妖怪，覺得有什麼東西碰了他的鼻子，可鼻子伸得太遠了，自己又看不見，覺得鼻子癢癢的很難受，他就把鼻子縮了回去。

　　哈！真奇怪，小姑娘們看到花布料在天空中飛舞，驚訝地張大了嘴。他們拼命地追呀，追呀，泥地裡留下許多小姑娘的小腳印，可最後還是沒能追上。雪花公主傷心地撅著小嘴。

　　藍妖怪看到自己的鼻子上掛著這麼多漂亮的布料，高興得跳起來，嘴裡哇啦哇啦地哼著歌。他收起布料，咚咚地跑回家，他急忙邀請住在另一座山上的紅妖怪，來看看這一切。

　　「你瞧瞧，你瞧瞧，我的鼻子多漂亮，」他驕傲地對紅妖怪說，「它帶來了這麼多好看的布料。」

　　紅妖怪嫉妒得臉色發綠，鼻子也變得紅紅的，閃閃發亮。

　　「我要讓你瞧瞧我的鼻子比你的還好！你等著吧。」紅妖怪氣鼓鼓地摸著自己的鼻子。

　　從這以後，紅妖怪天天都坐在山頂上，把自己的紅鼻子擦得亮光光，長長的鼻子向空中聞個不停，小鳥新奇地圍著他的鼻子飛個不停。

　　好多天過去了，可紅妖怪什麼香味也沒聞到，他氣得要命：「唉，我再也等不下去了，我要讓自己的鼻子找遍平原的每一塊地方，一定找到。」

　　慢慢地，慢慢地，紅妖怪的鼻子伸長，伸長，鼻子越過七座高高的山，來到綠綠的平原，找到了那家漂亮的農莊。

　　這時，農主的兒子佐雄公子看到紅妖怪的紅鼻子，大聲叫道：「瞧這紅杆子，真好！我們在上面盪鞦韆吧。」

　　小夥伴們拖來粗粗的繩子，把繩子繫在紅杆子上，做了幾個鞦韆，盪呀盪，盪到天上，碰到白雲，真開心！他們還爬上紅杆子，滑來滑去。有個男孩子還拿出刀，在紅杆子上刻上自己的名字。

　　啊呀！這下可弄痛了紅妖怪，但他的鼻子太長又太重了，一下子縮不回去。孩子這時刻玩得更帶勁了，紅妖怪這下可受不了，他使出渾身力氣，把孩子們抖下鼻子，紅紅的鼻子流著紅紅的血，慢慢地縮了回去。

藍妖怪看到這哈哈大笑，笑得藍鼻子一抖一抖的。

紅妖怪慚愧地低下頭，摸摸自己的紅鼻子，低聲說：「這都是我嫉妒別人帶來的惡果，我再也不把鼻子伸向那個平原了」。

（日本民間童話）

魔法智慧

看到藍妖怪把鼻子伸到農莊掛滿漂亮的布料後，心懷不滿的紅妖怪也效仿把鼻子伸過去，不料，他沒有那麼走運，鼻子被農莊的孩子們給劃傷了。

紅妖怪之所以會有那般遭遇，主要在於他對藍妖怪的嫉妒。嫉妒，會使我們寸步難行。它是弱者的名字，使我們無法肯定自己的尊貴，同樣也喪失欣賞別人的能力。所以，面對自己的嫉妒心，我們要將它摒除在自己的心靈之外，以積極的心態去面對別人的優點。對於別人各種比自己好的地方，應平靜地看待，真誠地祝福，這樣我們才會贏得真誠的友誼，我們腳下的路才會越走越輕鬆。

魔法課堂　　妖怪大家庭成員

妖怪這個大家庭，主要是由不能成仙的動植物乃至非生物修煉而來的，當然還包括修仙失敗的一部分人和動物。妖怪通常分為妖、魔、鬼、怪、精五類。

1. 妖

它妖怪家族中的主要成員，由動植物修煉而成，具有人形或近似人形，有一定法力，白天夜間都可以活動，通常會對人有一定危害性。動植物們在修煉過程中，如果一心向善悟道的話，有可能修煉成仙，如果沒有遇到名師指點修仙失敗，或者是自行向惡的方向發展，就會成為妖。像孫悟空，由於是猴子修道，在學

會72變掌握一定的法力後，得不到天庭的承認，只好淪為妖了。

2. 魔

魔有兩個基本的特徵：法力高強，危害人類。也只有具備這兩個條件才能稱得上魔。魔可以是妖的一種，是資深的妖，它在法力上遠比一般的妖要強大得多。魔與妖不同點還在於，魔有可能是仙和神誤入邪道墮落成的，而不是動植物直接修煉而來的。魔的法力廣大，而且出身複雜，一般的神仙很可能不是魔的對手，天庭一般拿它也沒什麼辦法。

3. 鬼

鬼就是人死後的靈魂，俗稱鬼魂。鬼在陽間只能夜晚出來，並且力量很弱，通常只是可以嚇唬人，而不能對人有很強的傷害。

鬼的出路一般有三種：一種是投胎轉世為人或動植物，這個還要看它在陽間的功德；一種是在陰司設置的地獄裡受苦，這個也很常見，主要是針對在陽間作惡多端的人死後變成的鬼；還有一種不太常見，就是成神，一般來說，那些在陽間多行善事，或者是修道，或者受是高人指點，或者是有很大影響力的人，由於修仙不成功，沒有機緣肉身化仙的，有可能在死後被天庭選中成為神，擔任一定的職務。

4. 怪

怪大多具有較高的法力，長相奇特甚至嚇人，它們的出身大多比較高貴，對人有一定危害性。它們白天夜間都可以出來活動。例如，黃袍怪，是天上奎木狼下凡，長相奇特，作惡多端，且法力十分高強。

5. 精

精主要分為兩種，一種是指動植物在修煉過程中，在沒有成妖怪或仙，但是已有部分法力時的狀態，例如兔精、蜘蛛精、人參精、樹精等，法力比妖略小，也比妖要稍有善意。另一種「精」就完全不同，主要是指非生物的物體修煉成人形或近似人

形的，具有了一定法力。比較著名的有白骨精、琵琶精等，這類「精」邪惡的多，對人有很大的危害性。不論哪種「精」，它們在白天和黑夜都可以出來活動。

硬殼裡的聲音

從前，有個叫麥考爾的男孩，沿著海灘邊走邊思考著自己的未來。

「我要當畫家。」他想，「要是我能成為全世界最優秀的畫家就好了。」

就在這個時候，他聽到一個帶著哭腔的傷心的聲音：「哇～哇～哇～我要媽媽！」

這聲音聽起來像一個孩子的哭聲，麥考爾驚訝地環顧四周，卻沒看見任何人。他上上下下前前後後地尋找著，最後發現聲音似乎是從躺在他腳邊的一隻海龜殼裡發出來的，海龜從殼裡伸出一個腦袋。

「是你在哭嗎？」麥考爾問。

「是的，是的！他們抓走了我媽媽！把她抓到動物園去了，請你去把她帶回來，好嗎？」

「我不行。」麥考爾說。

麥考爾不太願意這麼做，他還要思考自己的未來。但是海龜再三請求他，並承諾只要麥考爾把牠送到牠媽媽那，牠就會讓麥考爾得到想要的東西。

於是，他答應了海龜，並要求海龜到時讓他成為全世界最好的畫家。

麥考爾撿起海龜上了路。他滿心喜悅，想到他將成為全世界最優秀的畫家了。但不多久，他開始注意到這海龜這麼重，而且他每走一步，重量又會增加一點，與時他開始有些抱怨起來，但他明白「交易就是交易」，必須接著做下去，否則會前功盡棄。

其實，那海龜根本不是真的海龜，而是一種叫做克力貝的水怪，它在跟麥考爾在開玩笑。還好他並不知道，要是知道了肯定

會生氣的。

麥考爾到達動物園門口時，已是氣喘吁吁、面紅耳赤了。

他彎下身來，往硬殼裡看去，目瞪口呆地發現裡面空蕩蕩的，根本沒有海龜，什麼也沒有。

他極為惱火地把硬殼扔到一邊，拖著沉重的步伐回家去了。他把這件事告訴父親，父親卻不相信，認為他是在胡思亂想。於是，第二天就把麥考爾送到一家雜貨鋪去上班了。

在雜貨鋪工作不太糟，但與從前一樣，他還是想當畫家。他將並不多的空餘時間都用來畫畫。他畫藍色的糖袋、白色的麵粉袋；他畫成堆的海帶、成堆的橘子、綠色的生薑餅、黃色的小扁豆，褐色的通心粉莖；他畫紅色的櫻桃、金黃色的黃油和奶油色的乳酪……

他畫了這麼多，這麼勤奮。一點點地他開始畫得很好了。有個旅遊的教師，看了他掛在雜貨鋪裡的畫，答應給他上課。他從教師那兒學到不少技巧，進步很多。

沒過多久，人們開始買他的畫。後來他不去店裡上班，專心畫畫，有時他的畫一畫好就被買走了。

後來，他成為全世界最優秀的畫家，要在著名的藝術畫廊舉行一次大型展覽，展出最近幾年畫的所有的畫。

當他剛走進大廳，便大聲叫道：「這簡直是謀殺！誰在跟我的畫兒開玩笑？」

大廳裡他的每一幅畫上都被添上了新的內容，那就是巨大而醜陋的克力貝！

克力貝！一個巨大而恐怖的水怪，有馬一樣的身體，牛一樣的頭，兩副牙齒像墓碑一樣大，腳上有著寬大的蹼趾，還長著爪子。

可憐的麥考爾真是失望透頂，他逃離了畫廊，跳上了一輛去火車站的公共汽車，又乘火車回到了自己童年時代成長的地方。

他來到海灘上，對著大海吶喊著：「你欺騙了我！你許諾使

我成為世上最好的畫家。你無權將你自己醜陋的形體強加到我的畫上來！」

這時身後傳來陣陣笑聲，他立刻轉身，但什麼也沒看見，除了海灘上那只龐大的空殼。麥考爾警惕地看著它叫道：「是你在那兒嗎？」

「是我。」克力貝悶聲悶氣地答道，「我從來沒騙過你，你遵守了自己的諾言嗎？你把我帶到我母親那兒去了嗎？」

「是我的錯嗎？」麥考爾憤怒地申辯道，「你當時怎麼不見了，只剩下一個硬殼。」

「你沒有遵守你的諾言。」這只克力貝繼續說道，「當我第一次遇見你時，你計畫畫一幅關於海灘的圖畫，就是這個海灘，藍色的大海，灰濛濛的沙灘，起伏的波濤、白色的鵝卵石，黑乎乎的防波堤、金色的小山，你從來沒畫這幅畫，但這是我所想見到的畫。」

麥考爾站在那兒搔著腦袋承認說：「是的，真是這樣，我都忘了。」

「回去畫那幅畫吧。」克力貝說道，「把它帶給我。」

麥考爾離開了海灘，為自己在小客棧中找了個房間，然後買了一卷畫布，一些畫筆和幾支顏料開始作畫。

與此同時，城市裡的每一人都在尋找著麥考爾，因為展廳中那些被龐大的克力貝佔據著的畫兒獲得了巨大的成功。「這是個天才！」人們讚歎道，「多麼偉大的想像！一個多麼新奇而具有野性的畫面！」

他所有的畫都賣出去了，賺了一大筆錢，畫廊的老板正焦急地找麥考爾，指望他盡可能地多畫一些。麥考爾也成為電臺和報紙追蹤的目標。

但麥考爾正安靜地待在小客棧裡畫他的畫兒，對外界這些情況一無所知。

當畫畫好後，他把它帶到海邊。

「讓我看看。」從一隻大竹蟶裡發出悶聲悶氣的聲音。麥考爾把畫靠在一塊岩石上，經過很長一段時間的沉寂，那聲音才又說道：「是的，是我所想要的畫，或者說跟我想的很像，我要了，你把它扔到海裡吧。」

「什麼？」麥考爾憤怒地喊起來。「要我把我最滿意的畫扔掉？」

「那麼你留著吧。」那聲音說，「同時，在你後半生我也將始終陪伴你。」

「不，不，給你了。」麥考爾立刻說道，他抓起畫兒把它扔到很遠很遠的浪濤裡，浪濤看上去像跳起來一樣把畫兒吞沒到它那翻滾的波峰裡。

「那麼，再見了。」那聲音說道，「你再也不會見到我了。」

（英國約翰・艾肯）

魔法智慧

剛開始麥考爾希望得到海龜的幫助，讓自己成為全世界最好的畫家，誰知它卻被海龜戲弄一番後，不得不去雜貨鋪上班，在那裡他利用閒置時間勤奮作畫，並有幸得到一個老師的指點，最後終於成為全世界最優秀的畫家。

麥考爾當初把自己的成功寄託於別人的幫助，後來卻依靠自己的勤奮取得成功，這說明勤奮是多麼重要，可說是取得成功的關鍵。一個人的發展與成長，天賦、環境、機遇、學識等外部因素固然重要，但更重要的是自身的勤奮與努力。沒有自身的勤奮，就算是天資奇佳的雄鷹也只能空振雙翅；有了勤奮的精神，就算是行動遲緩的蝸牛也能雄踞塔頂，觀千山暮雪，渺萬里層雲。成功不能單純依靠能力和智慧，更要靠每一個人孜孜不倦地勤奮工作。所以，讓我們把勤奮放到我們身體裡，深植在我們的

心靈中吧。

魔法課堂 精靈喜歡什麼，厭惡什麼

　　精靈喜歡什麼又厭惡什麼呢？它們喜歡音樂、唱歌、跳舞、騎馬、玩球等。像英格蘭的修伊、蘇格蘭的希禮克特、愛爾蘭的杜娜這樣的貴族精靈們就喜歡聽音樂，或打獵，或騎馬遊玩。另外，精靈們最喜歡明月當空的夜晚在人跡罕至的草原上跳舞，跳得皮鞋都要磨破了。

　　相反，它們極其厭惡《聖經》、教會、上帝這些神聖的東西，也不喜歡污染的水、鹽、雞叫聲、鐵、陽光。它們特別不喜歡自己工作的時候被人看見。聽說有人因偷看在礦井中工作的精靈諾克而遭到報復。

　　它們最討厭的是懶惰的人和不正直的人。它們一旦看到這種人們，就會掐他，或讓他發生痙攣，嚴重的話會讓他變成瘸子。而對於值得信任的人、親切的人，它們就會為他帶來好運或贈送禮物給他。據說，樹林精靈皮克希，喝完人們贈送的放在門外的牛奶後，會在裝牛奶的碗裡放一枚銀幣。在芬蘭傳說中，如果有人用湯招待了精靈戴克阿布拉，它就給那人一個要什麼就會出什麼的魔術箱子。

三根金髮

從前，有一個窮人，生了一個兒子。他生下來的時候，有人便預言，在他十四歲的時候，將娶國王的女兒為妻。

國王得知這個預言後十分生氣，於是就來到那個窮人家，裝出很友善的樣子，對孩子的父母說：「你們很窮，把孩子給我吧。我會好好撫養他。」他們很高興地把孩子交給國王。之後國王就命人把孩子放在一個大木箱裡，把木箱放到河上，讓他順著河水漂離自己的國家。

盛著男孩的大木箱在河裡漂了不遠，就擱淺在一個磨坊旁。無兒無女的磨坊主夫婦見到男孩非常高興，就收養他。

十三年後，國王路過這間磨坊，看到男孩居然還好好地活著，感到非常吃驚。但他仍不死心，他對磨坊主人說：「讓你的孩子幫我給王后送一封信，我會給你兩個金幣作為酬謝。」磨坊主人欣然答應了。

第二天，少年就帶著信出發了。他當然不知道，這封信的內容竟然是：「殺了這個送信的人。一切都要在我回宮之前辦妥。」

因為路途生疏，少年在途中迷了路，他又累又餓時，突然看到一間小房子，就推門走進去。屋裡有一位老婆婆，她趕緊勸他離開：「孩子，這裡是強盜窩，趕緊走吧！」可是少年實在太累了，他把信放在桌上後就躺在房間的角落裡睡著了。

半夜時分，強盜們回來了，他們看到少年，就問老婆婆他是誰。得知他是給王后送信的人後，強盜們打開了放在桌上的信。看到裡面的內容後，強盜們認為這個少年可能和他們是一條道上的，頓時對他十分同情，決定放過他，同時戲弄一番總愛跟他們作對的國王。他們把信撕掉，重新寫了一封，內容改為：「把公

主嫁給這個送信的人。一切都要在我回宮之前辦妥。」

　　第二天一大早，少年拿著信又出發了。走了三天三夜後，他終於來到王宮，把信交給王后。王后看了信之後，立刻為少年和公主舉辦了盛大的婚禮。回到宮中的國王，看到少年果真娶了公主，氣得暴跳如雷，他威脅少年說，只有當少年下地獄去取魔王的三根金髮給他，他才會承認這門婚事。少年爽快地答應了要求，便告別公主出門冒險去了。

　　在去地獄的途中，少年先經過兩座城市。第一個城市的市中心有一口噴泉乾涸了；第二個城市裡有一棵神奇的金蘋果樹，今年突然不再結果了。這兩個城裡的人都許諾，誰能找出其中的原因就可以得到重禮。

　　此後，少年來到一條河邊，地獄就在河的對岸。就在他正發愁該如何過河時，遇見一個擺渡的人。那個人對他說了一個困惑了自己許久的問題：他不知道自己為什麼總是在擺渡，而抽不出身來去做其他的事情。少年對他說：「等我去問問魔王，回來就可以告訴你原因了。」這樣，擺渡的人欣然同意送他過河。

　　少年渡過河，來到魔王的宮殿。剛巧魔王出門去了，只有魔王的祖母在家。祖母聽了少年的經歷後非常佩服他的勇氣，決定幫助他完成任務。她把少年變成一隻小螞蟻，讓他藏在自己衣服的褶皺裡。這時少年想起一路上遇到的三個難題，便向祖母求解，祖母告訴他，只要仔細聽魔王的話，就會知道答案了。

　　天黑以後，魔王回來了。他一進門就感覺到空氣裡有生人的氣味，但是找來找去卻沒有任何發現。過了一會，他就把頭枕在祖母的腿上睡著了。

　　魔王剛入睡，祖母就開始拔他的金頭髮了。她抓起根使勁兒一扯，魔王痛得叫了起來，問祖母：「您在幹什麼呀？」

　　祖母說：「我剛做了一個噩夢。夢見一座城裡的一口噴泉乾了，也不知道為什麼。」

　　「那口噴泉裡有一塊大石頭，石頭下面藏著一隻癩蛤蟆。只

要打死那隻癩蛤蟆，噴泉就會重新噴出水來。」說完，他就又昏昏沉沉地睡著了。過了一會兒，祖母又抓起魔王頭上一根金色的頭髮用力一扯。

「哎呀！您又怎麼了啊？」魔王大叫起來。

祖母說：「孩子，別生氣。我又做夢了，夢見一座城裡的一棵金蘋果樹突然都不結果了，這是怎麼一回事呢？」

「因為樹底下有隻老鼠在不停地咬那棵樹的樹根，把老鼠打死，樹就會結果了。」說完，魔王又呼呼大睡起來。

當祖母用力拔下他的第三根金頭髮時，魔王氣得暴跳如雷。祖母輕聲地安撫他，終於使他稍稍平靜了一些。隨後，祖母裝作漫不經心地問：「在一條渡河上，有一個船夫整天忙著擺渡，總也脫不開身，該怎麼辦呢？」

魔王十分不高興地說：「哎呀，他把手上的船篙遞到任何一個渡客手上不就脫身了嘛！」說完，他就又睡著了。這次魔王一覺睡到天亮，睡醒後就出門了。

魔王走後，祖母把衣服褶皺裡的少年變了回來，把魔王的三根金頭髮送給他。少年再三謝過祖母後，踏上了回家的路。回去的路上他把三個難題的答案分別告訴了船夫和那兩個城市的人們。兩個城市的人們為了感謝他，送給他許多金銀財寶。

少年滿載而歸，將三根金頭髮交給了國王。雖然心裡不願意，但還是不得不承認他們的婚事，但他不停地向少年追問金銀財寶的來歷。少年知道國王沒安好心，決定好好懲罰他一番，便對國王說：「魔王宮殿對面的河上有一個船夫，你只要接過他手中的船篙渡過河去，就會看到堆積如山的金銀財寶了。」

國王聽了非常高興，第二天就出發了。他來到那條河邊，連搶帶奪地接過船夫的船篙。從此以後，他就在那條河上不停地擺渡，沒有人願意從他手中接過船篙了。

（德國民間童話改寫）

魔法智慧

　　國王因為聽信預言，便將男孩裝進木箱扔到河裡。多年後，他見男孩還好好地生活在自己的國家，就又想出一個惡毒的計謀，企圖殺害男孩，結果反而讓男孩輕而易舉地娶到自己的女兒。

　　這個故事實在是太令人深思了，試想一下，如果國王當初不迷信預言，不去迫害男孩的話，也許男孩會一生都留在那戶貧窮人家，也根本不會娶到公主。由此看來，正是國王的私心讓預言成真，使自己的擔憂變成現實。其實，生活中有些事並不像我們想像的那麼可怕，往往是我們的無中生有無形地擴大內心的畏懼。很多時候，只要我們端正心態，客觀、理性地看待問題，就可避免那些糟糕的事情發生了。

魔法課堂　　支配精靈的方法

　　精靈絕對不能讓人知道自己的真名。如果有人知道精靈的名字，那人就會產生可以支配精靈的力量，如果精靈無處可逃就會成為那人的奴隸。有個故事就說明了這一點。

　　英國威爾士東部的一個農場裡住著一個叫布喀的精靈。在這個農場裡也住著一個非常好奇的少女，她對精靈布喀十分感興趣，很想知道它的名字。她經常問布喀叫什麼名字，布喀就是不告訴她。

　　一天，農場裡所有人都外出了，布喀好不容易有機會大聲開始唱歌了。它在歌詞中間夾著自己的名字，快樂而盡興地唱著。不料，好奇的少女裝作出去又再次回來，偷聽了它唱的歌。

　　就在布喀唱著歌的時候，少女突然跳到布喀的面前，大聲叫它的名字。它嚇得快暈過去，就慌慌張張地從農場逃走了。

女人鬥魔鬼

從前，有一個農民，家裡很窮，他有一個妻子和兩個孩子。為了養家糊口，農民每天要到森林裡去砍竹子，然後背著竹子到城裡去賣。一天，農民來到了森林，他剛走進小樹叢裡，便聽到了一個聲音：

「你要找到更長的竹子，就跟我走！」

農民回頭一看，沒有一個人。

「誰在叫我？」農民十分驚奇，就朝聲音傳來的方向走去。

不一會兒，他真的碰到了一處竹林，裡面竹子都很高。農民很高興，就動手砍竹子。他哪裡知道，這一切，都是魔鬼設下的圈套。這聲音就是魔鬼為了誘騙他而發出來的。

農民砍好竹子，背上肩就回家去。但不知怎麼的，他總找不到回家的路。魔鬼悄悄地跟著農民，嘲笑他說：「現在，你永遠也別想走出去！趁你在這裡亂闖，我變成你的樣子，到你家裡，吃掉你的妻子和孩子，然後再來把你也吃掉。」

於是，惡魔變成農民，到他家裡去了。農民的妻子見到他，沒有懷疑這不是自己的丈夫，還給他端來晚飯。吃好晚飯後，又給他拿來煙斗和煙葉。魔鬼跟她的丈夫一點也沒分別，就連坐在窗前抽煙的姿勢，也跟她丈夫一模一樣。臨睡前，魔鬼叫女人用油給他擦腳，幫他消除疲勞。

農民妻子用油幫他擦皮膚，魔鬼舒服極了。他想：等他們熟睡時，我再把他們都吃掉！現在，我不妨先休息一下。於是，他就不知不覺地睡得像死人一般。

農民妻子開始發現，這個人的腳趾是彎的。她感到奇怪，心想：只有魔鬼才是這樣。於是，她發覺出現在她面前的不是自己的丈夫，而是魔鬼！但是她克制自己，一點也不露出恐懼的神

色,繼續給他擦腳。等到魔鬼熟睡後,農民妻子輕輕地在他身邊放了三隻枕頭,讓他還以為旁邊有人睡著。接著,她跟孩子一起離開家。在走之前,她又在地上撒豆子,上面蓋上草席,然後拿走通到下面一層去的扶梯,再放上一大鍋開水。聰明的農民妻子做好這一切後,就在不遠的地方藏起來。

到了後半夜,魔鬼醒了,心想:我休息夠了,現在可以吃點熱的血了!於是,他一口咬住了枕頭,原來,他以為旁邊睡著的是女人。但是咬下去後,他發現嘴裡不是血,而是羽毛!魔鬼在黑暗中找了好長時間,但除了枕頭外,什麼也沒找到。

「啊!她騙了我!」魔鬼的牙齒咬得格格響,「沒關係,反正你逃不脫!」

魔鬼從床上跳起來,沒走幾步,腳上碰到一張草席;他一踏上草席,下面的豆子就滾動了。魔鬼站不住,噗通一聲跌倒在地上。他好不容易站起來,搖搖晃晃向扶梯走去,沒料到,扶梯已被搬去,他一腳踏空,就掉到一大鍋的開水裡被燙死了。

農民妻子等到屋裡的響聲停了,就小心地打開門,朝裡面一看,一切都像她所預料的那樣。現在只要考慮如何去掉魔鬼的屍體了。

在房間的角落裡有一隻大箱子,這是農民妻子從娘家帶來的嫁妝。箱子是空的,因為家裡沒有什麼值錢東西需要收藏起來。農民妻子好不容易把嗜血成性的惡魔的屍體塞入箱子,鎖起來,然後安心地躺下來睡覺,甚至連門也沒有上鎖。

這一夜有幾個小偷東奔西跑,在富人家裡偷不到東西。當雞叫第一遍時,他們到了農民家。小偷們走到門口,試著開門,門卻沒上鎖。他們潛入房子裡,看見屋角有一隻大箱子。

「這東西可以拿走!」貪心的小偷高興極了,試著抬起箱子。

「現在不是看箱子裡東西的時候!」小偷頭目說,

「天很快就要亮了,別碰到人。我們快把箱子拖到森林裡

去，到那邊去看看裡面是什麼東西，然後再分贓。」

　　小偷們好不容易才把那只沉重的箱子從農民家裡拖出來，喘著氣，抬進森林。路上，一個小偷說：「我們從來沒有偷到那麼多的財物，我們發財了！」

　　另外一個小偷說：「任何人也不許多分，大家要平分！」

　　他們眼看就要分贓都樂壞了。到了森林後，他們立即動手開箱子。可是，他們開了很久，還是打不開鎖。他們終於敲壞鎖，打開箱子一看，看見裡面是一具魔鬼屍體，他們一個個嚇得呆住了，趕忙朝四處奔逃。回到家裡，仍然渾身發抖，膽戰心驚的。

　　農民的妻子等到小偷把箱子拖出門後，就鎖上門睡覺了。天亮，她到森林裡去找丈夫。她想，要是惡魔吃了我的丈夫，我一定要把他的骨頭找來，放在火上燒掉。

　　她很快在竹林裡找到了自己的丈夫，原來她丈夫還活著，只是不會說話了。她丈夫中邪了，她若無其事地為丈夫去邪，她一邊用披肩對著丈夫扇，一邊念著咒語。

　　一會兒功夫，她丈夫康復了。他把一樁樁怪事一五一十地講給他妻子聽，他以為妻子會因此感到驚奇的。想不到他妻子講給他聽的事更神奇：她如何殺死惡魔，救出全家人。丈夫聽了，對妻子的聰明機智感歎不已，更對妻子的救命之恩感激不盡。

　　這一天，他們全家人坐在桌子邊做彌撒儀式，農民妻子給每個人一隻煮蛋和一碗酒，還要互相鞠躬。吃完蛋跟酒之後，全家人都必須坐著餓肚三天。他們雖然餓著肚子，卻仍然感到幸福，因為他們能一家團聚。

（尼泊爾民間童話改寫）

魔法智慧

　　農民的妻子發現出現在自己面前的不是自己的丈夫，而是魔鬼的時候，她努力克制住自己沒有露出半點恐懼的神色，接著又

機智地想出辦法殺死魔鬼，使全家人擺脫了危險。看完故事，真的很佩服她的聰明機智和沉著冷靜。

　　故事告訴我們：當我們身處險境的時候，一定要保持鎮靜，不可自亂陣腳，讓壞人有可乘之機。同時，也要認真思考，學會主動出擊，不能坐以待斃，這樣才能爭取勝利。此外，我們還要時時保持警惕之心，預防偽裝成好人的壞人。

魔法課堂　　　自然界中的四大精靈

　　16世紀的煉金術士帕拉塞爾蘇斯，在《精靈之書》中記載了自然界中的四大精靈。它們分別是：風精靈希爾芙、火精靈薩拉曼德、土地精靈諾姆和水精靈雲迪尼。

　　希爾芙，原來是指樹林的精靈。後來稱它為風精靈，形容風過樹林沙沙作響的樣子。希爾芙擁有比任何女子更美麗的容貌，同時也擁有隱藏容貌的特殊魔法。

　　薩拉曼德，生活在地球內部的烈焰之中。據說，這個精靈的身體雖然在熊熊燃燒，但身體極為冰冷，而且樣子長得像蜥蜴，所以它也被稱之為火蜥蜴。

　　諾姆，原來的意思是指生活在地底下的人。但它現在作為土地精靈，以留著鬍子的年邁的矮人形象為人們所熟知。

　　雲迪尼，是處在人與精靈之間的生物。雲迪尼可以愛人、結婚、生孩子，但這樣之後雲迪尼就擁有了人類的靈魂，連人類的苦惱和罪行也要一併承擔。所以在精靈之間，雲迪尼被認為是不幸的精靈。

第八章　翩然降落的仙女

百花仙女

百花仙女居住在一個極其美麗的地方，那裡四處都是花草樹木，又有噴泉池，樣樣都十全十美。百花仙女本人又美麗又善良，人人都愛她。跟她做伴的是一群公主，她們來的時候都是很小的小孩，一直跟百花仙女寸步不離，長大以後就不得不離開她到世界各地去。臨別時，仙女總會按她們各自的心願送給每人一樣禮物。

其中有一位公主叫希雅，她從小就很聰明、善良，深得百花仙女的喜愛。她也到了該離開仙女接受禮物的年齡。不過仙女很想知道已經離去的那些公主現在生活得怎樣，就趁希雅還沒有離開之前，派她去走訪那些公主，並且要僕人們備好她那輛蝴蝶拉的車子。

「希雅，」仙女說，「我想讓你到愛麗絲那兒去一次。你可以在兩個月以後回來，告訴我她生活得怎樣。」

希雅很不願意離開仙女，可是仙女這樣吩咐她，她也無話可說。兩個月過去了，希雅跨上蝴蝶車，回到百花仙女身邊。

「孩子，」仙女說，「談談你得到的印象。」

「仙女，我遵照你的吩咐去看愛麗絲。你把美麗這份禮物給了她。在我看來，她確實美，剛見到她時我都覺得吃驚，可是美麗讓她別的天賦和優點無法施展。很久以前她還想到使用自己的思想和天生的聰明，但我真不知道她如今究竟還剩下多少聰明。不幸的是，在我和她在一起的日子裡，她忽然病倒了，病得很屬害，儘管很快病就好了，她的美貌卻完全喪失了。所以她整天愁眉苦臉，連鏡子也不敢照。她懇求我把她的不幸轉告給你，求你發發慈悲，重新讓她恢復美貌。

她也確實需要美貌，因為過去她有美麗的容貌，人人對她很

寬容，甚至設法討她的喜歡；現在她失去了美貌，就完全是另一回事了。她自己心裡很明白。所以你可以想像，她是多麼不幸，多麼懇切希望你使她重新獲得美貌。」

「你已經告訴了我想知道的事情。」仙女大聲說，「可是天哪，我沒辦法，我的禮物只能給一次。」

希雅像往常那樣又在百花仙女那裡過了一段快樂日子後，又被派去訪問另一位叫黛芬妮的公主。於是蝴蝶車又啟程了，把希雅載到了一個陌生的國家。

她在那兒沒待多久，就迫不及待差一隻蝴蝶飛回去，把她想回去的心情告訴仙女。仙女很快就同意了。

「啊，仙女！」希雅大聲嚷道，「你派我去什麼樣的地方啊。」

「怎麼了？」仙女問。「如果我沒記錯的話，黛芬妮要的禮物是雄辯的口才。」

「好口才對一個女人來說簡直讓人受不了。」希雅斬釘截鐵地說，「不錯，她口才確實好，用詞都選得十分恰當，可是一開口就滔滔不絕。開頭你聽得很有趣，後來聽得你筋疲力盡。她最喜歡召開國民大會，滔滔不絕發表演說，沒人會打斷她。會議剛剛結束，她又準備重新滔滔不絕說下去，談某些事情，或者有時根本是瞎扯。你真不知道我多麼想早點從她身邊逃走。」

希雅打從心裡厭惡這次訪問，百花仙女笑了起來。沒休息幾天，仙女又吩咐希雅去訪問辛西婭公主，要她在那兒待三個月。三個月過去了，希雅回來時心滿意足。仙女像前兩次一樣急於想聽聽她對辛西婭的看法，辛西婭是個討人喜歡的姑娘，她要的禮物是快樂。

「開始，」希雅說，「我確實相信她是世界上最快樂的公主。她有一千個求愛的人，互相競爭，想盡辦法討她歡喜。當時我幾乎決定也要向你討同一份禮物。」

「後來你改變了主意？」

「是的。」希雅說，「我待的時間越長，就越發現她並不真正快樂。為了使她的追求者個個滿意，她不得不玩弄一些虛偽的把戲，墮落成一個賣弄風騷的女人，連她的那些追求者也覺得她那毫無區別的獻媚並沒有什麼價值，於是全都輕蔑地離開她。」

「孩子，我對你很滿意。」仙女說，「你再痛痛快快地玩幾天，然後到菲尼雅那兒去。」

幾天工夫很快過去了。百花仙女派希雅到菲尼雅那裡，並且期待她回來彙報。

「我到她那裡去一路平安。」希雅回來後說，「菲尼雅熱情地接待我，一切都安排得那麼巧妙，充分顯示她的智慧，那是你給她的禮物。說真的，在第一個星期裡，我被她迷住了，我想再也沒有比智慧更好的東西了。時間很快過去了，但最後，智慧絲毫也不比其他禮物更吸引我，就像快樂一樣，智慧也不能真正令人滿意。日子越長，我就越明白，機智和逗樂總難免經常跟壞脾氣相隨，所有的事情，即使是最嚴肅的事情也很容易轉為一些高明的笑話。」

仙女很同意希雅的說法，能把希雅培養成這樣，她覺得很滿意。希雅接受禮物的時候到了。

她的夥伴全都聚集攏來。仙女站在她們當中，像問所有即將離開她的人一樣，她問希雅想帶一樣什麼禮物到塵世去。

希雅沉默了一會兒回答說：「我要平靜的心境。」

仙女滿足了她的要求。

這一個可愛的禮物不僅使希雅得到長久的快樂，也使每一個接近希雅的人分享了她的快樂，平靜和滿足使她本來就漂亮的臉看上去更加漂亮，即使偶爾碰到傷心或不順心的事，大家充其量也不過說：「希雅今天臉色有點蒼白，看了真叫人心痛。」

在她快樂的時候，她走到哪裡，就把歡樂帶到哪裡。

（英國安・朗格）

魔法智慧

　　希雅聽從百花仙女的派遣，去看望得到美貌的愛麗斯、得到雄辯口才的黛芬妮、得到快樂的辛西婭、得到智慧的菲尼雅，卻發現她們其實過得並不幸福，並不滿意。於是，當離開的時候，她要的禮物只是一個平靜的心境。後來這個禮物為她和身邊的人帶來快樂，也讓她變得越來越漂亮。

　　故事告訴我們：生活，不需要賦予太多，也不必要計較太多，擁有一顆平常心就可以恰到好處地詮釋幸福。在我們的日常生活中，愈是具有平常心的人，愈能幸福，而那些整天斤斤計較、患得患失的人只會苦惱無窮。有時候，一頓簡單的晚餐，一句簡單的問候，一張簡單的卡片，或者一首簡單而又甜美的小詩，就能夠滿足我們，讓我們感受到生活的幸福。「平常心」看似平常，實則不平常。當你用一顆平常心去對待生活時，你會發現：真情，就在身邊。平常心是理解、寬容、忍讓的心。多一分理解和關愛，世界就多一分真善美。

魔法課堂　　仙女有哪些

　　仙女是神話傳說中，住在天上，有一定地位的年輕女子。

　　傳說玉帝有10個女兒和一個義女，炎帝有四個女兒，盤古有兩個女兒，西王母的女兒超過23個，玉帝的妹妹碧霞元君也是人們喜歡的仙女。在百花林有百花仙子和100位花仙還有許多女童，百草園有百草仙子和100位草仙，還有許多女童……真是很多很多呀！

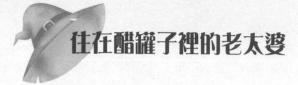

住在醋罐子裡的老太婆

從前，有個老太婆，住在一個醋罐子裡。有一天，一個仙女從那兒路過，聽見那個老太婆正在自言自語地說話。

「慚愧，慚愧，真是慚愧，」老太婆說，「我本不該住在一個醋罐子裡。我應該住在一間漂亮的小茅屋裡，牆上爬滿玫瑰，我該這樣才對。」

於是仙女說：「那好，今天晚上你上床睡覺時，翻三次身，然後閉上眼睛，到了早晨，你就會見到你想看到的東西。」

老太婆上床睡覺時，翻了三次身，然後閉上眼睛。到了早晨，她睜開眼睛一看，發現自己正躺在一間漂亮的小茅屋裡，牆上爬滿玫瑰。她又驚又喜，但是卻忘記要感謝仙女。

仙女四處忙碌著她要做的事情。不久，她想：「我去看看那個老太婆現在怎樣了。她住在那間小茅屋裡，一定很快活。」

她一到茅屋門口，就聽見老太婆正在自言自語地說話。

「慚愧，慚愧，真是慚愧，」老太婆說，「我本不該住在這樣一間小茅屋裡，孤孤單單的一個人。我應該住在一排房子中的一幢漂亮的小房子裡，窗戶上掛著花邊窗簾，門上有黃銅做的門環，外面有人在歡樂地叫賣貝類和淡菜。」

仙女有點吃驚，但是她說：「那好，今天晚上你睡覺時，翻三次身，然後閉上眼睛，到了早晨，你就會見到你想看到的東西。」

老太婆睡覺的時候，翻了三次身，閉上眼睛。到了早晨，她果真躺在一幢漂亮的小房子裡，周圍是一排小房子，窗戶上掛著花邊窗簾，門上有黃銅門環，外面有人在歡樂地叫賣貝類和淡菜。她又驚又喜，但是忘記要感謝仙女。

仙女四處忙碌著她要做的事情。過了一段時候，她想：「我

要去看看老太婆現在怎樣了。她現在一定過得很幸福。」

　　她來到那一幢小房子門口，只聽見老太婆在自言自語地說話。「慚愧，慚愧，」老太婆說，「我本不應該住在這樣一排房子裡，周圍全是平民百姓。我應該住在鄉間的一座高大的城堡裡，四周是一個大花園，還有僕人供我使喚。

　　仙女很是吃驚，心裡不太高興，但是她還是說：「那好，睡覺的時候，翻三次身，閉上眼睛，到了早晨，你就會見到你想看到的東西。」

　　老太婆睡覺的時候，翻了三次身，閉上眼睛。到了早晨，她果然躺在鄉間的一座高大城堡裡，周圍是一個漂亮的大花園，還有一些僕人供她使喚。她又驚又喜，說話也學得斯斯文文，但是她忘記要感謝仙女。

　　仙女四處忙碌著她要做的事情。過了一些時候，她心裡想：「我要去看看老太婆怎麼樣了。她現在一定生活得很幸福。」

　　但是，她剛一走近老太婆客廳的窗戶，就聽見老太婆在自言自語地說話。

　　「真是太慚愧了，」老太婆說，「我竟然孤獨地生活在這裡，與上流社會完全隔絕。我應該是一位公爵夫人，常常坐著馬車，在隨從們的前呼後擁下去見女王陛下。」

　　仙女很吃驚，心裡很是喪氣，但是她說：「那好，今晚上床睡覺，翻三次身，閉上眼睛，到了早晨，你會見到你要看到的東西。」

　　於是，老太婆上床睡覺時，翻了三次身，閉上眼睛。到了早晨，她果然成了公爵夫人，有自己的馬車，要去晉見女王，還有自己的隨從。她又驚又喜，但還是忘記要感謝仙女。

　　仙女四處忙碌著她要做的事情。過了一段時間，她心裡想：「我最好去看看老太婆現在怎樣了。她現在成了公爵夫人，一定很開心。」

　　但是，她一走到老太婆在城裡的豪華府第的窗戶，就聽見老

太婆在自言自語：「真是太慚愧了，我竟然只是一個公爵夫人，要向女王大獻殷勤。我自己為什麼不能成為一個女王，坐在黃金寶座上，頭戴金冠，四周全是大臣呢？」

仙女心裡涼了半截，很是生氣，但是她說：「那好，上床去睡覺，翻三次身，閉上眼睛，到了早晨，你就會見到你想看到的東西。」

於是，老太婆上床睡覺，翻了三次身，閉上眼睛。到了早晨，她果然就在皇宮裡，成了一個名副其實的女王，坐在黃金寶座上，頭戴金冠，四周全是大臣。她十分高興，對他們發號施令起來。但是，她仍然忘記感謝仙女。

仙女四處忙碌著她要做的事情。過了一些時候，她心裡想：「我要去看看老太婆怎麼樣了。這回她一定心滿意足了吧！」

但是，她一走近宮廷，就聽見老太婆在自言自語。

「太慚愧了，太慚愧了，」她說，「我竟然是這樣一個小國的女王，而不是統治整個世界。實際上，我最適合做教皇，統治世界上每一個人的思想。」

「那好。」仙女說：「上床去。翻三次身，閉上眼睛，到了早晨，你就會見到你想看到的東西。」

老太婆於是上了床，腦子裡滿是幻想，得意極了。她翻了三次身，閉上眼睛。到了早晨，她又回到她的醋罐裡去了。

（英國民間童話改寫）

魔法智慧

老太婆對於自己的處境總是抱怨不停，當仙女實現她的一個願望之後，她總是不能滿足，而是埋怨著要實現一個更好的願望，結果所有的一切都成為泡影，她又回到了原來的醋罐子中。

人的本性本就存在著美與醜兩個方面，如果說貪得無厭是人的劣根性，那麼能夠自制就是人性的光輝。誰都容易掉進貪婪

的泥潭，唯有克制自己才是救助自己的繩索。時刻記得：貪婪容易，自制難。

　　一時的獲利或許會令你興奮不已，但到最後，你就會發現你終將一無所獲。學會自制，知足常樂，這才是我們為人處世的基本法則。這就是這個故事給我們的人生啟示。

魔法課堂　　　傳說中的七仙女

　　關於七仙女還流傳著兩種說法呢！

　　一種說法認為，她們是神話傳說中玉帝的七個女兒。在《西遊記》裡，七仙女為：紅衣仙女、青衣仙女、素衣仙女、皂衣仙女（黑衣）、紫衣仙女、黃衣仙女、綠衣仙女。

　　據說名字分別是張天壽、張天陽、張天榮、張天昌、張天顯、張天慶、張天羽。

　　另一種說法卻認為，玉帝有十個女兒，是除了聖觀音、大勢至菩薩、文殊菩薩（大日如來）之外的七個女兒，分別是珠王聖母、碧霞元君、白娘聖母、青娘聖母、西王聖母、仙女聖母、九天玄女。

　　七仙女紫兒，傳說是玉皇大帝的第七個女兒，她心靈手巧，而且心地善良。一天，七仙女得知丹陽境內（如今湖北的孝感）有一個叫董永的年輕人，因為家貧無錢安葬死去的父親，只得賣身為奴。

　　她深受感動，便私下天庭與董永結百年之好，在大槐樹下成就了姻緣。可惜的是，媒人作的大槐樹一時高興，把「百年好合」說成「百天好合」，害得他們只有百天的夫妻緣分。

　　七仙女用巧手金梭織出10匹錦絹贖出董永，準備和董永一起在凡間生活，白頭偕老。不料玉皇大帝知道後十分憤怒，他急召七仙女回天宮，七仙女不得不忍痛飛上天去。

　　就在這時，她的織布梭化成飛梭石，織布機留在人間。聽

　　說，人們在夜深人靜時仍能聽到「喀嚓喀嚓」的織機聲呢！

　　以後，每年正月十五的晚上，身著盛裝的姑娘聚集在飛梭石旁，手捧針線盒向七姐乞巧，唱乞巧歌。如今，安徽天柱山被譽為七仙女在人間的故鄉。不知你有沒有聽說過？

年老的女王和年輕的農婦

　　森林裡有一位女王已經有一百歲了，她的臉皺得像老樹皮，牙齒和頭髮都掉光了。

　　一天，一位仙女問她：「你願意恢復青春嗎？」

　　女王回答說：「這是我求之不得的呀！快把我變成一位二十歲的姑娘吧，我會把所有的珍寶全給你。」

　　「那需要找一個年輕人，把她的青春和你的衰老作個交換。」仙女說。

　　仙女找了很多人，可是沒有一個人願意。最後來了一位美麗的鄉村姑娘，她名叫貝羅內爾，她願意用自己的青春換取女王的王冠。

　　女王一開始很不願意用王冠交換，可是她太想變得年輕，只好答應了。

　　「讓我們兩人平分我的王國吧。」

　　「不！如果是這樣就算了吧，你還是守著你的衰老和全部財寶去死亡吧。」貝羅內爾說。

　　這時仙女說話了：「你們還是先試一試吧，再看看願意不願意。」

　　於是年輕的貝羅內爾變成了年老的女王。一大群僕人和使女供她使喚，桌上擺滿了好吃的東西。可是女王太老了，什麼也嚼不動，一點胃口也沒有。她一個勁地咳嗽，口水鼻涕全流出來了，都抹在袖子上。她叫女僕拿來鏡子一照，啊呀！發現自己比猴子還要難看。

　　這時，老女王開始變得年輕漂亮起來。她的笑聲脆脆的，臉也紅紅的，走起路來輕盈快活。可是她的衣服很舊很破，像一個拾垃圾的女人。王宮裡的衛兵把她當成傭人，差點把她趕出門

去。

這時，變成女王的貝羅內爾說：「我這樣老，痛苦死了，我可不願交換。把你的王冠拿走吧，粗布裙子還給我。」

兩人立即進行交換。女王又變回了百歲老人，貝羅內爾也變成原來的年輕姑娘。

剛剛交換完畢，兩人都後悔了，可是已經來不及了。仙女已經決定她倆得按照自己的條件生活下去。

女王每天都傷心地哭哭啼啼，她哭個不停，哭得手指都會發痛。

這時，她就說：「哎呀，如果我是貝羅內爾，我現在就可以在鄉下的茅屋裡吃栗子，我還可以在樹蔭下伴著優美的笛聲，和可愛的牧童們一起跳舞。眼前，這張床雖然華貴又舒適，但又有什麼用呢？我只能躺在上面『哎喲、哎喲』叫喚。王宮裡雖然有許多僕人供我使喚，可是誰也無法減輕我的痛苦哇！」

女王自從變過年輕以後，日夜煩惱，病一天比一天重。十二個醫生日夜看護著她，給她醫治，不讓她死去，這使她更加痛苦。過了兩個月，她終於死去了。

貝羅內爾和全國的老百姓一樣，聽到女王死去的消息。她正和女伴們在小溪邊跳圈圈舞。小溪水清清的，嘩嘩流淌。貝羅內爾這時真正明白，不和女王交換是對的，而且也是幸福的。

仙女又來看年輕的貝羅內爾，還給她介紹三個男子，讓她挑一個做自己的丈夫。

第一位是個又討厭又殘忍的男人。他整天好像都在發愁，而且總愛嫉妒別人。但這是一位有錢的貴族老爺，白天黑夜都願意陪著貝羅內爾。

第二位很可愛，非常文雅，非常有禮貌。他的門第很高貴，但是很窮，對生活很不滿意。

最後一位是個農民，和貝羅內爾一樣。他不醜也不美，不很有錢也不太窮。他很愛貝羅內爾，可並不過分。

該選哪一位呢？貝羅內爾不知怎麼才好。她很喜歡漂亮的衣服和眾多的僕人，那多有氣派呀。可是仙女對她說：

「嗨，你這個傻姑娘！仔細看看這位農民吧，他正是你應該挑選的丈夫！你對門第高貴的男子過分喜歡，而第一位老頭又過分喜歡你，但他倆都會給你帶來痛苦。這位農民正合適。他不會打你，也不會看不起你。他會帶著你在草地上跳舞，這可比在宮廷裡跳舞快活多了。在鄉村裡做一個快活的新娘比做一個貴婦人要自由自在多了。只要你不去胡思亂想那些外表好看，而實際上沒用的東西，那麼，你就能和這位農民幸福地生活一輩子的。」

（法國費納龍）

魔法智慧

年輕漂亮的貝羅內跟已到垂暮之年的女王做了交換後，認識到不和女王做交換是對的，而且也是幸福的。當她面臨選擇自己丈夫的時候，仙女卻要她選擇一個實實在在的農民，做一個自由自在的鄉村快樂新娘。

這就告訴我們：實在有價值的東西永遠要勝過那些外表好看但卻無用的東西。「騎白馬的不一定是王子，他可能是唐三藏；帶翅膀的也不一定是天使，它有可能是蚊子。」不要將眼光一直投向別人光鮮的外表，也許這些外表下掩蓋著你所不知的種種虛偽和可憐的空洞。我們只有聽從內心對快樂、充實的呼喚，把握住那些實實在在的東西，才能真正擁有自由自在的幸福人生。

魔法課堂　　可愛的小仙子

仙子是一種用作裝飾的小動物，很可愛，只是智力不高，它們時常被巫師們直接用來作裝飾品。仙子們一般居住在林地中或者森林的空地上。它們長著人的身體、頭和四肢，只是很小而

已，身高只有一到五英寸的樣子。但是，它們卻有著一雙漂亮的大翅膀。仙子的翅膀，由於種類不同，有透明的，也有五彩繽紛的。

仙子們的手中都拿著一根樹枝一樣的魔杖，它的魔力不強，但可以暫時抵擋一下捕獵者，例如愛爾蘭鳳凰。

仙子們天性好爭吵，但是因為極其愛慕虛榮，所以任何時候叫它們去充當裝飾品，它們都會很聽話。

儘管它們有和人一樣的外表，卻不能說人的語言，只能發出刺耳的嗡嗡噪音，與它們的同伴互相交流。

仙子將卵產在葉子的背面，一次可產五十粒。這些卵經過孵化，會變成色彩亮麗的幼蟲。幼蟲經過六至十天，就會吐絲做繭。一個月後，身體完全長成的成年仙子就從繭裡出來了。和蝴蝶的誕生還真是相似啊！

林中睡美人

　　從前有一個國王和一個王后，他們結婚多年後仍沒有兒女。王后每天祈禱，希望上天能賜給他們一個孩子。她的誠心最終感動了上天。一個晚上，當王后在禱告的時候，一個天使降臨了，天使告訴她，她很快就會有一個小公主。果然王后馬上就懷孕了，一年之後，她生下一個健康、可愛的小公主。

　　國王為孩子舉行隆重的洗禮，他請全國所有的仙女（一共是七位）來當小公主的教母。按照當時的風俗習慣，每個仙女都要送給孩子一件禮物，也就是賦予小公主一項才能，使她成為世界上最完美的人。

　　洗禮儀式完畢後，國王佈置了盛大宴席，來招待全體仙女。她們每人面前都有一份精緻的餐具──一個巨大的金盒裡放著一把湯匙和一副刀叉，湯匙和刀叉都是用純金鑄成的，上面鑲嵌著金剛鑽和紅寶石。

　　客人們正要就席的時候，忽然進來一個老仙女。這個仙女沒有受到邀請，因為五十多年來，誰也沒有看到她從隱居的古塔中走出來，大家以為她不是死了，就是被邪法儡住了。

　　國王吩咐為她擺上一份餐具，但無法給她同樣的金盒，因為這樣的金盒只為七位仙女訂製七個。老仙女認為這是對她的藐視，喃喃地抱怨和威脅了一陣。坐在她身旁的一個年輕仙女聽到她的嘮叨，料想她可能會傷害公主。她於是在散席後躲到一個掛著壁毯的屏風後面，等待最後發言，想要消除老仙女可能造成的不幸。

　　這時，仙女們開始向公主贈送禮物。最年輕的仙女送的是美麗，她要使公主成為世界上最漂亮的姑娘；第二位仙女送的是智慧，她要使公主變得天使般的聰明；第三位仙女要使公主有優美

綽約的儀態；第四位要使公主翩翩善舞；第五位要使公主的歌聲像夜鶯一樣動聽；第六位要使公主能美妙地演奏各種樂器。

下一個就輪到老仙女了。

她說：「公主將在十五歲那年會戳到紡錘倒下死去。」

所有的人都大吃一驚。這時，第七個仙女還沒有說出她的祝福，但是她不能消除那惡毒的咒語，只能把它削弱，於是她說：「公主倒下去不是死亡，而是沉睡一百年。」

國王為了使自己親愛的女兒免遭不幸，便下令把全國所有的紡錘全部燒掉。仙女們的祝願在小姑娘身上都應驗了，因為她美麗，純潔，溫柔，聰明，凡是看見她的人，沒有不喜歡

在她十五歲生日那天，國王和王后都不在家，只有小姑娘一個人在宮殿裡。她到處走動，察看小房間，最後走進一座古老的塔樓。她爬上狹窄的旋轉樓梯，來到一個小門前，門上的鎖裡插一把生鏽的鑰匙，她把它一扭，門就彈開了。小屋子裡坐著一個老婆婆，正在用紡錘飛快地紡麻線。

公主說：「你好，老婆婆，你在幹什麼呢？」

老婆婆點點頭說：「我在紡線呢。」

「這是什麼東西？轉起來真好玩。」小姑娘說著，伸手去抓紡錘，也想紡線。

可是她剛一碰到紡錘，仙女的預言就應驗了，紡錘戳了她的手指。

紡錘剛一觸到她，她就倒在屋裡的床上，沉沉地睡著了。這種睡眠蔓延到整個王宮。國王和王后剛剛回到家裡，一走進大廳就睡著了，王宮裡所有的人也都同他們一樣。馬在廄房裡，狗在院子裡，鴿子在屋頂上，蒼蠅在牆上，都睡著了。就連爐膛裡熊熊燃燒的火也熄滅睡著了。鍋裡的炸肉也不滋滋作響了。廚房裡的小夥計做錯了什麼事，廚師正要揪他的頭髮，手也鬆開睡著了。風停了，宮殿前面樹上的葉子也不動了。

王宮的周圍開始長起一道玫瑰籬笆，一年比一年高，最後，

把整個王宮都圍起來，並且不斷向外伸展，變得人們從外面什麼也看不見，甚至連屋頂上的旗子也看不見了。於是，在國內流傳著一個關於美麗的、沉睡著的玫瑰小姐的傳說——人們都把公主叫做玫瑰小姐。有時，一些王子被吸引到這裡，他們想擠過籬笆，進入王宮裡。但是他們不能進去，因為玫瑰像兩隻手似的，緊緊地纏繞在一起，那些王子只能被纏死。

許多年以後，又有一個王子來到這個國家。他聽一位老人講起過玫瑰籬笆的故事，說籬笆後面有一座王宮，宮裡有一個美麗絕倫的公主，她叫玫瑰小姐，已經沉睡了一百年，和她一起沉睡的還有國王、王后和宮裡所有的人。這位老人還聽他的爺爺說，已經有許多王子來過，他們想穿過玫瑰籬笆，結果都被裡面的一條魔龍嚇退了。

王子說：「我不怕，我也要去看看美麗的玫瑰小姐。」好心的老人勸他不要去，可是他不聽。

王子勇敢地策馬衝進玫瑰叢中，魔龍兇狠地向他撲過來。王子用盡全力跟魔龍打鬥，終於用劍刺中魔龍的咽喉。魔龍被殺死後，奇跡發生了：那些帶刺的玫瑰突然變得很溫順，自動分出一條路來，絲毫也沒有傷害王子。

王子走進去後，發現王宮裡非常的安靜，裡面的人和動物都在呼呼大睡。最後，他爬上塔樓，推開玫瑰小姐睡覺的小屋的門。玫瑰小姐躺在那裡，非常美麗，他目不轉睛地看著她，然後彎下腰去吻了她一下。

他剛一吻她，玫瑰小姐就睜開眼睛醒過來了，親切地望著他。他們一起走下塔樓，發現整個王宮都甦醒了，大家都接著做原先他們正在做的事情，彷彿一切都沒發生過一樣。

不久王子和玫瑰小姐舉行了非常隆重的婚禮。從此，他們快快活活地生活在一起，度過幸福的一生。

（法國夏爾·貝洛）

　　美麗的公主受到不懷好意的老仙女的詛咒，結果沉睡了一百年。雖然許多王子都曾試圖進入王宮去拯救美麗的公主，但當他們遇到裡面的魔龍，都被嚇退了。只有真正勇敢的王子不畏艱險，勇往直前。王子的巨大勇氣幫助他殺害了魔龍，也令長滿刺的玫瑰籬笆牆折服，自動讓出一條路供他通過。

　　故事告訴我們：勇氣和毅力是取得成功的關鍵。其實，成功離我們並不遙遠，只要我們堅持不懈，無懼無畏，努力到底，就一定能如願以償。困難就像那長滿長刺得玫瑰籬笆牆，如果你在它面前屈服，就只能無功而返；如果你勇敢地跨過去，前面就是豪華的王宮和美麗的公主。

魔法課堂　　　與精靈相處的注意事項

　　精靈的脾氣有些小古怪，如果你冒犯他，或者做了它不喜歡的事情，它就會十分生氣，離你而去，甚至會狠狠地折磨你。所以，在與它相處的時候一定要注意。現在就介紹一些與精靈相處的注意事項吧。

　　1. **絕對不要侵犯精靈們的領地**，不僅不能在精靈們的領地「精靈圈」中蓋房子，而且也絕對不能在那附近扔垃圾或汙物，否則就會遭到它們的詛咒。

　　2. **如果不想被愛搗亂的精靈抓到弱點，就得經常整理東西，而且一直要保持清潔**。尤其是廚房更要注意，因為精靈們喜歡乾淨的火爐或整齊的廚房；如果廚房亂七八糟的，它們就會故意搗亂，倒掉食物或摔壞碟子。例如，幫忙做家務的精靈奇奇莫拉，如果女主人偷懶，就會向孩子們和家畜們施魔法，把屋子弄得像豬圈一樣。

3.受到精靈幫助，或接受精靈禮物的人絕對不能把這件事說給別人，因為精靈不喜歡自己的祕密被洩漏。

4.不能因為感謝向精靈回贈禮物。如果你要回贈它們，它們會十分生氣，認為你不再需要它們，而從此離開你。

布娃娃小仙女

　　從前，有個皇帝，只有一個兒子，皇帝和皇后都非常喜歡他。等他長到成人年齡的時刻，國王在宮殿裡舉行了盛大的舞會。夜半過後，人們跳舞跳得疲倦了，都紛紛散去，王子也不知不覺一個人來到皇宮後面的椴樹林中。

　　走著走著，王子發現明亮的月光下，有一個奇怪的小人兒站在他的前方。她穿著金線繡的衣裙，披著長長的頭髮，戴著一頂金冠，冠上的珍珠在月光下熠熠閃光。她是那樣迷人，但卻是那樣小，就像玩具店裡的布娃娃。

　　「她一定是仙女！」王子想，目不轉睛地看著她，不敢走上前去和她說話。

　　小人兒開始說話了，王子覺得彷彿是叮叮咚咚的小銀鈴響在夜空裡。

　　「親愛的王子，我是來慶賀您的生日的，但我不敢去跟別的姑娘一起跳舞，因為我太小了。我在這兒向您祝福，這明媚的月光就是我的陽光。」

　　這布娃娃似的小仙女是那樣漂亮，那樣溫柔，王子一下子就喜歡上她，他走上前去扯她的小手。可小仙女特別害羞，她往後一跳，消失在暗影裡。王子的手裡只剩下一隻極小的小手套。王子把這金線繡的小手套貼在心上，悶悶不樂地走回宮殿去。他守住自己的祕密，那天晚上的奇遇他誰也沒告訴。

　　第二天，王子第一次覺得白天那樣長，他想著小仙女，盼望著晚上快快到來。夜幕終於降臨了，整個世界都安靜下來。王子順著原來的小徑向椴樹林走去。

　　月光明媚，花香襲人，但是椴樹林那邊的草地卻不見了。王子踱來踱去，等了很久很久他覺得一點兒希望也沒有，開始懷

疑昨天晚上是不是做夢。他忽然想起那隻小手套，便拿出來凝望著，情不自禁地放在唇上吻了一下。小仙女突然出現在了他眼前。王子高興極了，他的心幸福地咚咚跳。

他們開始在花園裡談話、散步。過了一會兒，王子驚奇地發現小仙女長高了許多，等到他們分別的時候，她比原來已經高出了兩倍。王子還給她那只小手套，她自己也戴不進去了。

「你留作紀念吧！」小仙女說了一聲，突然不見了。

從那天起，他們每天晚上在花園裡見面。王子天天盼望月亮出來，月亮出來了，他就可以去見小仙女。他發覺自己愛小仙女勝過任何一個女人，並且他的愛還在一天天增長。

美麗的小仙女一天天在長高，長得和王子差不多高了。一天，她對王子說：「親愛的王子，只要天上有月亮，我就來看你。」

「啊，不不，你要時刻留在我的身邊，沒有了你我恐怕活不了，要不我們馬上結婚吧！」

「既然你有這種心意，我可以做你的妻子，不過我只有一個要求，你要永遠愛我，不要再去愛別的女人。」

「我發誓，我一定永遠愛你！」王子虔誠地說，「你是我唯一的愛，別的女人不管多麼漂亮，我連看都不看。」

「好吧，千萬記住，只有在你遵守諾言的時候，我才屬於你。」

第二天早上，王子告訴了他的父母，國王和王后都很高興，並在三天之後為他們舉行了婚禮，皇宮裡的人沒有一個不誇新娘子漂亮。

他們一起幸福地生活了七年之後，國王去世了。國王的遺體停放在莊嚴的教堂裡，參加葬禮的人群中站滿了漂亮的貴婦人，其中有一個特別引人注目：她頭髮紅銅色，在陽光下像一團火；眼睛漆黑；臉，像牙雕一般潔白。她不去為老皇帝的靈魂祈禱，卻直望著年輕的新皇帝。新皇帝也注意到她不平凡的美，而且發

覺這女人對自己很感興趣，心裡暗暗高興。

　　送葬的隊伍向墓地出發的時候，年輕的皇帝三次轉身去看那漂亮女人。他的妻子就在他身邊，默默地挽住他的胳膊，覺得很難堪。而皇帝幾乎忘掉身邊的妻子。忽然，妻子被裙子絆了一下，差點兒摔倒，手臂也夠不著去挽皇帝的胳膊了。

　　「啊，我的裙子太長了。」她抱歉地說。年輕的皇帝只顧盯著那紅頭髮的女人，沒有注意到他的妻子已經開始變小了。

　　埋葬老皇帝回來的路上，紅頭髮的女人故意走在新皇帝的身邊。皇帝熱情地看著她，完全忘記了自己的妻子。那可愛的小仙女變得越來越小，當他們走過古老的椴樹林的時候，小仙女不見了。

　　年輕的皇帝並沒有為失去小仙女難過，他已經把自己的心給了那漂亮女人。沒過幾天他就舉行了第二次婚禮。

　　但是，沒過幾天，新皇帝就發覺這個女人愛的並不是他，而是富麗堂皇的宮殿。她總是向他提出一些難以滿足的要求：先是要一張全部用紅寶石鑲嵌的象牙床，接著要十二套世界上最好的絲綢做的新臥具，後來又要所有種類的珍珠。她得到這些東西以後，並沒有感激的意思，反而提出更難滿足的要求。她對自己的丈夫一點也不好，只要有一件事不能滿足她，她就要發怒、咒罵、又哭又鬧，說什麼她是世界上最不幸的女人。

　　年輕的皇帝很快就意識到自己的錯誤，他把那個可惡的女人趕出皇宮。他每天都在懺悔，一到晚上就跑到古老的椴樹林裡去，呼喚著小仙女，等待著她。

　　月亮圓了又缺，缺了又圓，他等了不知有多久，直到他自己變成一個悲哀的白髮老人，他還在老椴樹下徘徊，破碎的心還存在著一線希望。那隻金線繡的小手套浸滿了他的淚水，他吻了又吻，上面的絨毛都磨光了。但是，小仙女再也沒有回來。

（南斯拉夫民間童話改寫）

魔法智慧

　　王子為了把小仙女留在身邊，承諾不會再愛別的女人。但後來他卻被一個漂亮女人深深吸引了，並把自己的心給了她還和她結婚。對於小仙女的離開，他也沒有半點難過之情。隨著漂亮女人本性的暴露，他意識到自己的錯誤，並懺悔不已。他每天都在呼喚著小仙女，可是直到他頭髮花白，也沒把小仙女呼喚回來。

　　諾言並不是輕輕潑出去的水，時間一長就蒸發殆盡，不留痕跡；諾言是在石塊上刻寫的一張借條，在沒有實現之前，哪怕是日曬雨淋，它也不會字跡模糊。無論走到哪裡，信守承諾的人的身上總有一層「光環」，使人倍加尊敬；而拋棄承諾的人則像一塊有瑕疵的碧玉，再美也會因自身的弱點而光澤暗淡。許下承諾，就一定要去實現它，如果你一再地違背自己的承諾，就沒有人會相信你，你也將被別人拋棄，你的人生將會走向陰冷和黑暗。故事中的王子正是因為違背當初的承諾，致使以後的人生變得淒苦悲涼。

魔法課堂　　　嫵媚又可怕的曼陀羅

　　曼陀羅，又叫風茄兒、山茄子，中醫稱它為洋金花。它有著曼妙的姿態，一般有三米高，葉子如絲絨般滑膩，花朵像漏斗、大而潔白，花瓣展開如同美麗的襯裙，散發出沁人的甜香。

　　也許你很難相信，這麼美麗的花，居然含有劇毒，如果對著花葉深嗅，就會使人產生各種各樣的幻覺。正因為曼陀羅花含有大量有毒的致幻劑，它才成為巫師製作藥物的重要成分，並逐漸成為巫師的靈物。據說，中世紀歐洲曾經風靡過一種愛情藥劑，可以使心愛之人對自己死心塌地，曼陀羅就是其中一種不可或缺的原料。古代希伯來人還認為曼陀羅象徵著生育繁衍，巫師往往將它作為有助於懷孕的靈物。

　　西方人認為，曼陀羅花能夠使魔鬼附身的人恢復神智；把曼陀羅花曬乾，佩戴胸前，還可以遠離邪祟。在德國，農民們在田野中遇到曼陀羅時，通常會十分小心謹慎。如果遇到人形的曼陀羅，還會給它穿上衣服，用穀物給它做成眼睛，放在特製的小床上供起來呢！

　　曼陀羅不僅花朵具有神力，它的根也像人參一樣，被巫師用作可以滋補人體的靈丹妙藥。不可思議的是，巫師還認為曼陀羅的根下面住著魔鬼，因為絞刑架旁邊的曼陀羅總是長得更茂盛。人們也認為「屍體上面開出的花最美麗」，曼陀羅肯定是受到魔鬼的特殊眷顧。看過《哈利波特》後，你可能還記得裡面有個這樣的鏡頭：當曼陀羅被拔出時，地底下會傳出一陣撕心裂肺的尖叫，那就是藏在曼陀羅根部的魔鬼發出來的聲音。想想真是可怕哦！

　　傳說巫師在占卜的時候，常常會徵詢曼陀羅的意見，如果巫師占卜的正確，曼陀羅就會點頭稱許。曼陀羅有如此神奇的魔力，真是不得不讓人折服呀！

第九章 身懷絕技的奇人

釀造太陽色彩的女孩

有個山谷裡住著一群人們，他們身材十分奇特，身高長如筷子、短似小指，還長了一條尾巴。他們的眼睛看到的東西都是灰濛濛的，沒有任何色彩。其實，他們的祖先原本不是這樣的，他們和我們正常人一樣。

六月裡一個濛濛細雨的清晨，河流漂來一張荷葉，上面睡著一個像小指一樣嬌小的女孩。在河邊捕蝦的老爺爺發現了她，把她抱上岸。

消息傳開了，山谷裡的人紛紛前來圍觀。女孩睜開眼睛，喲！她的雙眼如調色盤，旋轉出橙、黃、綠、青、藍、紫六種顏色的目光，但是山谷裡的人們卻看不見。

孤單的老爺爺視小指女孩如掌上的明珠，給她取了個名字：荷葉。爺爺和她相依為命，住在一間像鴿棚一樣的家裡。

漸漸地，荷葉長成一個亭亭玉立的少女，她在山谷裡鶴立雞群，彷彿是十七世紀的英國醫生格列佛，來到了一個小人國。

山谷裡的人真是欣喜萬分，他們一塊石頭一塊石頭，不知花了多少汗水，為荷葉建造了剛好能容身的小屋子，緊靠她爺爺的住處。

荷葉漸漸懂事了，當她用充滿感激的六色目光，鳥瞰腳下的這片土地、爺爺和鄉親們，她不禁悲從心來。她是多麼的希望村子裡的人們都像她一樣，能看到七彩的顏色。

夜裡，荷葉睡不著。索性起身走到爺爺屋前，把身子趴在地上，瞇起一隻眼睛，湊近硬幣大小的窗口，看著熟睡的爺爺。黑夜裡，荷葉的六色眼睛看到了爺爺的夢。爺爺的夢，和他白天裡的目光一樣，竟也是灰濛濛的。好大好大的灰煙從爺爺的夢鄉裡洩漏出來，把荷葉的眼睛嗆得直流淚水。

　　荷葉好傷心，她難過灰濛濛的色彩不但佔據了爺爺白天的目光，還霸佔爺爺黑夜的夢。

　　荷葉站起身，使她大驚失色的是，她的六色眼睛看到腳下密密麻麻、遠遠近近的如黑蟻一樣的窗孔裡，都是灰霧繚繞，灰煙滾滾——這是山谷裡鄉親們的夢裡流出的唯一色彩呵！

　　當黎明來到，荷葉望著冉冉升騰的太陽，驀然想到用太陽的紅、橙，黃，綠、青、藍、紫這七種色彩去畫爺爺和鄉親們的灰夢。於是荷葉在黑夜裡上路，黎明時，她爬上東邊的山頂。站在山上，肩上是晨風，晨風上是藍天，藍天上跳出了太陽。

　　「太陽媽媽，您能給我您的七色，讓我去為我爺爺和鄉親們的灰夢畫上您的顏料嗎？」荷葉面對著太陽朗聲問道。

　　「好孩子，」太陽回答說，「你有一顆愛心，但還要有智慧和虔誠，才能成為一個畫夢的人，你要做出巨大的犧牲才能讓你的願望實現。」

　　「我願意犧牲我的全部，請告訴我該怎麼去做吧！」

　　「好吧，好孩子我來告訴你。」於是太陽告訴了她。

　　荷葉又在一個黑夜裡上路了。她沿著河水溯流而上，來到最清淨的河面，掏出一把剪刀，剪下一塊清澈見底的河水。她雙手捧著這塊河水回到自己屋裡，小心翼翼地把它嵌在朝東的牆上。

　　早晨，太陽跳出東邊的山頂，荷葉屋裡的牆上那塊豎著的河流，立刻映出太陽紅紅的臉龐！太陽被她搬到家裡來了。陽光把牆上的河水攪得流金溢彩，七種彩色濕潤地燃燒著。

　　她踮起腳尖，猛地把頭伸進河水裡，嘟起嘴巴，咕嚕咕嚕把這塊河水喝了精光，連同那顆濕漉漉的太陽，一齊喝了下去。

　　一時間，有如喝下一瓶烈性酒，一陣暈眩。但她心裡好高興，她已經把太陽的色彩溶解在自己的生命裡，可以用七色去為爺爺跟鄉親們畫夢了。

　　當黑夜再度降臨，荷葉匆匆上路了。臨走時，她趴在地上，柔情地看著正在做灰夢的爺爺，默默向他告別。

　　她來到山谷中的一座小山丘上，環顧四周，山村人們的小屋盡收眼底。夜色裡，她深情凝望著他們的房子，那一個個窗戶裡流出灰濛濛的夢。

　　她不再猶豫，深深地吸了一口氣，彎下身子，猛然嘔出自己的一顆心來，那艷紅的心哪！她把心放在手心，心放射的紅紅的色彩，和她的六色眼睛裡放射出的橙色、黃色、綠色、紫色交織在一起，組成了太陽的七色！

　　她忙不迭地抓住大把大把的七彩光色，使勁地朝山村人的夢鄉揮灑、揮灑！揮灑中，鄉親夢裡的灰濛濛大塊大塊地摔落在地；揮灑中，鄉親們的夢中流出了太陽的七彩光色！

　　黎明即將來臨時，荷葉停止了揮灑，她已經奄奄一息了。她手心裡的那顆心還在微微跳動，兩眼放射出微微的六色光芒。她匍匐地上，慢慢向河邊爬去。

　　「讓我的心在河裡跳動吧，讓我的生命像河水一樣流動吧！」荷葉在只剩最後一口氣時，撲通跳入了河裡。荷葉消失了，但河流倏然湧起連天七彩波浪，撞開了山谷……

　　天亮了，山谷的人們從七色夢裡醒來。他們睜開眼睛，只覺得有許多許多五顏六色從眸子裡流出來，抹落了目光上的灰濛濛。他們抬頭看天，天藍藍，看山，山青青，看太陽，太陽紅紅！他們你望著我，我望著你，欣喜地發現自己長高、長大了，尾巴沒有了，像一個平常的人一樣了！

　　只是爺爺和眾鄉親不知道他們夢中的太陽的色彩是誰釀造的，也不知道荷葉到哪裡去了，他們常常對著太陽、對著青山、對著那條流出山谷的河水，大聲呼喊荷葉的名字！

（中國戴達）

魔法智慧

　　看到爺爺和鄉親們都看不見任何色彩，連做出的夢都是灰色

的，荷葉感到十分傷心難過。於是，她去求助太陽媽媽，希望為爺爺和鄉親們的灰夢畫上太陽的色彩。她照太陽媽媽的要求，把太陽的色彩溶解在自己的生命裡，為爺爺、為鄉親們畫上七彩的夢，她的生命卻從此消逝。但是山坳裡的每一個人都不知道夢中的太陽色彩究竟是誰釀造的……

荷葉為什麼甘願用犧牲自己在換得山谷裡人們有色彩的世界。原因就在於愛與感恩的力量！感恩是一種生活態度，更是一種品德。如果人與人之間缺乏感恩之心，必然會導致人際關係的冷淡。所以，我們要用一顆真心去回饋愛自己、幫助過自己的人，更要懷著一顆感恩的心去對待我們的親人。

魔法課堂　　精靈是反復無常的傢伙

精靈們的行為方式與我們人類有著很大的差異，它們的性格變化無常，經常以善報善，以惡報惡。如果它們從人那裡獲得親切的招待，就會報以豐厚的答謝；如果人們有一點兒招待不周，它們就會施行嚴重的報復，不僅折磨人，更有甚者會誘拐大人或孩子。對於善良的人，它們會贈送禮物或幫忙做家務；但如果人拿著這個來炫耀，或感謝它，它們就會離開。

精靈奇特的性格在借東西的時候，表現得尤為明顯。如果借了精靈的飲食，還回去的時候，必須得還同樣的東西。如果還得比精靈借的量少或多，精靈就會發火，再也不借食物了。相反，向人借東西，精靈就會雙倍奉還，真是令人不可思議啊！

精靈很容易發火，但也會很快消氣。如果精靈發火，就在睡前在窗臺上灑牛奶，那樣它就會盡力避開不幸。我們在叫精靈的時候也要千萬注意，絕對不能叫它們精靈，必須叫成「好鄰居」或者「善良的人們」、「無害的人們」，否則就會遭遇禍害。

自私的巨人

　　從前，有個巨人有一個美麗的花園，園裡長滿了柔嫩的青草，草叢中到處露出星星似的美麗的花朵。園中還有十二棵桃樹，在春天開出淡紅色和珍珠色的鮮花，在秋天結著豐碩的果子。小鳥們坐在樹枝上唱出悅耳的歌聲，吸引周圍的孩子來這裡玩耍嬉戲。

　　一天，巨人回來了。他之前離家去看他的朋友，是住在康華爾的一個吃人鬼，在那裡一住便是七年。七年過完了，他把他要說的話說盡了，便決定回家。一到家，看見小孩們正在花園裡玩，地上的草坪都被踩壞，樹枝也被折斷，便十分生氣。「你們在這兒做什麼？」他粗暴地叫道，小孩們都嚇得跑開了。

　　第二天一大早，巨人就在花園門口立了個牌子，上面寫著：閒人免入，違者重罰。孩子們很怕巨人，都不敢再踏進花園半步。但他們還是很懷念在花園裡玩耍的樂趣，於是他們經常站在高高的圍牆外觀望這座美麗的花園。

　　春天來了，鄉下到處都開著小花，到處都有小鳥歌唱。單單在巨人的花園裡仍舊是冬天的氣象。鳥兒不肯在他的花園裡唱歌，樹木也忘了開花。只有那些寒冷的冰雪風霜在肆虐。雪用她的白色大衣蓋著草；霜把所有的樹枝塗成銀色；北風整天在園子裡四處吼叫，把煙囪蓋也吹倒了；雹每天總要在屋頂上鬧三個鐘頭，把瓦片弄壞了大半才停止……

　　「我不懂為什麼春天來得這樣遲……」巨人坐在窗前，望著窗外他那寒冷、雪白的花園自言自語：「希望天氣不久會變好。」

　　可是春天始終沒有來，夏天也沒有來。秋天給每個花園帶來金色果實，但巨人的花園卻什麼也沒有得到。

　　一天早晨巨人醒了，他忽然聽見了動人的音樂。這音樂非常好聽，他以為一定是國王的樂隊在他的門外走過。其實這只是一隻小小的梅花雀在他的窗外唱歌，但是他很久沒有聽見小鳥在他的園子裡歌唱了，所以他覺得這是全世界中最美的音樂。這時雹也停止在他的頭上跳舞，北風也不叫吼，一股甜香透過開著的窗來到他的鼻端。「我相信春天終於來了。」巨人說，他便跳下床去看窗外。

　　他看到了一個動人的畫面：孩子們從牆上一個小洞爬進園子裡來，他們都坐在樹枝上面。他在每一棵樹上都可以見到一個小孩。樹木看見孩子們回來十分高興，便都用花朵把自己裝起來，還在孩子們的頭上輕輕地舞動胳膊。鳥兒快樂地四處飛舞歌唱，花兒也從綠草中間伸出頭來看，開心的哈哈大笑。這的確是很可愛的景象。只有一個角落裡，冬天仍然留著，這是園子裡最遠的角落，一個小孩正站在那裡。他太小了，他的手還碰不到樹枝，他就在樹旁轉來轉去，哭得厲害。這株可憐的樹仍然滿身蓋著霜和雪，北風還在樹頂上吹叫。「快爬上來！小孩。」樹對孩子說，一面盡可能地把枝子垂下去，然而孩子還是太小了。

　　巨人入迷地欣賞著眼前的春景，猛然間意識到自己的錯誤：「是我的自私，讓這些可愛的孩子們失去快樂，從而受到懲罰，我要讓這些孩子盡情地來花園裡玩。」

　　他輕輕地走下樓，靜悄悄地打開前門，走進園子裡去。但是孩子們看見他，非常害怕，他們立刻逃走了，花園裡又現出冬天的景象。只有那個最小的孩子沒有跑開，因為他的眼裡充滿了淚水，看不見巨人走過來。

　　巨人偷偷地走到他後面，輕輕地抱起他，放到樹枝上去。這棵樹馬上開花了，鳥兒們也飛來在枝上歌唱，小孩伸出他的兩隻胳膊，抱住巨人的頸，親吻著巨人的臉頰表示感謝。小孩看見巨人不再像先前那樣兇狠，便都跑回來。春天也跟著小孩們來了。

　　巨人對他們說：「孩子們，花園現在是你們的了。」他拿出

一把大斧，砍倒圍牆，拿走牌子，並和他們一起玩耍起來。一起玩到天黑才告別。

　　從此以後，每天下午小孩放學以後，便找巨人一塊兒玩。只是那個被巨人抱起的小男孩一直沒有出現過，巨人感到很奇怪，也特別想念他，想再見到那孩子。

　　幾百年過去，巨人很老了。他不能夠再跟小孩們一塊兒玩。他坐在一把大扶手椅上看小孩們玩各種遊戲，同時也欣賞他自己的花園。他說：「我有許多美麗的花，可是孩子們卻是最美麗的花。」

　　一個冬天的早晨，他起床穿衣的時候，發現園子的最遠的一個角裡有一棵樹，枝上開滿了可愛的白花。樹枝全是黃金的，枝上低垂著累累的銀果，在這棵樹下就站著一個小孩。

　　巨人欣喜若狂地跑下樓去，來到花園，直衝到小孩的身邊。等他挨近小孩的時候，他的臉帶著憤怒漲紅了，他問道：「誰傷害了你？」因為小孩的兩隻手掌心上現出兩個烙印，在他兩隻小腳的腳背上也有兩個烙印。

　　「誰傷害了你？我決不饒恕他。」巨人叫道。

　　「不！」小孩答說，「這是愛的烙印啊。」

　　「那麼你是誰？」巨人說，他突然起了一種奇怪的敬畏的感覺，在小孩面前跪下來。

　　小孩向著巨人微笑了，對他說：「你有一回讓我在你的園子裡玩過，今天我要帶你到我的園子裡去，那就是天堂啊。」

　　那天下午小孩們跑進園子來的時候，他們發現巨人已經死了。他就躺在那棵樹下，全身蓋滿了雪白的花朵，面帶微笑。

（英國王爾德）

魔法智慧

　　對於自己的美麗花園，剛開始的時候，巨人不願意與人分

享，他冷酷地趕走那些來花園玩的天真無邪的孩子。花園裡的花草因此憎恨他的自私，都不願意向他展示自己的美麗，以致花園變成一個冰冷荒涼之地。後來，在一個天使的幫助之下，巨人認識到自己的錯誤，於是他慷慨地敞開花園，敞開心扉，接納那些天真的孩子們，花園頓時迎來了春天，巨人因此也變得快樂，最後他幸福地走進天堂。

我們每一個人的心中都有一座美麗的大花園。如果我們願意讓別人在此種植快樂，同時也讓這份快樂滋潤自己，那麼我們心靈的花園就永遠不會荒蕪。不論你在哪裡，處境如何，都要學會超越狹隘，放棄自私，選擇分享。因為，自私的人往往會回收更多的自私，而與人分享的人卻能獲得更多的分享。你把自己的熱心與人分享，你就會收穫到更多的熱心。把自己的樂趣與人分享，就會品嘗到更人的樂趣。分享是一種幸福，許多人身在福中不知福，其實他們缺少的不是幸福，而是去分享和奉獻的能力。如果我們能學會與人分享，並將此養成一種不可或缺的習慣，那麼我們將會收穫更多。

魔法課堂　　遠古巨人的傳說

古希臘和羅馬有一個傳說：有一天，天國降血落在大地女神蓋雅的膝上，她便因此懷孕，產下了泰坦族，也就是傳說中的巨人族。巨人族的人身材高大，力大無窮，性情暴躁，令人望而生畏。其中最著名的巨人是非利士族的巨人五兄弟之一的歌利亞。他能征善戰，與以色列士兵征戰不休。但歌利亞最後卻在耶路撒冷西南方7‧5公里處的平原被殺，殺他的人不是巨人戰士，而是後來成為以色列國王的少年大衛。

在距這個著名戰場1公里處，有一個24米高的大土堆，一般認為它是歌利亞的長眠之處，但由於沒人挖掘過，誰也沒有確定這是不是歌利亞的墓地了。

一寸法師

　　從前，在日本南方鄉下有一對老夫妻，他們沒有兒女，十分希望有個小孩。他們每天早晚都向神明禱告，祈求神明能賜給他們一個孩子，哪怕只是小手指那麼大。過了一段時間，他們果真生下一個身長只有一寸的小男孩。孩子雖然這麼矮小，但老夫妻愛他如掌上明珠，細心撫養。

　　過了幾年，這孩子一點都沒有長大，還是小手指那麼大小。由於他是在神明前祈求來的，所以附近的大人們都管他叫做一寸法師，兒童們也總是嘲笑他為小不點兒。

　　有一天，一寸法師對他父母說：「爸爸、媽媽，我想到外面去看看，請准許我這樣做吧！。」

　　他父母聽了，吃了一驚，問道：「你想幹什麼呀？」

　　「我想上京城去見識見識，開開眼界，學點東西，將來當個有本事的人。」

　　老夫妻極力阻止，但一寸法師去意已決，他們只得答應。他們為一寸法師準備一個碗當帽子，一根麥管當刀，還用筷子給他做了一個手杖。

　　就這樣，他告別父母，踏上漫漫長路。

　　走了一天之後，他遇見一隻螞蟻。一寸法師問螞蟻說：「螞蟻大哥，螞蟻大哥，去河邊怎麼走？」

　　螞蟻回答：「穿過蒲公英小巷，走到筆頭菜路的盡頭就到了。」

　　他往前走不遠，就看見蒲公英開花的地方，從那裡進小巷再往前走，果然聳立著筆頭菜，那兒還流著一條大河。他趕緊摘下一直當草帽戴的木碗，他把木碗浮在水面上當船坐，拿筷子當做槳划來划去。

　　一寸法師剛登上船，木碗船像箭一般飛快地前進。漂著漂著，水越流越慢，不一會兒就靠岸，終於到京城了。

　　一上岸，他又把木碗船當草帽戴，把筷子當做拐杖用。

　　他首先去拜訪京城的大臣。法師來到大臣的住宅大院的門口，高聲叫喚：「勞駕！家中有人嗎？」

　　看門人答應道：「這就來。」走出來一看，門口一個人也沒有。他覺得很奇怪，又走進去，又有聲音說：「有人嗎？勞駕！」

　　他又出來，還是一個人也沒有。他又退回去，又有聲音叫。他更覺得奇怪，就又出去。這回，看門人低頭一看，他看見法師從木屐底下走了出來，驚得目瞪口呆。

　　「我是一寸法師，到京城來想學點本領，請把我收為侯爺的家將吧！」

　　看門人立即跑到大臣面前報告：「現在大門口來了一個名叫一寸法師的小孩。他的個子只有小指頭那麼丁點大。他說他要做侯爺的家將。」

　　「哦！」大臣聽了，覺得很驚奇。「這可是少見的小孩子，帶進來！」

　　於是，看門人對一寸法師說：「侯爺有請！」說著就把一寸法師放在手心上，帶到大臣面前。大臣也用手掌接過來，看見他身材雖小，卻有大將風度，便拿到眼前問：「你就是一寸法師嗎？」

　　一寸法師回答道：「是的！初次謁見大人，請您收容我做您的家將吧！」說著在大臣的掌心上下跪行禮。大家看了，都十分佩服。特別是大臣本人，見他談吐不凡，很懂禮貌，更是滿意。

　　「好的，我答應你。」

　　「感謝侯爺大人！」法師又在大臣的掌上磕頭行禮。

　　「那麼，你會什麼呢？」侯爺問他。

　　一寸法師說：「我什麼都會。」

　　「那麼你在這兒跳個舞吧！」

　　一寸法師在大臣的掌上跳了個「掌上舞」。僅僅這麼一跳，他就成了大臣家的紅人，誰都想把他留在自己身邊，大臣的小姐尤其喜歡他，親暱地叫他「法師，法師」，並把他留在自己的身邊了。

　　就這樣，一寸法師每天和小姐待在一起，他不但勤學她教導的知識，還苦練刀法，時刻準備保護疼愛他的小姐。一段時間後，小姐漸漸喜歡上這個勤奮、堅強的小夥伴。

　　一天，小姐要去清水寺拜見觀音菩薩，他躺進小姐的腰帶結口裡也跟著進去。路上他看見三個鬼正談些什麼，他心想：他們一定在搞什麼鬼。他從腰帶裡跳下去，朝著鬼跑去。有一個鬼說：「咱們把那小姐和她帶著的一寸法師抓走，好不好？」

　　另一個鬼說：「可是看不見一寸法師呀！」

　　第三個鬼說：「他藏在小姐的什麼地方呢？不是袖兜裡就是懷裡。」

　　聽到這裡，一寸法師把插在腰間的針刀從麥稈鞘裡拔出來。剛好有一個鬼彎起胳膊枕著腦袋，躺在地上說話，他大叫一聲，把刀紮進鬼的眼睛裡。這個鬼還以為是什麼蟲子飛到自己眼睛裡了，痛得直叫，連忙用兩隻手捂著眼睛。另外兩個鬼彎下腰問他怎麼啦。

　　正在這時，一寸法師又跳起來，把另外兩個鬼的四顆眼珠，喳喳喳喳地連戳了四針。鬼眼睛看不見，什麼也做不成，只好揮舞拳頭向空中亂打。最後他們實在忍不住疼痛，就拼命逃走了。

　　鬼逃走以後，一寸法師發現有一把木槌子掉在地上，這叫做萬能木槌，是鬼忘記帶走的寶物。用它一敲，要什麼就會長出什麼。他撿起槌子，拿到小姐跟前給她看。小姐看了，說道：「一寸法師，你是要錢還是要米？」

　　一寸法師卻說：「我不要錢，也不要米，只要我的個子快長大！」

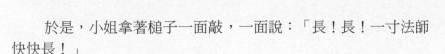

　　於是，小姐拿著槌子一面敲，一面說：「長！長！一寸法師快快長！」

　　奇跡發生了，一寸法師漸漸長高了，最後長得和常人一樣高，成為一個英俊的小夥子。

　　小姐回家後向大臣表明了自己的心意，說要嫁給一寸法師。不久大臣為她們倆舉行了隆重的婚禮。婚後，一寸法師帶著小姐回到家鄉，和自己的父母過著幸福美滿的生活。

（日本民間童話改編）

魔法智慧

　　只有小手指那麼大的一寸法師，並沒有因為自己身高而妄自菲薄，立志要成為一個有本事的人。他告別自己年老的父母，千里迢迢地來到京城學本事，憑藉自己的優勢贏得侯爺和小姐的歡心，並勇敢地打敗了三個鬼，保護小姐的安全。最後他漸漸長大，變成一個英俊的小夥子，娶到小姐，和父母過著幸福美滿的生活。

　　從故事中，我們可以看到，一寸法師雖然小，但善於發揮自己的特長，因而成為一個有本事的人，獲得幸福美滿的生活。小小的一寸法師尚能成就大事，我們完全沒有必要因為自己身上某些地方不如別人就氣餒，而應該挖掘自己的優點，去追求屬於自己的成功。此外，一寸法師雖然只有小手指那麼大，但卻人小志高，懷有遠大的理想和抱負。我們應該學習他這種樂觀進取的精神，給自己樹立遠大的目標，並採取積極的行動，讓目標成為美好的現實。

魔法課堂　　精靈的領地——精靈圓圈

　　據說，很久以前，英國鄉下的一個農夫發現了一塊很好的

地，於是便在那裡蓋房子。之後不久，他們生下一個孩子。可是有一天，農夫的妻子在火爐邊打瞌睡，醒來卻發現孩子不見了。農夫兩夫妻翻遍了屋子的各個角落，怎麼也找不到孩子。

　　突然，窗戶外傳來令人毛骨悚然的笑聲。農夫走出去一看，發現門外站著一群小矮人。它們的首領站到農夫的前面，十分生氣地說：「為什麼在我們畫的圓圈裡隨便蓋房子？趕快離開這裡。如果不聽，我們絕不會把孩子還給你們！」

　　原來，那些矮人們是皮克希精靈，因為農夫在它們劃的圓圈裡面蓋了房子，於是一生氣，就把農夫的孩子偷走了，以此作為報復。於是，第二天農夫就驚慌失措地把房子拆掉，搬到了別的地方。皮克希精靈們這下才把孩子安全歸還給他們。

　　其實，在精靈們跳舞的地方也會出現圓圈，這個就叫做「精靈圓圈」，圓中附著強大的魔力，所以對路過那裡的人類來講，是非常危險的地方。

　　當你路過那個圓圈的周圍，如果被精靈音樂迷惑，就會被吸進圓圈裡瘋狂跳舞，持續跳上一兩個小時，甚至是整晚。令人驚訝的是，即便你覺得跳舞的時間很短暫，但換算成人類世界的時間就相當於幾年或幾十年了。

森林中的三個小矮人

　　從前，有個木匠，他的妻子早逝，給他留下一個美麗、善良的女兒。父女倆相依為命，日子過得雖然比較清苦，但也十分幸福。

　　一天，鄰村一個寡婦對木匠的女兒說：「聽著，告訴你爸爸，說我願意嫁給他，從此你天天早晨都能用牛奶洗臉，還能喝到葡萄酒，而我自己的女兒只能用水洗臉，也只能喝清水。」女孩信以為真，又可憐父親太孤單，於是就把這話告訴父親。父親答應了，於是就和寡婦結了婚。

　　第一天早晨，兩個姑娘起來後，女孩的面前果然放著洗臉的牛奶和可口的葡萄酒，而繼母的女兒面前只放著清水。第二天早晨，女孩和繼母的女兒面前都放著清水。到了第三天早晨，女孩的面前放著清水，而繼母的女兒面前卻放著洗臉用的牛奶和可口葡萄酒，以後天天都是這樣。繼母也從那時起露出真面目，對女孩百般虐待。

　　漸漸地，女孩長得越來越漂亮，十分惹人疼愛；而繼母的女兒卻長得又醜又令人討厭，這使母女倆更加忌恨女孩，她們決定想盡一切辦法來折磨女孩，還把她趕出家門。

　　一個寒冷的冬天，繼母用紙做了一件衣服，塞給女孩，還凶巴巴狠狠地說：「聽著，你穿上這件衣服，到森林裡去給我採一籃草莓，我很想吃。要是沒有採到一滿籃子，你就別想回來！」說後還甩給她一個硬邦邦的麵包，給她做一天的食物。女孩沒有任何反駁的餘地，只有照辦，否則只會遭受一頓打罵。

　　姑娘穿上紙衣服，提著籃子走了出去。外面一片冰天雪地，連一根綠草都找不到。她來到森林裡，看到一座小房子，裡面有三個小矮人在向外張望。她向他們問好，然後輕輕地敲了敲門。

他們叫「進來」，她便走進屋，坐在爐子旁的長凳上烤火，吃她的早飯。

小矮人們說：「也分一點給我們吧。」

「好的，」她說著便把麵包掰成兩半，分給他們一半。

小矮人好奇地問：「你在冬天穿著這身薄薄的衣服到森林裡來做什麼？」

「唉，」她回答，「我得採一籃草莓，否則我就回不了家了。」

等她吃完麵包後，他們遞給她一把掃帚，說：「去幫我們把後門的雪掃掉吧。」

可等她出去後，三個小矮人商量起來：「她這麼可愛，又把麵包分給了我們，我們送她什麼好呢？」

第一個矮人說：「我送給她的禮物是：她一天比一天更美麗。」

第二個矮人說：「我送給她的禮物是：她一開口說話就吐出金子來。」

第三個矮人說：「我送給她的禮物是：一個國王娶她當王后。」

姑娘這時正按照他們的吩咐，用掃帚把小屋後面的雪掃掉。她看到了什麼？雪下面露出紅通通的草莓！她高興極了，趕緊裝了滿滿一籃子，謝了小矮人，和他們一一握手道別，然後帶著她繼母垂涎的東西跑回家去了。

誰知，她進門剛說了聲「晚安！」，嘴裡就掉出來一塊金子！於是，她把自己在森林裡遇到的事情講了出來，而且每講一句，嘴裡就掉出來一塊金子，弄得家裡很快就堆滿了金子。

「瞧她那副德行！」繼母的女兒嚷道，「就這樣亂扔金子！」她心裡嫉妒得要命，也渴望到森林裡去採草莓。

她母親卻說：「不行，我的好女兒，外面太冷了，你會凍死的。」

可是她女兒纏著她不放，逼的她最後只好讓步給女兒縫了件皮襖，硬要她穿上；然後又給她抹了奶油的麵包和蛋糕，讓她帶著路上吃。

這個姑娘進森林之後，徑直向小屋走去。三個小矮人又在屋裡向外張望，可是她根本不和他們打招呼，既不看他們，也不和他們說話，大搖大擺地走進屋，一屁股坐到爐子旁，吃起自己的麵包和蛋糕來。

「分一點給我們吧，」小矮人們說。

可是她卻回答：「這都不夠我自己吃的，怎麼能分給別人呢？」

等她吃完，他們又說：「這裡有把掃帚，把後門的雪掃乾淨。」

她回答；「我又不是你們的傭人。」看到他們不會給她任何禮物了，她便自己衝出屋子。

三個小矮人商量道：「像她這種壞心腸的小懶鬼，又不肯施捨給別人東西，我們該送她什麼呢？」

第一個矮人說：「我讓她長得一天比一天醜！」

第二個矮人說：「我讓她一開口說話就從嘴裡跳出一隻癩蛤蟆！」

第三個矮人說：「我讓她不得好死！」

這個姑娘在屋外找草莓，可一個也找不到，只好氣鼓鼓地回家去了。她開口給母親講自己在森林裡的遭遇，可是，她每講一句話，嘴裡就跳出來一隻癩蛤蟆，把大家都嚇壞了。

這樣，懊惱的繼母更加痛恨女孩的好運了，她變本加厲地來折磨她。

某個天寒地凍的日子，繼母扔給女孩一團毛線，要她去河裡清洗。無奈的女孩只好拿著線團來到結著厚厚一層冰的河面上。她正準備用斧頭鑿開冰的時候，岸邊駛來了一輛華麗的馬車，裡面坐著國王。

馬車停了下來，國王好奇地問：「姑娘，你在做什麼？」

「我是個可憐的女孩，我的繼母要我來這裡漂洗線團。」

國王很同情她，也很欣賞她的善良與美貌，就把她帶回王宮，讓她當了王后。不久以後，國王懲罰了那對心腸惡毒的母女。

（格林童話改編）

魔法智慧

小女孩因為勤勞善良、樂於助人、謙遜有禮，得到了三個小矮人慷慨贈送的珍貴禮物，不僅一開口就能吐出金子，還嫁給年輕英俊的國王，過著幸福的生活。而繼母的女兒卻因為自私霸道、懶惰成性、傲慢無禮，受到三個小矮人的詛咒。她不僅變得更加醜陋，還一張嘴就吐出噁心的癩蛤蟆，最終和她那心腸惡毒的母親一起受到了國王的懲罰。

故事中兩個姑娘的命運，實在是太發人深省了。它告訴我們品格的好壞往往決定了一個人一生的命運。擁有高貴的品格可以讓我們時刻保持樂觀向上的心態，可以使我們贏得他人的尊重，還可以讓我們的心靈變得更加純淨，從而使我們發現更多美好的事物，獲得更多的幸福。而擁有卑劣品格總是會讓我們頭上的天空烏雲密佈，腳下的道路充滿泥濘和荊棘。

魔法課堂　　　精靈們的盛大慶典

精靈們也會慶祝節日，它們最大的慶典是「五月節」、「夏至節前夕」、「萬聖節前夕」。

五月節是告知五月開始的春慶典，是恭賀春天開放美麗花朵的活動。但據說，為了爭奪秋天最好的糧食，精靈們一到「五月節」就整天打架。它們有時打鬧得茅草屋的屋頂都快飛出去了。

　　「夏至節」是西方紀念白晝最長的一天的慶典。「夏至節前夕」是「夏至節的頭天晚上，人們會在每個山坡上都會燃起明亮的煙火，精靈們就整晚在煙火附近跳舞，舉行愉快的慶典。據說那天精靈們還會綁架美麗的人做它們的新娘。

　　「萬聖節前夕」是死人的日子，是幽靈、魔女、鬼魂自由遊蕩的日子。在「萬聖節前夕」精靈也和它們一起跳舞玩耍。但「萬聖節前夕」對於精靈們也是最鬱悶的日子。因為按古代凱爾特式的日期計算方法，那天的晚上是冬天開始的日子。據說，就在那一天，普卡會到人間糟蹋黑莓果，使黑莓果變得沒什麼味道了。

不肯長大的小泰萊莎

　　泰萊莎是一個小巧聰明的姑娘，她和爸爸、媽媽、奶奶、弟弟住在山上的一個鄉村裡，日子過得非常快活。

　　不幸的是，有天爆發了戰爭，她的父親被徵召去當兵，但從那刻起，她的爸爸再也沒有回來。泰萊莎的媽媽和奶奶為此傷心得整天哭過不停。

　　好奇的泰萊莎問奶奶，爸爸怎麼還不回來，奶奶告訴她：「你們的爸爸已經死了。」

　　「這太不公平，國王打勝仗，卻讓親愛的爸爸離開我們，真是太莫名其妙了！」

　　「我的孩子，」媽媽說，「等你長大後，你就知道了。」

　　「我什麼也不想知道，」泰萊莎眼含熱淚說道，「此外，我也不想長大了，就讓我永遠保持這個小小的身材吧。」

　　她的話一點也不假，自從那天起，泰萊莎果真再也不長大。後來，當她的小夥伴都長成高大、健壯的美麗姑娘，開始為自己縫嫁衣裳的時候，小泰萊莎仍保持著原來那個樣子。於是，「不肯長大的小泰萊莎」這個綽號，從此叫開了。

　　後來，小泰萊莎的媽媽由於悲傷過度，加上勞累，得了重病，被送進醫院。這樣，家裡的一切家事都壓在年老的奶奶身上。小泰萊莎每當看到奶奶彎著腰，吃力地提著一桶水朝家裡走來時，心中是多麼的難受。

　　小泰萊莎想去幫奶奶，結果，不但沒有提起來，反而摔了一跤，把膝蓋也擦破了。

　　「看來沒有別的辦法可想，」小泰萊莎說，「只有長大一點，但只能長大那麼一丁點兒，能幫助奶奶幹活就行了。」

　　說來也真怪，她真的就讓自己長大了那麼一丁點兒，然後

就去井邊打水。奶奶一見她手提滿滿一桶水，毫不費力地走進家裡，簡直高興極了，把她親了又親。

接下來的日子，小泰萊莎不斷要求自己長大，幫奶奶做了不少家務重活。儘管她現在已經長大了，可是人們還是改不了口，仍然叫她小泰萊莎。

後來，奶奶去世了，但媽媽仍在醫院裡，弟弟又才上小學一年級，所以一切家務活都落在了她的頭上。她要做很多很多的事情：每天早晨得按時叫醒弟弟，督促他把臉洗乾淨，給他準備好書包和早飯，然後再陪他去學校，回來後，又忙著準備午飯，打掃房間，整理床鋪，餵牛餵雞，有時還得去田地裡幹活……於是，她不斷地要求自己長大再長大。

最後，那些家務活對她來說已經變得很輕了，可當她對著鏡子，看著自己高大的身軀，不由地又埋怨起自己來：

「你怎麼這樣不堅強，小泰萊莎？你以前不是決心不願長大的嗎？可瞧你現在長得多大，連鏡子都快容不下你了。」

可是她馬上就打消這個念頭，又埋頭幹活去了，她想：我是長大了，可我不是為了自己才長大的，因此，我問心無愧。

媽媽病好後從醫院裡回來，見家中有條有理，小泰萊莎長得又高又大，心中很高興。

現在小泰萊莎長得又高又壯，可她並沒有不開心，反倒越來越滿意自己，因為這樣，她就能幫助更多的人了。

有一天，從山上下來一個全副武裝的強盜，他一進村，就兇狠地命令村民快點交一公斤的金子給他，否則就會把她們的房子一間一間地燒掉。

當時，沒有一個人敢與他違抗。為了湊齊那一公斤的金子，婦女們慌忙地把金戒指、金耳環、金項鍊收在一起。香料店的老闆娘把她的磅秤推出來，要稱稱看搜集的金子是否夠一公斤，她一邊稱，一邊不停地向人們說，她借出磅秤，就等於完成了交金子的義務。

相反，這時小泰萊莎正在挨家挨戶地說服男人們：「快，把大夥聯合起來，你們人多，強盜只有一人。」

「他雖是一個人，但他有槍呀，」男人們害怕地回答說，「我們看最好還是滿足他的要求為妙。」

小泰萊莎一聽又氣又急：「你們到底是男人還是山羊？」

他們中間沒有一個人回答，但為了不讓小泰萊莎看見他們羞得通紅的臉，都把臉轉向一邊。

「既然這樣，那好吧，」小泰萊莎說，「我來對付他！」

說完，她就跑回家，站在鏡子面前大聲地叫了起來：「我還要再長大點，我要成為一個巨人。」

話音剛落，她果然飛快地長了起來。一直長到她頭頂天花板。但她仍不滿足，又來到院子裡要長的更高，當她長到和屋頂一樣高的時候，她才停止下來，看了一眼，心中仍不是非常滿意。

「我應該長得和煙囪一樣高！」她決斷地說。

她果然長到煙囪那麼高，於是動身去懲罰那個強盜。

她來到廣場上，就朝那個強盜走去。強盜一見有個巨人朝他走來，嚇得慌忙丟掉獵槍，拔腿就逃。小泰萊莎一見，只朝前跨了幾步，就一把抓住了他的脖子，然後把他放在鐘樓頂上，用命令的口氣說：

「你就坐在這裡吧，直到警察來把你抓走時為止。」

強盜一聽，嚇得不由地從鐘樓上掉了下來，摔死了。

人們紛紛圍上來向她表示祝賀，她向大家微微一笑，什麼也沒說。

「這一次我長得太多了，」她自言自語道，「可有什麼辦法呢，總不能眼看強盜胡作非為啊！」

可就在這時，她每走一步，她高大身材就縮短好長一段。到後來，她越縮越小，直至縮到一個普通女孩的大小，而且看起來是那麼的漂亮。

「小泰萊莎，這到底是怎麼一回事情啊？」人們都驚訝地問。

小泰萊莎只是高興地微笑著，她是一個純樸的姑娘，根本不知道這麼一個道理：一個最普通的人，只要他敢於跟惡人奮鬥，就能成為一名巨人。

（義大利故事改編）

魔法智慧

小泰萊莎因不想知道現實的殘酷而不願長大，她真的就不再長大。但為了幫助生病的媽媽和衰老的奶奶，她又暗暗希望自己長大一點，她果真長大了些。後來，為了對付兇惡的強盜，她又命令自己變成巨人，於是，她真的變成個巨人，制服強盜。最後，小泰萊莎又漸漸變小，成為一個中等身材、全村最漂亮的姑娘。

故事教給我們的道理還不少，其中，小泰萊莎為對付強盜而變成巨人，說明一個道理：任何人只要敢於跟壞人作鬥爭，就能成為一個頂天立地的巨人。而最後小泰萊莎成為了一個漂亮姑娘，則告訴我們：心靈美好的人永遠是最美麗的人。孩子們，你們還能發現哪些道理呢？

魔法課堂　　　最後一位巫婆

海倫・鄧肯，對於我們中國人來說，是再普通不過的一個名字。但是當謹小慎微的英國人聽到這個名字的時候，他們的表情都變了。這是為什麼呢？她就是英國最後一位被「巫術法案」判刑的女巫。據說她可以通靈，也就是說她可以和死者的魂靈進行交談，真是不可思議！

在第二次世界大戰的時候，英國和德國作戰。英國人害怕

敵人打探他們的祕密計畫，於是在全國各處都貼上海報，告誡人們不要隨便和人搭腔交流，否則就會失去生命。可是，在一次集會上，海倫‧鄧肯卻向聽眾透露一個奇怪的經歷：她曾和當時已沉沒的「巴哈姆」戰艦上的陣亡士兵的靈魂對話。這個戰艦沉沒的消息在當時屬於高度軍事祕密，直到事故發生後幾個月才被公佈。於是，被判處叛國罪而被捕入獄。

　　據說當時英國首相的溫斯頓‧邱吉爾相信海倫有跟魂靈說話的神力，還曾去監獄探望過她。當邱吉爾1951年再次當選為英國首相後，便廢除了懲治巫術的法律——「巫術法案」。海倫‧鄧肯，最後一個巫婆，就在5年後死去了。

第十章　被施了魔咒的變形人

皇帝長著山羊耳朵

　　從前有一位皇帝名叫特羅簡，由於在母親肚子裡就中了魔法，生下來就長著一副山羊耳朵，這令他感到十分難過，生怕別人發現他的這個可笑的缺陷。

　　特羅簡每天叫一個理髮師來給他刮臉，可是沒有誰能從宮裡回來。因為每次理髮師刮完臉，特羅簡總要問對方看到了什麼。理髮師也總是回答看見他長著一副山羊耳朵。特羅簡聽到回答後十分不快，就下令立刻砍掉理髮師的腦袋。

　　有一天，輪到某個理髮師去為皇帝刮臉，這人害怕有去無回，就假裝生病，派他的年輕學徒去頂替自己。學徒出現在皇帝面前的時候，皇帝有些生氣，問為什麼他的師傅不親自來。徒弟回答說師傅病了，皇帝才平靜地坐下來讓他刮臉。

　　這個學徒幹活兒的時候，也注意到特羅簡的耳朵跟山羊耳朵一樣。可是當皇帝問他的時候，他卻說：「我什麼也沒有看見，陛下。」

　　特羅簡給了學徒十二塊金幣，並且叫他定時來給他刮臉。

　　學徒回家以後，理髮師覺得奇怪，問起皇帝特羅簡的事。學徒彙報說，皇帝有禮貌、挺和善，還命令他每天親自去給他刮臉。他給師傅看了皇帝給的十二塊金幣，可就是並沒有提皇帝長著一副山羊耳朵的事。

　　從那個時候起，學徒每天都去給皇帝刮臉，每天都拿到十二塊金幣。他從沒有對任何人洩露過皇帝的祕密。可是，幾個月以後，那個學徒開始發愁、心焦，因為心裡藏著這個祕密，負擔越來越重，身體一天天消瘦，變得憔悴不堪。他整天愁眉苦臉，無精打采。

　　理髮師看到徒弟這個明顯的變化就問他，最後年輕人承認他

心裡有個大祕密，但不能告訴世界上的任何人。

　　師傅很希望幫助他，他想要是徒弟能把祕密從口中說出，精神負擔會輕很多，於是說：「你告訴我，我不會跟誰說。要是你害怕告訴我，可以去告訴牧師。要是你也不能告訴牧師，那麼，走到城後面的田野裡去，挖個洞，把頭伸進去，在洞裡把你知道的事說三遍。然後把洞埋上，走開。」

　　學徒選擇向土地談祕密的辦法。他出城去，挖了個洞，把頭鑽進洞裡說了三遍：「皇帝特羅簡長著一副山羊耳朵。」

　　把土埋上後，他回家了，內心得到了平靜。

　　不久，一棵接骨木樹在學徒訴說祕密的地方長出來了，樹幹又生出了三根枝杈，像蠟燭一樣光滑、筆直。

　　有一天，一群牧羊人發現了這棵接骨木樹。一個牧羊人砍下一根樹枝，做成一杆笛子，笛子輕輕吹出聲來，可是牧羊人聽到的不是音樂，而是人的聲音，說：「皇帝特羅簡長著一副山羊耳朵。」

　　牧羊人非常興奮地來到城裡，他悄悄告訴那些願意聽的人：「皇帝特羅簡長著一副山羊耳朵！皇帝特羅簡長著一副山羊耳朵！」

　　這個消息像野火般傳開了，皇帝特羅簡本人也聽到街上的孩子模仿笛子的聲音說：「皇帝特羅簡長著一副山羊耳朵！」

　　特羅簡立刻把學徒叫來，生氣地問他：「你為什麼把我的祕密告訴了別人？」

　　可憐的學徒嚇壞了，他不知道是怎麼回事，也不知說什麼好。他懇求皇帝相信他沒告訴任何人。

　　可皇帝聽不進他的話，已經抽出寶劍，要砍掉他的腦袋，他絕望地哭起來，承認曾把祕密向土地透露過。他告訴皇帝，在他透露祕密的地方如何長出了一棵接骨木樹，以及每一根樹枝做成的笛子又是怎樣向風輕輕述說祕密的。

　　本性善良、正直的皇帝心軟了，況且他也很喜歡這個年輕

人，於是決定測驗一下他說的是否屬實。他駕著一輛馬車，帶上學徒，一起去找那棵接骨木樹。

到了學徒透露祕密的地方，他們發現那棵樹只剩下一根樹枝了。皇帝命令年輕人就用那根樹枝做笛子，吹給他聽。果真笛子輕輕地吹出：「皇帝特羅簡長著一副山羊耳朵！皇帝特羅簡長著一副山羊耳朵！」

特羅簡終於相信，世界上沒有能瞞得住人的祕密。他饒了可憐的學徒，並答應以後不會因此而處決任何一位為他理髮的理髮師了。他還告訴人們，雖然他長著這樣一個耳朵，但他一樣會成為一個好國王的。

國王的話剛說完，他的那兩個山羊耳朵頓時消失了，是他的高尚品德令詛咒的魔法被撤銷了。

魔法智慧

作為一國之君的國王，竟然長著一副山羊耳朵，這可是天大的笑話。所以國王每次理完髮後，總要問理髮師看到什麼，如果理髮師誠實回答，就會人頭落地……最後，國王勇敢地承認自己的缺陷，挽救理髮師的生命同時，也使自己的山羊耳朵消失了。

每個人都不是十全十美的，總會有這樣那樣的缺點，我們要學會正視自己的缺點。如果我們怕別人發現自己的缺點，就掩蓋著，總有一天缺點會暴露，產生更加不好的後果。而如果我們不怕別人發現自己的缺點，勇於面對自己的缺點，並努力改正，我們就會逐漸克服這些缺點，成就完美的品格。

魔法課堂  **精靈世界的時間**

精靈世界的時間和我們人類的時間有著很大的差別。精靈國

度就像它們所說的「永恆的年輕國度」，那裡一直是陽光普照，滿是金銀財寶，酒和蜂蜜無盡流淌。那裡的樹木上總是果實累累，開滿花朵。住在那裡的居民永遠不會生病，也不會衰老和死亡。

有一個去過「永恆的年輕國度」的人的故事：

在愛爾蘭一個村子裡住著一個叫做奧申的英俊騎士，他迷上了美麗的精靈妮阿芙。之後，他到了「永恆的年輕國度」，和妮阿芙結婚過上了幸福的生活。

但生活了三年之後，奧申非常想念父親和朋友們，於是他向妻子提出要回故鄉一趟。妮阿芙答應了他的要求。妮阿芙給了他一匹白馬，並告誡他不管有什麼事情都不要下馬。

不料，故鄉此時已物是人非，一切都變得特別陌生。奧申感慨萬千地在村子裡轉了轉之後，只得重新將馬拉回，打算回到精靈國度。他路過一個叫做阿茲莫爾的峽谷，看見人們正在艱難地搬一塊巨大的岩石，很想幫助他們，於是就從馬上伸出身子抓住了岩石，結果一不小心掉到了地上。當身體碰到地面時，他瞬間變成了一個滿臉皺紋的白髮老人。原來，奧申在「永恆的年輕國度」度過三年期間，故鄉已經過去了三百年。

畫眉嘴國王

　　一位國王有一個女兒，她長得很美麗，可是卻格外驕傲和自命不凡，沒有一個求婚者中她的意。她一個又一個地趕走他們，還對人家恣意嘲弄。這可把國王急壞了，他決定舉行一場盛大的宴會，邀請世界各地的求婚者來到皇宮，好為女兒選到合適的丈夫。

　　這一天，求婚者們全都按門第等級排成幾個隊：最先上來的是一些國王，然後才是公爵、侯爵、伯爵、男爵，最後還有其他的貴人們。公主被領著走過他們的隊伍，可是對每一個人，她總有一點可挑剔之處。這一個她認為太胖，就說：「像個酒桶！」那一個她覺得太高，就說：「晃晃悠悠的，走沒走相！」第三個又太矮，「矮胖矮胖的，一點不靈活！」第四個太蒼白，「活像具死屍！」第五個卻臉太紅，「一隻火雞！」第六個又身型不夠直，「像一根樹枝，在爐子背後給烤乾啦！」總之，她看誰都不順眼。

　　特別是最前排一個國王，下巴有點翹，更是遭到她的大肆嘲笑。「哎呀呀，」她大笑道，「瞧他這下巴，真跟畫眉的長嘴一樣呵！」自此，這位國王就落了個畫眉嘴的外號。

　　老國王見女兒態度如此傲慢無禮，言語如此尖酸刻薄，非常生氣，發誓要把她嫁給第一個上門來討飯的叫化子，不管他是誰。

　　幾天以後，一個街頭賣唱的在王宮的窗下唱起歌來，想討一點施捨。國王見後便命人把他叫到王宮，對他說：「我很喜歡你的歌聲，所以決定把我的女兒嫁給你。」

　　儘管公主是多麼的不願意，但國王還是執意要這樣做，他請來牧師，當場為公主和叫化子舉行婚禮。之後國王說：「現在

你已是一個叫化婆，不能繼續待在宮裡，跟著你的丈夫一起去吧。」

街頭歌手於是牽著她往外走，她只得跟隨他步行離開王宮。

他倆走進一片大森林，公主問：

「啊，這片美麗的森林是誰的？」

「它呀，是畫眉嘴國王的。」

公主暗自懊惱，心想：「如果當初答應嫁給畫眉嘴國王就好了。」

隨後他倆走過一片草地，公主又問：

「啊，這片美麗的綠草地是誰的？」

「它呀，是畫眉嘴國王的。」

公主聽後又是一陣懊惱。

接著他倆到了一座大城市，公主又問：

「啊，這座漂亮的大城市是誰的？」

她得到的又是同樣的答案。

公主不由得歎氣道：「我真後悔沒嫁給畫眉嘴！」

「你老是想嫁給另一個男人，叫我很不高興，」街頭歌手說，「難道我對你來說還不夠好嗎？」

終於，他倆走進了一所很小很小的房子，她又問：

「唉，上帝，這房子真叫小！這又小又破的房子是誰的呢？」

街頭歌手回答：「這是我和你的家，我們要住在裡面。」

「傭人在哪兒呀？」公主環顧四周後問。

「什麼傭人！」叫化子丈夫回答：「你想要什麼都得自己動手。快生火給我煮飯，我累壞啦。」

誰知公主呢，壓根兒不會生火燒飯什麼的，叫化子丈夫只好自己來。他們吃完簡單的飲食，就躺下睡了。

第二天，叫化子丈夫對公主說：「家裡這麼窮，我們不能坐吃山空，不如我們編筐子賣錢吧！」於是公主開始學習編筐子，

可是剛一開始編，粗硬的柳條戳傷了她嬌嫩的雙手。丈夫搖了搖頭說：「你還是學著紡紗吧！也許這個你可以。」公主答應了，可是粗糙的紗線勒進她柔軟的手指，勒得流血。丈夫感到很無奈，於是他決定試著做陶器生意，要公主去市場上叫賣。

情況還不壞，因為公主長得非常漂亮，態度也很好，大家都願意買她的東西，因而生意很好。就這樣，他們終於可以維持生活了。可是，有一天，公主在叫賣的時候，一個喝醉了酒的騎兵士兵騎馬闖進她的貨攤，把她的陶器全部踩得粉碎。

這飛來橫禍令公主傷心極了，但他們還是要過生活呀！於是她決定再去找一份事來做。於是她找了一個在王宮裡做幫廚的女傭工作，儘管每天都要幹一些又粗又髒的活，但她還是感到很高興。她在自己衣服兩邊的口袋裡各裝了一隻小陶罐，用來盛人家吃剩下來給她的東西，帶回家去養活自己和她丈夫。

不久，王宮裡舉行盛大的宴會。公主好奇地站在大廳門口觀望。當燈燭一齊點燃，賓客們一個比一個漂亮地走進來，整個場面真是富麗堂皇到了極點。這時她不禁想起自己的命運，心情十分難過，開始悔恨自己當初的驕傲和自命不凡。

她想著過去的往事，特別是她當初如何傲慢地諷刺那些善意的求婚者，真是令她既無地自容又傷心懊惱。她越想越受不了，於是跳出廳門，跑出皇宮。在樓梯上卻被一個男人抓住，拉了回來。她定睛一看，這男人是畫眉嘴國王。

國王很和藹地對她講：「別害怕，我和那個跟你一塊兒住在破房子裡的叫化子，原本是同一個人。為了幫助你，我才請一個魔法師施法讓我改變模樣；那個踩碎你陶貨的騎兵，也是我變的啊。所有這一切，都是要克服你的自命不凡，懲罰你嘲笑我的傲慢無禮。」國王說完後，他的下巴就改變了，他看起來是那麼的英俊！

公主聽完痛哭流涕，說：「我太不應該了，不配做你的妻子。」畫眉嘴國王卻安慰她：「別哭啦，不幸的日子已經過去，

現在讓我們舉行婚禮吧！」

　　宮女們隨即走過來，給她穿上最華麗的衣裙。她的父親和宮裡所有的人都來了，祝賀她和畫眉嘴國王結為夫婦。

魔法智慧

　　公主自命不凡，對求婚者傲慢無禮、冷嘲熱諷，結果遭到畫眉嘴國王的戲弄。在畫眉嘴國王的苦心幫助下，公主最後不僅認識到自身的錯誤，一改以前的待人態度，還明白了生活的艱辛。

　　傲慢是一種愚蠢的行為，待人謙虛才能贏得尊重。生活中有很多成功的人，他們越有成就越謙虛。他們謙卑之時，也就是他們最高貴之時。人有了一定「地位」，是好事也是壞事。但如果不懂得謙和待人，就無法贏得別人的尊重，結果只能是「高處不勝寒」。任何狂妄自大的人因為瞧不起別人，自然也就不被人所尊重。如果你稍有成就，做人就要謙遜，做事也更要低調，千萬不要被一時的勝利絆住雙腳。我們要永遠記住謙虛是人生的一大美德，是我們要養成的一個重要習慣。

魔法課堂　　　指控巫婆的孩子們

　　16世紀至17世紀，捲入獵巫運動的不光是那些大人們，還包括那些年幼無知的小孩子，他們真是讓人感到又可恨又可悲！一起來看看那些孩子的罪行吧！

　　一個名叫克莉斯汀·肖的11歲女孩，說謊讓21個人受到指控。其中的7個人因此在佩斯利被綁在木樁上活活燒死。她經常犯痙攣的毛病，但她卻宣稱這是因為有些人在利用她的靈魂在折磨她。這個案件在歷史上被稱作「倫弗魯郡的巫婆」。

　　約翰·史密斯四歲的時候就開始行騙，13歲時，他因為說謊

以致使9個女人以巫婆的罪名被處死，其中一個死在監獄中。

　　一個叫愛麗絲·古德里奇的女人被一個叫湯瑪斯·達林的小孩指控為巫婆。無辜的愛麗絲在等待審訊的時候死在德比監獄裡，真是可憐呀！

　　一個13歲的那位女孩居然告訴執法人員，她的奶奶是一個巫婆，帶她去布拉庫拉山跟魔鬼共進晚餐，荒唐得真是令人咂舌！連自己的奶奶都可以這樣誣告，你說可怕不可怕？

　　1660年，一個叫安妮的女孩說當地的一個巫婆喚來鬼魂嚇唬她，致使這個所謂的巫婆被處以死刑。

　　怎麼樣，這些孩子夠可怕吧！真是令人不寒而慄啊！可見那個年代真是太瘋狂、太不理智了，我們可不能讓那個可怕的年代再次到來，你說是吧？

青蛙王子

　　很久以前，有一個公主十分喜歡玩小金球。一天她在樹林裡玩耍時，不小心將自己心愛的小金球掉進到一口井裡。那口井水很深，根本看不見底。公主傷心地哭起來，她越哭越大聲，越哭越傷心。正當她痛哭的時候，有人向她喊道：「公主，你出了什麼事，哭得這樣傷心，連石頭都要感動了？」

　　她四下張望，想看看聲音是從哪兒來的。原來是一隻青蛙，正把它那難看的大腦瓜露出水面。公主說：「啊，原來是你呀，滑水的老手，我哭是因為我的金球掉到井裡去了。」

　　青蛙說：「你安靜點兒，別哭了，我會想辦法幫助你的。可是，我把你的寶貝撈上來，你用什麼來報答我呢？」

　　公主回答說：「親愛的青蛙，你要什麼都可以，我的衣服、珍珠和寶石，還有我頭上戴的這頂皇冠。」

　　青蛙說：「你的衣服，你的珍珠和寶石，你的皇冠我都不想要；要是你喜歡我，就讓我做你的同伴，和你一起玩耍，和你一起坐在你的小桌子旁，用你的金盤子吃飯，用你的杯子喝水，在你的床上睡覺。如果你答應我，我就下去把金球給你撈上來。」

　　公主說：「好吧，只要你把金球撈上來，你要什麼，我都答應。」可是她心想，一隻傻青蛙只配和它的同伴坐在水裡呱呱叫，怎麼可能做我的同伴呢！

　　青蛙得到她的許諾之後，就沉入水裡去了。沒過多久，它又冒出頭來，嘴裡銜著那只金球，把它扔到草地上。

　　公主見到她的漂亮金球，高興極了，立即撿起來，蹦蹦跳跳地跑走了。青蛙在後面喊：「等一等，等一等，帶上我，我跑不了你那樣快。」

　　但是青蛙叫得再大也沒用。小公主根本沒聽見，她急忙跑回

家，很快就把青蛙忘掉了。青蛙只好又跳回井裡去。

　　第二天，小公主和國王以及大臣們坐在桌子旁邊，正用她的金盤子吃飯。突然有個東西撲啦撲啦地爬上大理石臺階，一到門口，就敲著門喊道：「小公主，小公主，快給我開門！」她連忙跑過去，想看看是誰在外面喊。打開門一瞧，是青蛙蹲在門口。她趕快把門砰的一下關上，又回到桌子旁邊坐下，心裡非常害怕。

　　國王看到她心慌意亂的樣子，就問：「孩子，你怎麼了？難道有巨人站在門口，要把你帶走嗎？」

　　她回答說：「啊，不，不是巨人，是一隻醜陋的青蛙。」於是國王就問她究竟是怎麼一回事，她就把前一天發生的事情一五一十地告訴了國王。

　　這時，青蛙第二次敲門，喊道：「小公主，快開門，難道你忘了昨天在清涼的井邊對我說的話嗎？」

　　於是國王說：「答應的事情就一定要辦；快去給它開門！」

　　小公主去開了門，青蛙跳進來，緊緊跟在她後邊，跳到她的桌子跟前。它蹲在那裡，叫道：「把我抱上去放到你身邊。」她猶豫了半天，直到國王命令她，她才把它抱上去。青蛙上了椅子，又要上桌子。到了桌子上，它又說：「把你的金盤子給我挪近點兒，讓我們倆一起吃吧。」公主雖然照著做了，但是看得出來，她非常不樂意。

　　青蛙吃得很香，可小公主差不多每口食物都吃不下去。最後，青蛙說：「我已經吃飽了，但是我很疲倦，把我抱到你的房間去，鋪好你的絲綢被褥，我們一塊兒睡覺吧。」

　　小公主哭了。她害怕那隻涼涼的青蛙，連碰也不敢碰它，現在它卻要在她那乾淨漂亮的小床上睡覺，她說什麼也不肯。但是國王生氣了，他說：「誰在困難中幫助過你，事後你就不應該輕視人家。」於是她用兩個手指夾著青蛙，把它提上樓去，放在一個角落裡。

　　她剛躺到床上，青蛙就爬過來說：「我很疲倦，我也要像你一樣好好睡一覺，你把我抱上去吧，不然我就告訴你的父親。」她聽了非常生氣，便抓起青蛙，狠命地朝牆上摔去，說：「你這討厭的青蛙，給我安靜些吧！」

　　青蛙從牆上掉下來，一動也不動了。公主以為是自己摔死了青蛙，連忙跑過去抱起它，傷心地哭起來：「對不起，我不是故意的，請原諒我吧，我真的很難過、很後悔！」

　　當她的淚水滴到青蛙的身上時，奇跡發生了：青蛙突然變成了一位英俊的王子！他長著一雙美麗、和藹的眼睛。

　　按照她父親的意志，他現在是小公主親愛的同伴和丈夫了。他告訴公主，他曾經被一個惡毒的巫婆施了魔法，除了她，沒人能把他從井裡救出來；明天，他們要一起到他的王國去。

　　第二天早上，當太陽把他們照醒的時候，來了一輛馬車，車上套著八匹白馬，馬頭上插著白色鴕鳥毛，脖子上掛著金鏈子，車後站著王子的僕人──忠實的海因里希。當他的主人變成一隻青蛙的時候，這個忠實的海因里希非常憂傷，為了防止他的心因為憂愁和痛苦而破裂，他讓人在他的胸口上綁了三道鐵箍。

　　忠實的海因里希把他們兩人扶上馬車，自己又站到車後邊；他為王子解除魔法感到非常高興。他們走了一段路，王子突然聽見身後砰的一聲響，好像有什麼東西破裂了。於是他轉過身，喊道：「海因里希，車子壞了？」

　　「不，車子沒有壞，剛才響的是我胸口的鐵箍。你變成青蛙蹲在井裡的時候，我心裡非常痛苦，就在胸口綁了三道鐵箍。」

　　一路上，砰，砰，又響了兩次，王子總以為是車子壞了，其實是忠實的海因里希胸口上鐵箍的斷裂聲；因為他的主人解除魔法獲得幸福，他一高興胸口上的鐵箍也就一道道斷開了。

魔法智慧

　　公主為了撿回自己心愛的小金球，就假意答應青蛙的要求。可是當青蛙幫她撿回小金球後，她卻丟下青蛙，一個人跑回王宮去。當青蛙來到王宮找她的時候，她對青蛙的態度十分不友善，還險些害了青蛙。最後，她認識到自己的錯誤，並誠心向青蛙道歉。無意中她流下的眼淚解除青蛙身上的詛咒，使青蛙變回王子，她也因此找到一生的幸福。

　　誠信猶如花草樹木的根，如果沒有這些根，花草樹木就無法生存。那些憑藉欺詐手段的人，也許可以獲得一時的利益，但是他們無法獲得長久的成功，也不能得到心靈的寧靜。我們只有身披一襲燦爛，心繫一份執著，帶著誠信上路，我們才能踏出一路陽光，走向幸福美好的生活！故事中公主的經歷就充分說明這一點，因此我們要學會做一個信守承諾的人。此外，故事裡忠誠的海因裡在王子變成青蛙後，仍對他不離不棄，也很值得我們學習。請記住，無論什麼時候都不要拋棄自己的朋友，否則我們最終也會被朋友拋棄。

魔法課堂 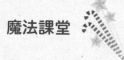 海裡的精靈——美人魚

　　美人魚是生活在大海中的精靈，它上半身是人下半身是魚。

　　美人魚也分男女，男美人魚長得非常難看，小小的眼睛，紅紅的鼻子，綠色的頭髮和牙齒。女美人魚卻長得非常美麗，人類經常會和她們陷入愛情。

　　美人魚們會偶爾從海中出來，以沒有角的小小的母牛的形象徘徊在海灘上。沒有變換樣子的時候，牠們戴著羽毛覆蓋的紅帽子，據說那帽子要是被偷了就永遠回不到大海裡了。

　　儘管美人魚長得很漂亮，但漁夫們卻不太喜歡它們，因為他們相信美人魚會帶來龍捲風。

魚姑娘

古時候，在一條小河旁邊，住著一位小姑娘和她的雙親。

一天早晨，媽媽吩咐小姑娘到河邊去捉魚。那天早晨和風拂煦，晴空萬里，令人感到心曠神怡。不一陣工夫，小姑娘便撈了好多魚，正準備收拾漁網回家去。這時，忽然撲通一聲，一條大魚跳出了水面。小姑娘急忙把網撒開，把那條魚撈了上來。這條魚像天空中的彩虹一樣，五顏六色的魚鱗好看極了。突然，大魚張口說話了：

「你要是吃了我，你會變成一條魚的。」

小姑娘聽了嚇一跳。可是，看著這條活蹦亂跳的鮮魚很嘴饞，於是馬上便忘記了大魚剛才說過的那句話，急忙拿回家去讓媽媽給煮著吃了。

「真香！」

小姑娘吃了一口以後，總覺得好像自己的身子變小了似的。過了一會兒，她感到渾身越來越瘦了，便從窗戶上撲通一聲跳了下去，正好掉到那條小河裡。等她蘇醒過來時，她已經變成了一條魚。

魚姑娘拼命地遊動著，不知不覺便游到了大海。一大群魚圍了過來，跟她說話。當中有一條上了年紀的大魚對她說：

「跟我們來吧，我們將把你帶到海中女王的宮殿裡去。」

魚姑娘害怕獨自一個人，便跟著她們一塊兒遊去。

成百個大魚群競相遊到了很深很深的海底。過了一會兒，在淡黃色的光芒中出現了一座用珊瑚、珍珠和貝殼砌成的美麗的海底宮殿。

海中女王坐在一個白色的大貝殼上。魚姑娘跟她講述了自己的身世，女王長長地歎了口氣，說：

「我原來也是人世間的一位姑娘。舉行婚禮的那天，媽媽把王冠戴在我的頭上，對我說：『只要戴上這頂王冠，你就是一個女王』。我過了好幾年的幸福生活，還生下了一個活潑可愛的男孩。

「突然有一天，不知從哪裡來了一個魔王，把我的王冠給偷走了，並對我的丈夫施展魔法，讓他把我忘了。我悲痛欲絕，和侍女們一起投海自盡了。要是沒有人把那頂王冠給我送回來的話，那我們就得永遠變成一條魚。」

「您快告訴我應該怎麼辦吧，我去把那頂王冠給您找回來。」

魚姑娘決心要救出這位可憐的女王，哪怕自己赴湯蹈火也在所不惜。

「如今，取代我當上了女王的魔王女兒和我的丈夫都已經死了，那頂王冠在魔王手裡。現在，我賜給你一種無邊的法身，它能使你想變成什麼就變成什麼。」

魚姑娘知道魔王住著的城堡以後，直奔目的地游去。到了岸邊，魚姑娘按照女王的囑咐，用尾巴拍了拍腦袋說：

「變，讓我變成一隻小鹿！」

剎那間，魚姑娘變成了一隻美麗的小花鹿，四條柔軟的腿在野地裡風馳電掣般飛快地奔跑著。

小花鹿穿過原野，越過河川，跑到一片森林裡。這時，王子正坐在一棵大樹底下休息。這位王子就是海中女王的兒子，他經常到這個森林裡來打獵。王子一發現小花鹿，跨上駿馬便追過去。王子對森林裡的道路非常熟悉，很快就追上小花鹿，舉起手中的標槍就要投擲過去。這時，王子發現小花鹿的眼睛裡含著淚花，目不轉睛地看著他，好像是在說：

「求求你，不要殺死我。我有重任在身。」

王子看著小花鹿那雙像黑寶石似的明亮的瞳仁，他的手早已軟下來。

　　「那一定是著了魔的少女。我要把她娶來做妻子。」王子自言自語地說。

　　鹿姑娘好容易來到了魔王住著的城堡。

　　「變，快讓我變成一隻小螞蟻！」

　　小姑娘又變成一隻螞蟻，爬上那高高的城牆。

　　「變，快變成一隻鸚鵡！」

　　小螞蟻馬上又變成一隻粉紅色的鸚鵡，噗啦噗啦飛到魔王家的窗戶邊，對他說道；

　　「請您把女王的王冠還給我。您的女兒已經死了，那頂王冠沒什麼用了。」

　　魔王聽完鸚鵡的話，張嘴打了個哈欠，回答道：

　　「好吧，你要是能給我一件心愛的東西，我就把它還給你。」

　　「您想要什麼呢？」

　　魔王搔了搔頭，想了一會兒說：

　　「我要一頂用星星做的王冠。你要是能給我一頂天上閃閃發亮的星星做的王冠，我就把它還給你。」

　　鸚鵡聽罷馬上飛了出去，用翅膀拍了拍腦門，說道：

　　「變，快讓我變成一隻青蛙！」

　　青蛙姑娘撲通一聲跳到水池子裡，等著夜幕降臨。清澈見底的水池子裡，星星的倒影在閃閃發光。青蛙姑娘把星星的影子收集了起來，裝在口袋裡，拿回城裡去，聚精會神地編成了一頂王冠。

　　「啊，真是一頂漂亮的王冠。你比我神通廣大，那頂王冠還給你吧。」

　　鸚鵡接過王冠，馬上飛走了。然後，她變成一隻螞蟻，爬過了城牆，接著又變成一隻小鹿，穿過了森林和原野，到了海邊時，又變成一條魚，一直回到海中女王的宮殿裡。

　　女王戴上王冠。她的魚尾巴眼看著變成了兩條又白又嫩的大

腿，周圍的魚也都一個一個地變成了人，取回王冠的那條勇敢的小魚，變成了一位最美麗的少女。

「走，咱們回到城裡去。」

大家一起遊出了海面，回到了女王原先住過的城裡。多年來一個人過著孤獨生活的王子，見到媽媽好高興。媽媽身邊站著的那位美麗可愛的少女，完全把他給吸引住了。他發現少女那雙水汪汪的大眼睛，跟上次在森林裡遇見的小花鹿是那樣的相像。

「那隻小花鹿就是你吧。我早就下了決心，一定要娶那位明眸皓齒的姑娘做妻子。」

王子拉著姑娘的手。不久，他們便舉行了巨大的婚禮。

（西班牙民間童話）

魔法智慧

善良的魚姑娘為了救出可憐的女王，便勇敢地去魔王那兒取回女王的王冠。經歷千辛萬難，她終於將王冠取回，讓王后他們恢復原形。同時，她自己也變成一個美麗的少女，並和英俊的王子結了婚。

魚姑娘之所以能取到王冠，關鍵在於她有一顆堅強的責任心。她對女王許下自己的承諾後，就有了崇高的責任感。正是這份責任感，令她無畏無懼，勇往直前。責任可以戰勝死亡和恐懼，生命往往在責任中開出芳香的花朵，它可以讓我們在克服困難的時候變得勇敢和堅強。面對困難和危險，牢記心中的責任，你就能夠從中汲取戰勝困難的勇氣和力量。

魔法課堂 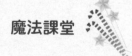 臭名昭著的「搜巫大將軍」

馬修·霍普金斯是不列顛最有名的搜巫人，人們給他取了一個外號—「搜巫大將軍」。17世紀的時候，他是薩福克、埃塞克

斯和東安格利亞的惡魔，據說他在那裡抓了230個人並把她們當成巫婆給絞死了。

一起來看看馬修・霍普金斯所犯的那些滔天罪行吧！

1. 他把被抓的嫌疑人塞滿了監獄。夏天，那裡臭氣熏天，嫌疑人都死於那污濁、令人窒息的空氣。

2. 他指控切姆斯福德的伊莉莎白・克拉克是巫婆，並給她判絞刑。施刑的人把伊莉莎白押到絞刑架旁，叫她爬梯子上絞刑架。但是可憐的伊莉莎白只有一條腿。她只能在別人的幫助下上梯子，這樣絞索才能套上她的脖子。待她被套上脖子後，他們立刻把梯子拿走，讓伊莉莎白在那慢慢死去。

3. 他抓到巫婆後就把她們埋在監獄後面的一個坑裡，並在屍體上面壓一塊大石頭。有時候還在屍體上插上一根木樁，以阻止巫婆再飛起來進天堂。

4. 按照當時英格蘭的法律，被指控為巫婆的人，都會處以絞刑。但是有一個叫瑪麗・萊克蘭的可憐女人卻被活活燒死了。霍普金斯說她用巫術殺死了自己的丈夫，而殺死丈夫的處罰就是被燒死，所以瑪麗・萊克蘭必須被燒死。她可能是英格蘭唯一一個被燒死的巫婆。1645年，在伊普斯威奇，施刑的人把她扔進一個裝有焦油的桶裡後，拴在一個柱子上，並在油桶的下面生上熊熊燃燒的火堆，她就這樣被活活燒死了……

巴蘭京幻想曲

　　小學生巴蘭京和馬里寧的算術都得了兩分，班長福京娜把同學們召集起來，商量如何幫助巴蘭京和馬里寧。福京娜和其他同學在班會上的發言，使巴蘭京和馬里寧兩人十分難堪。

　　巴蘭京為了逃避學習，想做隻鳥。他覺得麻雀在灌木叢中嘰嘰喳喳地叫喚，歡樂地從一棵樹飛向另一棵樹，真是無憂無慮。他非常羨慕，渴望自己也變成一隻麻雀。馬里寧也同意這樣做。於是他們像麻雀一樣把腦袋縮進肩膀裡，兩手伸在背後宛如翅膀。

　　過了一些時候，他們發覺忽然想像麻雀那樣嘰嘰喳喳叫一陣子，想從長凳上振翅高飛，甚至想啄燕麥。接著他們那穿著皮鞋的腳，變成兩隻光禿禿的麻雀爪子，兩隻手臂變成了翅膀，屁股後面豎起尾巴來。這下他倆成了真正的麻雀。

　　之後，他們開始過麻雀的生活。為了尋找燕麥，他們和禿尾雀展開爭奪戰；小貓慕西卡不知為什麼也來欺侮他們。孩子的彈弓也常威嚇他們，此外還要為築巢而奔忙。

　　他們覺得，麻雀的生活並不是無憂無慮的。終於有一天，他們對麻雀的生活感到厭煩想變成蝴蝶，因為蝴蝶不築巢，也不會被貓吃掉。蝴蝶的食物是甜花蜜，不像燕麥那麼難找。結果巴蘭京變成了一隻白粉蝶，馬里寧變成了一隻黃鳳蝶。

　　他們開始過蝴蝶的生活。一開始，他們在盛開鮮花的花園採蜜。花園裡的花很多，有紅的、白的，也有藍的，它們散發出撲鼻的清香，讓他們兩個饞涎欲滴。

　　突然離他倆不遠處有兩個男孩揮動帽子，想抓住他們。他們飛到菜園去，差點誤食含有農藥的花粉，在空中又被麻雀一路追逐。久而久之，他們開始埋怨自己的蝴蝶生活。他們感到變成蝴

蝶也是錯誤的；這時他們明白自己所幻想的那種生活，世上是不存在的。

　　恰巧一隻螞蟻沿著水窪從他們身邊跑過。他們一邊想變成螞蟻，又擔心一旦變成了螞蟻，要和它們一起參加勞動。不知怎的，巴蘭京和馬里寧忽然想要變雄蜂。可這時馬里甯卻呼呼睡著了。巴蘭京沒法叫醒他，需要用水來澆醒他。於是他向水窪飛去，開始用吸管吸水。這時樹叢裡傳來同班同學的聲音。班長福京娜打開一本厚厚的書，說：「今天我們學習的題目是蝴蝶。」

　　蝴蝶？這意味著巴蘭京和馬里甯成了同學們今天學習的題目。只見同學們個個攜帶撲蟲網來網蝴蝶了。巴蘭京馬上飛去抓住身旁的一張舊報紙，使盡力氣將它拖來蓋在馬里寧身上，免得他被同學們發現。可是同學們最終還是發現了這隻由馬里甯變的黃鳳蝶。

　　福京娜帶領同學們追來了。在這千鈞一髮的危險時刻，巴蘭京和馬里寧立刻變成兩隻小黑螞蟻，用自己的六條腿緊勾住粗糙的丁香樹。等這場危險過去後，兩隻小黑螞蟻便從樹枝上跳到地上。巴蘭京說：「我們馬上去找個螞蟻窩，占個房間，把門鎖上，躲在裡面。」

　　於是，巴蘭京和馬里甯一起慢慢向螞蟻窩爬去。半路上他們遇見了六隻螞蟻。它們穿梭般來回奔忙，運送著小東西。沒有一隻螞蟻在偷懶。螞蟻熱愛勞動的本能在巴蘭京和馬里寧身上也起了作用。巴蘭京從地上拾起一根枯枝悄悄扛上肩，接著馬里甯也幫巴蘭京抓住枯枝的另一端，他們就這樣加入了這群幹活的螞蟻隊伍。

　　這其間，棕黃色賊螞蟻來進攻黑螞蟻，巴蘭京和馬里寧參加了反擊黃色螞蟻的戰鬥。在這場戰鬥中，馬里寧表現得非常出色，像個英勇無畏的戰士，最後黑螞蟻獲得了勝利。蜘蛛的飛絲把巴蘭京和馬里甯往黑螞窩的方向帶去。突然傳來一聲可怕的呼嘯。密集的氣浪猛烈衝擊巴蘭京的腰部，使他在空中翻了幾個跟

鬥，巴蘭京失去知覺，一頭栽倒在地。

　　巴蘭京昏迷不醒地在草地上躺了很長時間。待他醒來時，願意永遠好好做人了。他睜開眼睛，看到原來的螞蟻腿現在已變為普通男孩的腿，腦袋也開始變成人腦。最後巴蘭京從草叢裡站了起來，拂去褲子上的塵土，兩手插進褲袋，邁步回家。

　　巴蘭京回到原來的那個院子，院子裡一切跟先前一樣，一群群歡蹦亂跳的麻雀偶爾從金合歡樹上飛下，蝴蝶在花壇上面飛舞，黑螞蟻在長凳上跑來跑去。巴蘭京彷彿覺得，同馬里寧一起到非常遙遠的地方，作了一次可怕的旅行。

　　「我到處都找遍了，你們卻在這裡！」米什卡大聲說，接著福京娜和班上其他同學一起進了院子。

　　這天巴蘭京他倆跟米什卡一起學習了四個小時。兩天后，巴蘭京和馬里寧的算術從兩分跳到了四分。十五天后父親檢查巴蘭京的記分冊時，發出了嘖嘖的稱讚聲；一個月後，校長瓦西裡當著眾人的面，表揚了巴蘭京。

（蘇聯麥德維傑矢改編）

魔法智慧

　　巴蘭京和馬里寧為了逃避學習，過無憂無慮的生活，便幻想著變成那些看來自由自在的動物們，他們先後變成麻雀、蝴蝶、螞蟻，但這並沒有給他們帶來想要的生活，因為每種動物都有著不為人所知的煩惱，它們也會為了生存經歷著許多的危險和不快樂。於是，他們倆開始認識到自己的錯誤。待他們醒來後，便願意永遠好好做人了。

　　故事告訴我們：要正確地看待自己，不要輕易羨慕他人。我們每個人都有光彩耀眼的一面和不為他人所知的缺陷和難處。盲目地羨慕別人，就容易否定自己的全部，殊不知，自己所擁有的正是別人永遠都追求不到的。

252

魔法課堂　精靈給人帶來的疾病

據說，很久以前，在英國特威德納的村子裡住著一個男人叫伯克，他不愛勞動，整天總是遊手好閒。

一天，伯克偶然聽見村裡的人們談起守護礦井的精靈諾克，他覺得很好奇，決定要見精靈諾克一次，於是他躲在礦井路口的蕨菜叢中等著。

幾天之後，諾克們終於出現了。只見它們手上拿著裝有工具的袋子進到坑道裡面。做完事後，它們回到礦井入口，開始商量該把工具藏在哪裡。就在這時，一個精靈發現了伯克，於是他便提議把工具放到伯克的膝蓋上。

「喀噹」，那些工具馬上就掉到了伯克的腿上。後來，伯克得了風濕，一輩子腿都不能像從前那樣靈活了。

此後，礦工們中間要是誰突然得了風濕，腿無法動彈時，其他同伴就會笑話他是伯克，受到了精靈的報復。

古代的歐洲人相信，愛整潔的精靈們要是看見骯髒的人就會把病轉移到這人身上作為責罰。人們往往認為腦出血半身不遂，或胳膊和腿麻痹等疾病都是精靈在作怪。而且他們相信風濕、皮膚病、結核都是精靈傳播的；當上山或劇烈的運動時突然腿抽筋，或身體發生痙攣，他們也認為是精靈在開可惡的玩笑。

永續圖書
線上購物網

www.foreverbooks.com.tw

- ◆ 加入會員即享活動及會員折扣。
- ◆ 每月均有優惠活動，期期不同。
- ◆ 新加入會員三天內訂購書籍不限本數金額，
  即贈送精選書籍一本。（依網站標示為主）

專業圖書發行、書局經銷、圖書出版

永續圖書總代理：
五觀藝術出版社、培育文化、棋茵出版社、達觀出版社、
可道書坊、白橡文化、大拓文化、讀品文化、雅典文化、
知音人文化、手藝家出版社、璞珅文化、智學堂文化、語
言鳥文化

活動期內，永續圖書將保留變更或終止該活動之權利及最終決定權。

i-smart

智學堂

智慧是學習殿堂

★ 親愛的顧客您好，感謝您購買　　　　　　　　這本書！

為了提供您更好的服務品質，煩請填寫下列回函資料，
您的回信是我們的動力、也是鼓勵，
您的意見與建議是我們不斷進步的目標，
智學堂文化感謝您的支持！
我們不定期會將優惠活動的訊息通知您。

您也可以使用以下傳真電話或是掃描圖檔寄回本公司電子信箱，謝謝！

傳真電話：　　　　　　　　　電子信箱：
（02）8647-3660　　　　　yungjiug@ms45.hinet.net

姓名：＿＿＿＿＿＿＿＿ ○先生 電話：＿＿＿＿＿＿＿＿
　　　　　　　　　　　○小姐

地址：＿＿＿＿＿＿＿＿＿＿＿＿＿＿＿＿＿＿＿＿＿＿＿

E-mail：＿＿＿＿＿＿＿＿＿＿＿＿＿＿＿＿＿＿＿＿＿

職　　業：○學生　○大眾傳播　○自由業　○資訊業　○金融業　○服務業　○教職
　　　　　○軍警　○製造業　○公職　○其他＿＿＿＿＿＿＿＿＿＿＿＿

教育程度：○高中以下（含高中）　　○大學、專科　　○研究所以上

您對本書的意見：☆內容　　　　○符合期待　○普通　○尚改進　○不符合期待
　　　　　　　　☆排版　　　　○符合期待　○普通　○尚改進　○不符合期待
　　　　　　　　☆文字則讀　　○符合期待　○普通　○尚改進　○不符合期待
　　　　　　　　☆封面設計　　○符合期待　○普通　○尚改進　○不符合期待
　　　　　　　　☆印刷品質　　○符合期待　○普通　○尚改進　○不符合期待

您的建議：

智慧是學習的殿堂

永續圖書線上購物
www.foreverbooks.com.

i-smart